cmz

Wilfried Lülsdorf, geboren 1957 in Beuel, lebt seit 28 Jahren mit seiner Familie in Wachtberg. Bis zum Jahrtausendwechsel arbeitete er als Wirtschaftsjournalist bei renommierten Medien in Düsseldorf, Hamburg, München, Köln und Berlin, ehe er wiederum in Düsseldorf einen Corporate-Publishing-Verlag aufbaute. Mit *Pechmariechen* gelang ihm 2021 ein vielbeachtetes Debüt als Krimiautor. *Pechvogel* ist sein dritter Kriminalroman.

Wilfried Lülsdorf

PECH VOGEL

Ein Wachtberg-Krimi

cmz

Bibliografische Information der Deutschen Nationalbibliothek

Die Deutsche Nationalbibliothek verzeichnet diese Publikation
in der Deutschen Nationalbibliografie; detaillierte bibliografische Daten
sind im Internet über http://dnb.d-nb.de abrufbar.

An der Glasfachschule 48, 53359 Rheinbach
Tel. 02226-912626, info@cmz.de

Schlußredaktion:
Clemens Wojaczek, Rheinbach

Satz
(Aldine 401 BT 11 auf 14,5 Punkt)
mit Adobe InDesign CS 5.5:
Winrich C.-W. Clasen, Rheinbach

Umschlagfoto:
aleksey-milekhin-I9E-r62Q1-8/unsplash

Umschlaggestaltung:
Lina C. Schwerin, Hamburg
Anja Steinig, Berlin

Gesamtherstellung:
Bookpress.eu, Olsztyn/Polen

ISBN 978-3-87062-363-0

001–300 • 20230512

www.cmz.de

www.wilfriedluelsdorf.de

»Es gibt zwei Arten von Missgeschick: das eigene Pech und das Glück der anderen.«

Ambrose Bierce

Inhalt

Die Hauptpersonen

Alexander Hopp	Freiberuflicher Reporter und Lebensgefährte von Jana Jäger
Jana Jäger	Kriminalhauptkommissarin bei der Mordkommission in Bonn
Otto Springer	Pressefotograf, Freund von Hopp
Josephine (Josy) Franzen	Vorsitzende des Wachtberger Vereins Forum Freunde in Europa
Klaus Kupfer	Inhaber der Kupferklause
Frank Streffer	Kriminaloberkommissar und Partner von Jäger
Peter Paul Pinsel (PPP)	Erster Kriminalhauptkommissar, Leiter der Mordkommission und Chef von Jäger
Michael Löhnenberg	Kriminaloberkommissar im Kommissariat für Einbruch-Diebstähle; Freund von Jana Jäger
Harald Neumann	Kriminaloberkommissar in der Mordkommission
Erwin Bauer	Kriminalkommissar und neuer Partner von Neumann
Nikola (Niki) Schnell	Chefredakteurin des *Kurier*

Wilhelm Friedländer	Vorsitzender des Vereins Inklusiv Leben e.V.
Friedrich Michler	Rechtsanwalt des Vereins Inklusiv Leben e.V.
Lutz Hansel	Mordopfer, Beamter beim Amt für Soziales und Wohnen der Stadt Bonn
Carol Schönemann	Leiter des Amts für Soziales und Wohnen der Stadt Bonn
Ursula Dennerlein *Sophie Kaiser* *Friedericke Linden*	Kolleginnen von Lutz Hansel
Heinz Winterscheidt	Kollege von Lutz Hansel
Theo Bellhausen	Bauunternehmer und Präsident des Ballsport Club Berkum (BCB)
Stefanie (Steffi) Bellhausen	Ehefrau des Bauunternehmers
Jörg Baumeister	Installateur, Mannschaftskamerad von Hansel beim BC Berkum
Heiner Esser	Freund von Baumeister und Mannschaftskamerad beim BC Berkum
Eduard »Eddie« Fuchs	Metzgermeister und Inhaber der örtlichen Metzgerei in Pech
Clara Christina Balken	Friseurmeisterin in Villiprott

1 | Hetzjagd

Alles hatte perfekt funktioniert. Alles war wie am Schnürchen gelaufen. Alles hatte ihm unglaubliche Glücksgefühle beschert. Bis vor einigen Wochen. Auf einmal war alles anders.

Nichts lief mehr problemlos.

Nichts klappte.

Nichts machte mehr Spaß.

Was, verdammt noch mal, war plötzlich los?

Er hetzte vom Parkplatz aus den asphaltierten Waldweg entlang. Irgendwer war hinter ihm her. Er konnte den heißen Atem des Verfolgers förmlich im Nacken spüren. Er musste ihn irgendwie abhängen. Hilfe war nicht zu erwarten, weit und breit war keine weitere Menschenseele zu sehen. Er hatte panische Angst. Konfuse Gedanken rasten durch sein Hirn, in den Ohren brauste es, hinter der Stirn bohrte sich ein unerträglicher Schmerz tief in den Schädel. In der Brust wurde es eng. Ihn quälte heftiges Seitenstechen. Die Oberschenkel brannten.

Er musste schnellstens runter von diesem breiten Weg.

Hier war er gut zu sehen und einfach zu jagen.

Leichte Beute.

Abrupt bog er nach rechts in den Wald ab. Querfeldein über den unwegsamen Boden voller struppiger Gewächse, wuchernder Baumwurzeln und toten Geästs, fiel es ihm noch schwerer weiterzulaufen. Seinem Verfolger aber bestimmt auch, hoffte er.

Er stolperte und rappelte sich mühsam wieder auf.

Er konnte nicht mehr.

Er bekam kaum noch Luft.

Er war einfach nicht fit.

Hätte er doch mehr Sport getrieben und sich nicht nur mit der geliebten rhythmischen Matratzengymnastik vergnügt.

Erschöpft versteckte er sich hinter dem mächtigen Stamm einer alten Buche.

Dann krümmte er sich vor Schmerz.

Er stützte sich vornübergebeugt mit beiden Händen auf die durchgestreckten Knie und keuchte.

Er kämpfte gegen die drohende Ohnmacht, versuchte sich zu beruhigen und wieder zu Kräften zu kommen.

Plötzlich explodierte sein Schädel.

Tausende Bilder der vergangenen Wochen schossen wie ein außer Kontrolle geratener Film durch seinen Kopf.

Alles drehte sich.

Er sah unendlich viele Sterne.

Ihm wurde schwarz vor Augen.

2 | Jobprobleme

Schwungvoll warf Alexander Hopp erst seine Arbeitsmappe auf den Beifahrersitz seines geliebten, alten Audi A4 Avant und zog die Tür zu.

Er war einen Tick zu spät dran. Irgendwie passierte ihm das neuerdings öfter. Schlechte Angewohnheit. Passte eigentlich gar nicht zu ihm.

Und gefiel ihm auch nicht.

Musste er unbedingt wieder abstellen.

Zwar waren es nur sechs oder sieben Minuten Fahrzeit bis zur Hauptstadt, wie er den verschlafenen Ortsteil Berkum, in dem das Wachtberger Rathaus stand, gern spöttisch nannte. Doch schon jetzt hätte er dort mit Wilhelm Friedländer im Gespräch sein müssen, dem Vorsitzenden eines kleinen gemeinnützigen Vereins, der angeblich unverschuldet in großen Schwierigkeiten war. Bisher hatte Hopp den Mann weder persönlich kennengelernt noch hatte er Wissenswertes über dessen *Inklusiv leben e.V.* erfahren. Genau genommen wusste er fast nichts. Der Verein betreute eine große Wohngemeinschaft von Menschen mit und ohne Behinderung. Und irgendwie war das Projekt in Not geraten.

Einer der Bewohner, den Hopp flüchtig über sechs Ecken kannte, hatte ihn angesprochen. Man hoffte wohl, dass er mit einem wohlwollenden Artikel für öffentliches Aufsehen sorgen würde. Dass er damit dem Projekt helfen könnte. Wo genau den Verein der Schuh drückte und warum und weshalb das überhaupt auf breites Interesse stoßen sollte, das wusste er nicht. Sicherlich würde er es gleich während des Recherchetermins bei Herrn Friedländer erfahren.

Allzu viel versprach Hopp sich allerdings nicht von dieser Geschichte. Es kam schließlich immer wieder vor, dass irgendwer mit irgendwas unter Druck geriet und glaubte, die Presse könne helfen. Was völliger Quatsch war. Die Medien handelten konsequent egoistisch. Sie halfen nur, wenn die Sache nach einem Skandal roch, von dem die Leser unbedingt erfahren mussten. Und wenn diese Story mutmaßlich die Auflage der Zeitung oder die Einschaltquote des Senders steigern würde. Was leider selten der Fall war. Entsprechend gering waren Hopps Erwartungen an das bevorstehende Gespräch.

Hinzu kam, dass er sich nur ungern von irgendwelchen Leuten vor irgendeinen Karren spannen ließ. Er war Journalist, nicht Sozialarbeiter. Er schrieb einen Bericht nur, wenn das Thema aktuell und relevant und spannend war – also aus professionellen Gründen, nicht aus mildtätigen.

Aber selbst wenn genug Brisanz in der Geschichte dieser inklusiven Wohngemeinschaft enthalten wäre, würde seine Chefredakteurin ganz sicher gnadenlos abwiegeln. Alexander Hopp konnte sich lebhaft vorstellen, was Nikola Schnell zu dem Thema sagen würde: »Sozialkitsch.« »Einzelschicksale.« »Minderheitenprogramm.« »Ressourcenverschwendung.« »Auflagenkiller.«

Mittlerweile lag er seit fast drei Jahren im Dauerclinch mit *Zicki Niki,* wie die Mitarbeiter des Kölner *Kurier* ihre Chefin respektlos und verächtlich nannten. Hopp fand es erstaunlich, wie rasant diese Frau es geschafft hatte, sich in allen Abteilungen des Verlagshauses unbeliebt zumachen. Zumindest in dieser Hinsicht machte sie ihrem Namen alle Ehre: Schnell!

Sie hatte sich den Posten der Chefredakteurin des wichtigsten Boulevardblatts des Rheinlands nicht durch journalistische Glanztaten verdient, sondern schlicht und ergreifend im Chromosomenbingo gewonnen.

Sie war die Tochter des Verlegers.

Zwar talentfrei, uninspiriert und stinkfaul, aber dafür rücksichtslos, arrogant und egoistisch.

Eine höchst toxische Kombination mieser Eigenschaften.

Eigentlich hätte diese aufgeblasene Tussi Hopp völlig egal sein können. Er hatte nur einen Teilzeitvertrag beim *Kurier,* mit dem er die Hälfte seiner Arbeitszeit pauschal an die Kölner Zeitung verkaufte. Daneben schrieb er noch auftragsweise für zwei überregionale Tageszeitungen und eine auflagenstarke Illustrierte, in deren Hauptredaktion er früher in Hamburg gearbeitet hatte. Für alle Auftraggeber fungierte er als freiberuflicher Korrespondent im Rheinland. Meist bestellten sie sogar mehr Stoff bei ihm, als er liefern konnte. Er berichtete exklusiv über das pralle Leben in Bonn, dem Rhein-Sieg-Kreis und bisweilen auch in der Eifel. Er brauchte diesen Job beim *Kurier* eigentlich nicht. Doch trotz seiner beruflichen Unabhängigkeit ging *Zicki Niki* ihm gewaltig auf den Keks.

Warum tat er sich diesen Termin jetzt überhaupt an? War wahrscheinlich sowieso für die Katz.

Ungewöhnlich lustlos klingelte er bei Wilhelm Friedländer.

3 | Fundsachen

Seit einer knappen Stunde war er nun schon im Wald unterwegs. Diese Ecke des Kottenforstes zwischen Schönwaldhaus und Kaisereiche kannte er fast wie seine Westentasche. Nirgendwo sonst ging er öfter spazieren. Nicht zuletzt deshalb, weil er hier jeden Spätsommer und jeden Herbst mehrmals die Woche nach Pilzen suchte, wenn sie in der Gegend Hochsaison hatten. Am liebsten sammelte er Steinpilze, aber die waren seltener zu finden. Auch Maronen und Riesenschirmlinge nahm er meist gern mit.

Heute lief es aber irgendwie nicht. Schon wieder nicht. Einen verschrumpelten, bereits angefressen Parasol und zwei winzige Maronen lagen in seinem Körbchen. Aber null Steinpilze.

Frustrierend.

Viel Zeit blieb ihm nicht mehr, in spätestens einer Viertelstunde würde es dunkel sein, die Dämmerung hatte schon eingesetzt. Dann würde er mit dem funzeligen Licht seiner Taschenlampe hier kaum noch etwas sehen können.

Bei seiner letzten Sammelrunde am vergangenen Freitag war er auch nicht erfolgreicher gewesen. Dieser Herbst schien keine gute Pilzsaison zu werden. Kein Vergleich mit den Vorjahren. Dieser Sommer war einfach zu heiß und zu trocken gewesen. Viele Steinpilzgerichte würde er in diesem Jahr leider nicht mehr zu essen bekommen, dachte er. Denn auf dem Markt waren sie ihm viel zu teuer. Noch einmal scannte er konzentriert den Waldboden.

Zwei Steinpilze.

Halluzinierte er jetzt? Oder standen dort tatsächlich zwei Steinpilze? Gespannt näherte er sich dem maroden Gehölz, hinter dem zwei kleine, rotbraune, polsterförmige Pilzhütchen hervorlugten.

Er bückte sich.

Und erschrak.

Neben den Steinpilzen war eine Hand. Als ob sie gerade nach dem kleineren der beiden Pilze greifen wollte. Doch die Hand bewegte sich nicht. Der Arm kam anscheinend aus dem Unterholz, wirkte leblos. Er schien einem toten Menschen zu gehören, der notdürftig verdeckt zwischen den niedrigen Büschen, abgebrochenen Ästen und unter dichtem Herbstlaub lag.

Entsetzt wandte er sich ab.

Ihm wurde schwindelig.

Ihm wurde speiübel.

Er würgte, kämpfte mit heftigem Brechreiz und übergab sich.

Er setzte sich einige Meter entfernt auf einen bemoosten Baumstumpf.

Er atmete mehrmals tief durch, bis er wieder einigermaßen klar denken konnte. Die beiden Steinpilze ließ er stehen. Der Appetit auf sie war ihm gründlich vergangen.

Er lief in Richtung Schönwaldhaus, zum Dienstsitz des Revierförsters in Villiprott, um schnellstmöglich die Bonner Kriminalpolizei zu alarmieren.

Niemand kam ihm entgegen, der ihm kurz ein Handy hätte leihen können. Sein eigenes Telefon lag im Auto, das er gut zwei Kilometer entfernt auf dem Parkplatz in der Nähe des Jägerhäuschens abgestellt hatte. Bis dorthin und anschließend wieder zurück zu laufen, um der Polizei dann die Fundstelle zu zeigen, erschien ihm zu umständlich, zu zeitaufwändig, zu anstrengend.

Auch auf dem kleinen Platz vor dem Forsthaus begegnete er niemandem. Kein Mensch war in der Nähe zu sehen, der gerade seinen Wagen verlassen oder abholen wollte und ihm spontan hätte helfen können. Kurzentschlossen ging er zum Tor des Schönwaldhauses.

4 | Spurensicherung

Knapp 30 Minuten später fuhren zwei dunkelblaue Kombifahrzeuge rasant auf den schummrigen Innenhof des Forsthauses. Jana Jäger sprang aus dem ersten Wagen, als dieser noch rollte. Sie lief zur Haustür, die wie von Geisterhand geöffnet wurde, ehe sie klingeln konnte.

»Guten Abend, ich bin Kriminalhauptkommissarin Jäger und dort kommt gerade mein Partner, Kriminaloberkommissar Streffer. Sie haben eine Leiche gefunden?«

»Nein, nicht ich«, antwortete der rundliche ältere Herr, der anhand seiner olivgrünen Kleidung unschwer als Förster zu identifizieren war. »Das war dieser Herr, der dort auf dem Stuhl sitzt.« Er drehte sich um 90 Grad und zeigte hinter sich in den Hausflur, wo jemand zusammengekauert in der Ecke hockte. »Er hat nur unser Telefon benutzt, weil er sein eigenes nicht dabei hatte.« Der Förster trat zur Seite und bat die beiden Polizisten freundlich herein.

Jana Jäger ging direkt zu dem mitgenommen wirkenden Mann und wiederholte ihre Frage: »Sie haben also eine Leiche gefunden?«

Der Mann hob langsam den Kopf. Er hatte keinerlei Farbe im Gesicht. Es hatte den Anschein, als ob er über seine Antwort erst gründlich nachdenken müsste. Schließlich nickte er langsam zur Bestätigung.

»Fühlen Sie sich in der Lage, uns den Fundort zu zeigen?«

Wieder nickte er nur kurz. Dann erhob er sich schwerfällig.

Die Stelle war kaum 500 Meter vom Schönwaldhaus entfernt. Jana Jäger kannte sich in diesem Waldstück gut aus. Das war ihr privates Revier, hier ging sie mindestens einmal die Woche mit ihrem Hund Elvis und manchmal auch mit ihrem Lebensgefährten Alexander Hopp spazieren. Sie wohnten nicht weit weg im Nachbardorf Pech. Irgendwie erschütterte sie der Anblick der Leiche mehr als sonst. Vielleicht, weil sie quasi in ihrem Garten lag. Weil der Fall dadurch eine ebenso ungewöhnliche wie unangenehme persönliche Note bekam.

Der Leichnam lag – zwischen Totholz und Bodengewächsen, fast komplett mit Laub bedeckt – auf dem Bauch, beide Arme nach vorne ausgestreckt. Es war eindeutig ein Mann. Seine rechte Hand schien nach kleinen Pilzen zu greifen, die nur wenige Zentimeter entfernt standen, die andere war zur Faust geschlossen. Der Mann wirkte nicht mehr wirklich jung, wahrscheinlich war er zwischen 40 und 50 Jahre alt, schätzte Jana Jäger.

Augenscheinlich war er keines natürlichen Todes gestorben. Der zertrümmerte Hinterkopf und die Bauchlage ließen keinen anderen Schluss zu. Hätte er sich die massiven Schädelverletzungen bei einem Sturz zugezogen, läge er sicher auf dem Rücken oder auf der Seite. Außerdem müsste sich dann in unmittelbarer Nähe ein Stein oder ein anderer sehr harter Gegenstand befinden, der blutverschmiert war und an dem einige Hautfetzen und Haarbüschel des Mannes klebten.

War aber nicht zu sehen.

Ein blutiges Tatwerkzeug allerding auch nicht.

Alles sprach dafür, dass dies hier der Tatort war. Es gab keinerlei Schleif- oder Transportspuren. Mit einem Fahrzeug konnte man keinesfalls bis zu dieser Stelle kommen. Und den sicherlich 80 Kilo schweren Kerl hierher zu tragen, wäre sehr anstrengend gewesen und selbst für einen Kraftprotz kaum zu machen. Für einen durchschnittlich gebauten, normal trainierten Menschen überhaupt nicht zu schaffen.

Der Tote war vollständig bekleidet, trug teure Nike-Sneakers, klassische Levis-Jeans und eine hochwertig wirkende Lederjacke. Er schien nicht gerade in Armut gelebt zu haben.

Wildfraß an beiden Beinen und fortgeschrittener Madenbefall an verschiedenen Körperteilen ließen vermuten, dass er schon einige Tage tot im Unterholz gelegen haben musste. Auf keinen Fall war er erst in den letzten 24 Stunden ermordet worden.

Wer war dieser Mann? Was war in seinem Leben schief gelaufen? Welche Probleme hatte er? Und mit wem? Was war ihm widerfahren? Wer hatte ihn erschlagen? Und wieso ausgerechnet hier? Kaum vorstellbar, dass er sich an dieser unzugänglichen Stelle im Kottenforst mit seinem Mörder verabredet hatte.

Jana Jäger hockte sich mit zwei Metern Abstand neben die Leiche. Sie wollte versuchen ... ja, was eigentlich? ... mit dem Ermordeten zu kommunizieren? Auf ihre vielen Fragen antworten konnte er schließlich nicht mehr. Trotzdem hatte sie das Gefühl, dass der Tote ihr etwas mitteilen würde, wenn sie sich hier und jetzt offen und geduldig mit seiner aktuellen Lage auseinandersetzte. Wenn sie sich unvoreingenommen auf den Tatortsituation einließe. Wenn sie alle Eindrücke intensiv auf sich wirken lassen würde.

Während sie dort still hockte und konzentriert die Leiche inspizierte, rückte die Kriminaltechnik der Bonner Kripo mit kompletter Mannschaft und großer Ausrüstung an. Zwei von ihnen, die Jana Jäger nur flüchtig kannte, schauten die Hauptkommissarin höhnisch grinsend an. Sie fanden ihre spezielle Art der Tatortanalyse offensichtlich bescheuert, das war Jäger klar. So mancher im Präsidium hielt sie wegen ihrer bisweilen unorthodoxen Methoden für durchgeknallt. Was sie nicht juckte, so lange man sie machen ließ und ihre Ermittlungen nicht störte.

Für die Spurensicherung vor Ort komplett in weiße Schutzanzüge mit Kapuzen und Füßlingen gekleidet, schleppten die Beamten ein halbes Dutzend silberne Metallkisten herbei. Sie luden ihr Material aus, sperrten den Tatort großräumig mit rot-weißgestreiftem Flatterband ab und stellten akkubetriebene Ballonlampen auf. Sie erhellten die düstere Szenerie schlagartig mit fast taghellem, warmem Licht. Danach errichteten sie einen kleinen weißen Pavillon über der Leiche. Kein Schaulustiger, kein Pressemensch, kein Regen sollte wichtige Spuren verwischen.

Zwei Kriminaltechniker befreiten den Toten sorgfältig von der Laubbedeckung und drehten ihn vorsichtig um. Anschließend durchsuchten sie behutsam sämtliche Taschen in Jacke und Hose – kein Portemonnaie, kein Handy, keine Brieftasche mit Papieren war zu finden. Er trug nicht einmal eine Armbanduhr. Oder vielleicht nicht mehr? Waren ihm alle Wertsachen abgenommen worden, um einen Raubmord vorzutäuschen? Ein echter Raubmord an dieser Stelle im Wald war doch äußerst unwahrscheinlich.

In der rechten vorderen Tasche der Jeans steckte jedoch der Schlüssel eines BMW. Den dazugehörigen schwarzen 218 Coupé fand einer der Beamten sofort auf dem kleinen Waldparkplatz gegenüber dem Forstamt. Der Wagen war unverschlossen, die Fahrertür stand einen Spaltbreit offen. Anscheinend hatte der Mann das Auto in großer Hektik verlassen.

Im Innenhof des Schönwaldhauses saß Frank Streffer auf der Rückbank seines Dienstwagens und befragte den glücklosen Pilzsammler, der die Leiche gefunden hatte. Der Mann hatte sich inzwischen ein wenig gefangen, war aber noch immer heftig durch den Wind.

»Erst einmal benötige ich Ihre Personalien. Wie heißen Sie, bitte? Und wo wohnen Sie?«

»Ich heiße Erwin Meierheinrich«, antwortete er stockend und mit kratziger Stimme. »Ich wohne in Bonn, komme aber oft hierher.«

»Wo genau in Bonn wohnen Sie denn?«

»In Röttgen, Dorfstraße Nummer 23. Seit zehn Jahren. Eigentlich stamme ich aus Detmold in Ostwestfalen-Lippe.«

»Interessant. Danke! Sie sagten gerade, Sie kämen oft hierher«, hakte Streffer behutsam nach. »Wie oft denn? Und wieso gerade hierher?«

»Ich liebe den Kottenforst. Und er ist nicht weit entfernt, der Wald grenzt ja unmittelbar an meinen Wohnort. Hier kann man wunderbar laufen. Außerdem sammle ich vom Spätsommer bis Ende Herbst regelmäßig Pilze. In der Hauptsaison eigentlich jede Woche. Deswegen bin ich ja auch heute wieder querfeldein durch den Wald gegangen.«

»Nur wegen der Pilze …?«

»Ja, klar. Aber in diesem Jahr gibt es leider nicht viele. Man muss schon echt konzentriert den Boden absuchen. Sonst findet man nichts. Absolut gar nichts.« Erwin Meierheinrich stockte, die frische Erinnerung an den schrecklichen Fund wühlte ihn wieder auf. »Da lag er dann einfach da. Ausgerechnet bei zwei herrlichen Steinpilzen. Es sah fast so aus, als ob er nach ihnen greifen würde.«

Frank Streffer nickte, so hatte er die Situation am Fundort der Leiche gerade auch empfunden.

»Kannten Sie den Toten?«

»Nein, bestimmt nicht. Ich kenne hier nicht viele Leute. Sicher weiß ich das natürlich nicht. Ich konnte ihn nicht richtig sehen. Er lag ja auf dem Bauch und teilweise unter Laub und totem Holz versteckt.«

»Haben Sie denn irgendjemanden in der Nähe gesehen, der Ihnen vielleicht sogar verdächtig vorkam?«

Meierheinrich schüttelte den Kopf.

»Was machen Sie denn eigentlich?«

»Pilze sammeln, habe ich doch gerade erzählt.« Irritiert schaute der Mann den Kommissar an.

»Entschuldigung. Da habe ich mich ungenau ausgedrückt. Beruflich meine ich natürlich«, korrigierte sich Streffer.

Wieder schüttelte Meierheinrich leicht den Kopf. »Nichts mehr. Seit einigen Jahren bin ich pensioniert. Ich war Postbote. Vierzig Jahre lang bin ich tagein, tagaus von morgens bis abends herumgelaufen. Zuletzt auch immer öfter mit schweren Paketen. Bei jedem Wetter. Dann haben meine Knochen das einfach nicht mehr mitgemacht.«

Frank Streffer hatte Mitleid mit dem schockierten Mann und beendete das Gespräch. Diese Angaben mussten fürs Erste reichen. Zumal jetzt wahrscheinlich sowieso nichts Verwertbares mehr aus ihm herauszuholen wäre. Morgen, wenn er sich hoffentlich beruhigt haben würde, könnten Kollegen ihn noch einmal intensiv vernehmen. Dann schickte er Meierheinrich nach Hause.

5 | Vereinsmeierei

Kurz nach der Tagesschau machte Alexander Hopp sich auf den Weg zur *Kupferklause*, wo er mit seinem besten Freund Otto Springer verabredet war. Abgesehen von ihrem Aussehen – Otto war kompakt und kräftig gebaut, während Alexander groß und schlaksig daherkam – glichen sie sich eher wie Zwillinge. »Ein Kopp und ein Arsch«, lästerten gemeinsame Freunde liebevoll. Beide hatten gleiche Interessen, gleiche Ansichten, den gleichen Geschmack und quasi den gleichen Job. Otto war Fotojournalist. Mit ihm produzierte Alexander besonders gern anspruchsvolle Reportagen. Bei zwei, drei kühlen Kölsch wollte er ihm seine zwiespältige Eindrücke vom Besuch bei dem Vereinsvorsitzenden Friedländer berichten. Er war gespannt, was Otto von der Sache hielt. Ob er die Geschichte dieser Wohngemeinschaft überhaupt spannend genug fand, um sie weiter zu verfolgen. Und wenn ja, mit welcher Intensität.

»Hallo, Jungs. Auch mal wieder durstig?«, begrüßte Wirt Klaus Kupfer seine beiden Stammgäste und kam gleich auf ihr Lieblingsthema zu sprechen. »Was haltet ihr denn von diesem super Saisonstart unseres Effzeeh? Kriegen die jetzt endlich die Kurve oder ist das leider nur eine Eintagsfliege?« Ihrem gemeinsamen Herzensclub 1. FC Köln waren zu Beginn der neuen Saison drei Siege hintereinander geglückt. Das hatte es seit mindestens zehn Jahren nicht gegeben. Alexander konnte sich überhaupt nicht daran erinnern, so etwas schon einmal erlebt zu haben. »Nur die Ruhe, Männer, lasst uns nicht zu früh jubeln«, antwortete er zurückhaltend, »dafür haben die Geißböcke in den letzten Jahren viel zu viel Bockmist fabriziert.«

»Warten wir's ab, dann werden wir's schon sehen«, philosophierte Otto, der das Thema wechseln wollte. Nicht, dass er keinen Bock mehr auf den Effzeeh gehabt hätte. Aber Alexanders Bericht über diesen Inklusionsverein interessierte ihn gerade mehr.

»Wie lief es denn bei deinem Termin mit diesem Wilhelm Friedländer?«

Skeptisch verzog Alexander den Mund, nahm sich eine Stange Kölsch und leerte sie auf Ex. Dann wackelte er unschlüssig mit dem Kopf. »Keine Ahnung. Bin mir irgendwie nicht sicher. Und eigentlich habe ich auch nicht besonders viel erfahren.«

»Wieso nicht viel erfahren? Du warst doch gerade eben da?«, fragte Otto irritiert.

Alexander zuckte beide Schultern. »Das könnte an mir gelegen haben. Ich habe mich eigentlich gar nicht richtig auf das Gespräch eingelassen.«

»Was soll das denn heißen?«

»Na ja, ich war nicht gerade motiviert. Und nicht wirklich vorbereitet«, ergänzte Alexander, »Besonders viele Fragen habe ich dem Mann auch nicht gestellt.«

»Kann ich mir kaum vorstellen.« Otto war echt überrascht. Was brabbelte Alexander da für wirres Zeug? Hatte er etwa schon ein paar Bier intus? »Erzähl einfach mal von Anfang an. Was hat es denn mit diesem Verein auf sich?«

»Der hat sich vor rund fünf Jahren gegründet. Quasi als Selbsthilfeorganisation, um eine ungewöhnliche Wohngemeinschaft zu retten, die geschlossen vor die Tür gesetzt werden sollte. Seither hat der Verein sich wohl gegen unglaubliche Widerstände eine neue Immobilie erkämpft. In spätestens zwei Monaten will die WG dort einziehen – wenn nun endlich alles glatt geht.«

»Was war oder ist an dieser WG denn so ungewöhnlich?«

»Da wohnen acht Leutchen zusammen, von denen vier eine Behinderung haben. Alle wohl auf unterschiedlichste Weise. Allerdings organisiert sich diese Gruppe komplett selbständig, meistert ihr Zusammenleben alleine, ganz ohne professionelle externe Unterstützung.«

»Echt? Sowas habe ich ja noch nie gehört.«

»Ich bisher auch nicht. Das gibt es wohl auch nicht so oft, behauptet dieser Friedländer jedenfalls.« Alexander griff nach dem frischen Kölsch, das ihm Klaus Kupfer hingestellt hatte, und nahm einen kräftigen Schluck.

»Wieso schmeißt man sie dann einfach raus? Und wer eigentlich?«

Alexander schüttelte den Kopf. »Beides weiß ich nicht genau. Danach habe ich gar nicht weiter gefragt.«

Otto schaute seinen Kumpel erstaunt an. »Wieso das denn nicht? Das sind doch die Kernfragen. So kenne ich dich überhaupt nicht. Du willst mir doch jetzt nicht plötzlich zur Lusche mutieren ...«

»Nee, nee. Das lag speziell an diesem Termin. Ich bin schon lustlos dorthin gefahren und auch zu spät angekommen. Irgendwie war ich voreingenommen.«

Wirt Klaus Kupfer, der dem Gespräch neugierig folgte, zog die Augenbrauen hoch und verschränkte die Arme vor der Brust.

Otto legte skeptisch die Stirn in Falten. »Wieso denn voreingenommen?«

»Ich hatte das komische Gefühl, vor den Karren dieser Leute gespannt zu werden«, erklärte Alexander, »das kann ich absolut nicht ab. Weißt du ja. Deshalb war ich nur halbherzig bei der Sache. Wenn überhaupt.«

»Das ist doch sonst nicht dein Stil, Alex. Normalerweise entscheidest du doch erst nach einem Termin, ob dich das Thema interessiert oder nicht. Und dann verfolgst du es oder lässt es eben bleiben – wenn du zum Beispiel glaubst, instrumentalisiert zu werden. Sowas entscheidest du doch nie im Vorhinein.«

»Wobei man sich für eine gute Sache ja wohl auch ruhig mal vor den Karren spannen lassen kann«, ergänzte Kupfer bissig.

Alexander nickte zustimmend. Seine Freunde hatten recht.

Otto zog ein breites Grinsen auf. »Dieser versemmelte Termin lässt sich leicht wiederholen. Der Verein sitzt schließlich ganz in der Nähe.«

»Ja und? Die Sache ist gelaufen.«

»Ach was! Du bist schließlich selten um eine Ausrede verlegen. Rufe diesen Vorsitzenden einfach wieder an und erkläre ihm, du hättest nach eurem interessanten Vorgespräch intensiver über die Geschichte nachgedacht. Sie höre sich hochspannend an und könnte einen großen Bericht tragen, aber dir seien weitere wichtige Fragen eingefallen. Ohne erschöpfende Antworten darauf könntest du leider nichts schreiben. Du bräuchtest Fakten, Fakten, Fakten. Dafür möchtest du bald noch einmal vorbeikommen. Am besten direkt mit einem Fotografen. Was hältst du davon?« Otto schaute Alexander erwartungsvoll an.

»Wenn du meinst«, antwortete Alexander. »Ist mir zwar peinlich, aber ich kann es ja versuchen.«

»Wenn wirklich Fleisch an diesem Knochen sein sollte, dann schnappen wir beide zu, fahren gemeinsam in die WG und reden mit den Bewohnern.«

»Ja. Aber nicht nur. Wenn wir das Thema gemeinsam noch einmal angehen, dann sollten wir das diesmal nach allen Regeln der Kunst tun und auch die Gegenseite anhören. Was der Träger, der die WG vor die Tür setzt, zu den Gründen zu sagen hat.«

»Das würde mich brennend interessieren«, sagte Otto.

»Mich auch«, echote Wirt Kupfer hinter der Theke, während er Rotweingläser polierte.

»Ich werde dann vorsichtshalber bei allen Terminen möglichst viele Fotos schießen. Vor allem von der Wohngemeinschaft. Wer weiß, was aus diesem Thema noch wird. Nur ein Porträt des Herrn Friedländer reicht für eine saftige Reportage jedenfalls nicht.« Otto hatte sichtlich Feuer gefangen.

»Na gut, Männer. Wenn ihr von dieser Geschichte so überzeugt seid, dann kümmere ich mich gleich morgen darum. Jetzt fahre ich aber mal wieder zurück nach Hause in den Nachtigallenweg. Elvis muss vor dem Pennen dringend noch mal raus. Und vielleicht wartet auch meine Liebste inzwischen auf mich.«

»Schönen Gruß an beide«, sagte Otto. Er hatte sich noch nicht wieder daran gewöhnt, alleine nach Hause zu fahren. Fast ein halbes Jahr lang hatte Alexander zuvor bei ihm in der Wohnung Männerasyl genossen, als seine Beziehung zu Jana pausiert hatte.

6 | Reviererkundung

Müde rieb sich Jana Jäger mit beiden Händen die Wangen und pustete eine Haarsträhne aus dem Gesicht. Mittlerweile war es bereits deutlich nach zwölf Uhr. Eigentlich wäre sie am liebsten schnurstracks nach Hause gefahren, hätte dort ein herrliches heißes Bad zur Entspannung genommen und sich danach sofort schlafen gelegt.

Aber der Leichenfund ließ ihr keine Ruhe. Sie wussten noch nichts. Sie mussten dringend weiter ermitteln. Bekanntlich wurden die Spuren schwerer Verbrechen von Stunde zu Stunde kälter. Und damit die Chance auf erfolgreiche Aufklärung immer geringer. Die Zeit lief ihnen davon.

Im Schönwaldhaus brannte hinter mehreren Fenstern Licht. »Bei Försters scheint noch wer wach zu sein«, sagte Jana zu ihrem Partner Frank Streffer, »da können wir trotz der unchristlichen Uhrzeit bestimmt klingeln.«

Der Hausherr öffnete sofort die Tür, bat die beiden Beamten herein und führte sie in eine große, gemütliche, rustikale Küche.

»Entschuldigen Sie bitte die späte Störung. Wir haben Ihr erleuchtetes Haus gesehen und dachten, dass wir jetzt vielleicht noch ein paar Fragen stellen dürfen«, erklärte Streffer betont rücksichtsvoll.

»Natürlich dürfen Sie das. Sie müssen schließlich Ihren Job machen. Meine Frau und ich sind ja sowieso noch wach. Der ungewöhnliche abendliche Trubel im Wald hat uns vom Zubettgehen abgehalten. Darf ich Ihnen denn zuerst etwas anbieten? Kaffee? Oder Wasser?«

»Das ist sehr nett von Ihnen. Gern beides, wenn das nicht zu unverschämt ist.« Jana Jäger lächelte den sympathischen älteren Herrn an. Deutlich über sechzig Jahre alt, schätzte sie, und maximal einen Meter siebzig groß. Mit seiner rundlichen Figur, dem runden Kopf, den wenigen Haaren und seinen gewitzten blauen Augen hatte er eine gutmütige Ausstrahlung. Sie war gespannt, was sie von ihm gleich erfahren würden.

»Zuerst müssen wir Ihre Personalien aufnehmen«, sagte sie und nahm einen kräftigen Schluck von dem dampfenden Kaffee, den die zierliche Ehefrau etwa gleichen Alters, die sich bisher im Hintergrund gehalten hatte, frisch für sie gebrüht hatte.

Der Mann nickte und wartete erst gar nicht auf Fragen der Polizisten. Ihm war klar, was sie wissen wollten. »Mein Name ist Herbert Pappel, ich bin hier der Oberförster des Kottenforstes, oder ganz offiziell: der Leiter der Försterei Schönwaldhaus im staatlichen Forstamt Bonn-Kottenforst. Das ist mein Amtssitz und zugleich auch unsere private Wohnung. Seit rund 35 Jahren leben und arbeiten wir in diesem Haus. Hier haben wir unsere beiden Kinder bekommen und groß gezogen. In drei Monaten gehe ich allerdings in Pension und ziehe mit meiner Gattin Luise …«, er machte eine raumgreifende Armbewegung und zeigte in Richtung seiner Ehefrau, die gerade Sprudelwasser für alle einschenkte, »… in ein Häuschen nach Pech. Am Waldrand natürlich. Ohne Wald halte ich es einfach nicht aus.«

»Danke, Herr Pappel. Ihre Angaben sind mehr als ausreichend«, sagte Frank Streffer freundlich, der alle Fakten penibel notiert hatte und nun die kriminalistische Lage erklären wollte. »In der Nähe, nur einige hundert Meter von hier entfernt, haben wir eine männliche Leiche gefunden. In dem Waldstück zwischen den beiden v-förmig auseinanderlaufenden, asphaltierten Wegen. Wie lange könnte sie dort denn bereits liegen? Beziehungsweise, wann waren Sie zuletzt in diesem Gebiet? Sie hätten den Toten dann sicherlich bemerkt, oder?«

»Dort war ich seit Wochen nicht. Ich laufe ja nicht alle paar Tage das ganze Revier ab. Das wäre kaum zu schaffen. Und wozu auch? Aber selbst wenn, dann hätte ich ihn vielleicht nicht gesehen, weil ich bei meinen Routinegängen unmöglich jeden Quadratzentimeter Boden kontrollieren kann.«

Jana Jäger zog nun ihr Handy aus der Jackentasche und zeigte dem Oberförster ein Foto des Toten. »Haben Sie diesen Mann schon einmal gesehen?«

»Vielleicht ja, vielleicht nein. Jedenfalls erinnere ich mich nicht an ihn. Hier vor dem Haus parken tagtäglich etliche wildfremde Leute, um zu spazieren, zu joggen oder Fahrrad zu fahren. Viele kommen nicht einmal aus Wachtberg, sondern aus Bonn oder Ahrweiler. Hier ist fast immer was los. Und bei schönem Wetter an Wochenenden besonders viel. Dann müssen sie sich auf den Wegen rechts halten, um nicht andauernd mit Entgegenkommenden zusammenzustoßen.«

»Unterhalten Sie sich denn nie mit diesen Leuten?«, fragte Jana Jäger nach.

»Hin und wieder schon. Vor allem, wenn sie sich in der Natur nicht adäquat benehmen. Dann spreche ich sie natürlich an, erkläre ihnen das Problem ihres Verhaltens und bitte sie eindringlich um Besserung.«

»Sonst reden Sie nicht mit den Besuchern hier?«

»Doch, natürlich. Wenn sie mich ansprechen, weil sie etwas über den Kottenforst wissen wollen. Oder wenn ich sie kenne und gerade Zeit habe. Manche kommen ja seit vielen Jahren hierher, sind quasi Stammgäste in meinem Revier. Oder sie wohnen sowieso in unserer Gemeinde.«

»Und der Tote war weder Stammgast noch Dorfbewohner?«

Jana Jäger sah den Oberförster gespannt an.

»Nein. Beides nicht. Da bin ich mir hundertprozentig sicher.«

»Was kann er denn gerade in diesem Waldstück gesucht haben?«

Pappel kratzte sich nachdenklich am Hinterkopf. »Keine Ahnung. Eigentlich nichts, wenn er weder Jäger noch Pilzsammler war. Und danach sieht er absolut nicht aus. Vielleicht musste er ein dringendes Geschäft erledigen. Oder er wollte sich dort verstecken.«

7 | Neugier

Das Imitat einer Bahnhofsuhr im Wohnungsflur zeigte bald Mitternacht an. Jana war noch unterwegs. Ihr Einsatz im Wald von Villiprott dauerte offenbar an. Bestimmt würde es für sie wieder eine lange Nacht werden. Per Telefon hatte sie Alexander am Abend kurz über den spektakulären Leichenfund in der Nähe des Schönwaldhauses informiert. Daraufhin hatte er nach seiner Rückkehr aus der *Kupferklause* erst seinen schokoladenbraunen Labrador Elvis gefüttert und mit Wasser versorgt und war dann ausgiebig mit ihm spazieren gegangen.

Anschließend setzte sich Alexander mit einem wohltemperierten Kölsch aus dem Kühlschrank an den Computer. Neugierig durchforstete er das Internet, ob schon Informationen über den Toten von Villiprott in Umlauf waren. Auf der Seite der Boulevardzeitung *Blitz* fand er tatsächlich einen kurzen Bericht: Leichenfund im Kottenforst. Erstaunt las er, was das Konkurrenzblatt zu berichten wusste. Angeblich sollte es sich um einen städtischen Beamten handeln, der bereits seit mehreren Tagen vermisst wurde. Auch über die Todesursache und die Hintergründe wurde heftig spekuliert.

Hopp schwante, dass der Stress mit seiner cholerischen Chefredakteurin Nikola Schnell nun eskalieren würde. Eine Leiche in Wachtberg. In seinem Revier. Unmittelbar in seinem Wohnumfeld. Seine eigene Lebensgefährtin führte sogar die polizeilichen Ermittlungen in diesem Fall. Und ausgerechnet die *Blitz* hatte als Erste die Nachricht. Sogar mit konkretem Hinweis auf die Identität des Toten.

Hopp widerte dieser absurde Wettlauf der Journaille nach spektakulären Blaulicht-Nachrichten an. Daran hatte er sich noch nie beteiligt, das war nicht sein Geschäft. Für ihn ergab es keinen Sinn, einfach nur der Schnellste zu sein. Er wollte lieber der Zuverlässigste, Glaubwürdigste und Lesenswerteste sein. Deshalb recherchierte er gründlich und hartnäckig Abläufe und Zusammenhänge, damit er in seinen Reportagen fundiert das Geschehen schildern und die Hintergründe erklären konnte. Damit seine Leser die Wahrheit erfahren und begreifen konnten, was in ihrer Umgebung vor sich ging. Das würde diese Chefredakteursdarstellerin Schnell nie verstehen. Weil sie es nicht verstehen wollte.

8 | Nachtschicht

Inzwischen war es bereits kurz nach ein Uhr. Jana war noch immer nicht zuhause. Alexander Hopp kämpfte mit der Müdigkeit und dem inneren Schweinehund. Einerseits hörte er sein Bett rufen, andererseits wollte er wach bleiben, bis Jana endlich zurück käme. Er beschloss, auf sie zu warten, holte sich ein letztes Kölsch aus dem Kühlschrank und setzte sich auf seinen Lieblingsplatz im Wohnzimmer, um die Zeit mit Lesen zu überbrücken. Er blätterte in dem neuesten Krimi eines schweizerischen Kollegen bis zu der Stelle, an der er zuletzt schweren Herzens aus der Geschichte ausgestiegen war, weil er zu einem Termin hatte gehen müssen. Er schätzte die Romane dieses Autors sehr: wegen der aberwitzigen Fälle, der skurrilen Protagonisten und der herrlich lakonischen Schreibe. Für ihn die perfekte Mischung aus Originalität und Spannung. Trotz seiner Begeisterung für diesen Schriftsteller konnte Alexander sich jetzt nicht auf das neueste Schurkenstück von Frau Morgenstern, der schrulligen Heldin der schweizerischen Krimis, konzentrieren. Der Leichenfund im Kottenforst schwirrte ihm permanent durch den Kopf.

Sollte er jetzt noch dorthin fahren, um sich vor Ort ein Bild machen? Er entschied sich dagegen. Aber das Thema beschäftigte ihn mehr, als ihm lieb war.

Zur Ablenkung schaltete er den Fernseher an und schaute im dritten Programm die x-te Wiederholung eines alten Münsteraner *Tatorts*. Eigentlich war er seit Jahrzehnten glühender *Tatort*-Fan. Die Kölner und die Münchener Kommissare mochte er besonders gern. Früher gefielen ihm auch die schrägen Folgen aus Münster. Aber die Drehbücher wurden immer absurder, die Inszenierungen immer durchgeknallter. Mehr Comedy als Krimi. Was er mittlerweile extrem langweilig und ermüdend fand. Nach wenigen Minuten schlief Alexander im Sessel ein.

Jana weckte ihn vorsichtig, als sie gegen drei Uhr nachts endlich zurückgekommen war. Sie war völlig fertig. Und hundemüde. Aber trotzdem stand sie noch unter Strom. Entgegen ihrer sonst eher coolen Art wirkte sie sogar regelrecht aufgebracht. Dieser Leichenfund ganz in der Nähe berührte sie sehr persönlich. An Schlaf war vorerst nicht zu denken.

»Willst du darüber reden?«, fragte Alexander vorsichtig.

»Von wollen kann keine Rede sein. Aber ich fürchte, ich muss. Sonst komme ich nicht runter.«

»Dann schieß mal los.«

Jana schaute ihn tadelnd an.

»Sorry, Schatz. Unpassende Ausdrucksweise!«

»Schon gut.« Sie rieb sich mit den Knöcheln der angewinkelten Zeigefinger die Augen. »Du kennst doch den Parkplatz vor dem Schönwaldhaus. Wo die Wege wie ein V auseinanderlaufen …«

Alexander nickte.

»Genau in diesem verwilderten Waldstück zwischen den beiden Wegen, kaum fünfhundert Meter vom Forstamt entfernt, wurde ein toter Mann gefunden.«

»Vom wem? Und warum?«

»Von einem pensionierten Postboten aus Röttgen. Der wollte dort Pilze sammeln.«

»Und was hatte der Tote dort gewollt? Auch nach Pilzen zu suchen?«

»Sieht nicht so aus. Aber genau wissen wir das noch nicht. Wahrscheinlich ist er vor einem Angreifer dorthin geflohen, um sich im Gebüsch zu verstecken. Dabei muss er gestolpert oder zumindest eingeholt worden sein und ist dann wohl an Ort und Stelle erschlagen worden. Zumindest spricht auf den ersten Blick alles dafür, dass der Fundort auch der Tatort ist.«

»Habt ihr denn schon das Tatwerkzeug gefunden?«

»Nein. Noch nicht. Was aber logisch ist, wenn es sich tatsächlich um Mord handelt. Dann wird der Täter seine Waffe mitgebracht und auch wieder mitgenommen haben.«

»Sowas gibt es in Wachtberg wirklich nicht alle Tage.« Alexander schüttelte fassungslos den Kopf. »Wenn ich mich recht erinnere, ist das noch nie vorgekommen, seit wir hier wohnen. Wisst ihr denn, wer dieser Mann ist?«

»Ja. Er hatte zwar keinerlei Papiere oder Wertsachen bei sich. Wahrscheinlich weil ihm der Mörder alles abgenommen hat, um einen Raubüberfall vorzutäuschen. Aber in seiner Hosentasche steckte der Schlüssel eines BMW, der vor dem Schönwaldhaus geparkt war. Per Halterabfrage konnten wir ihn umgehend identifizieren.«

»Und? Wer ist er?«

Jana lächelte. »Das darf ich dir ja eigentlich gar nicht sagen.«

»Mmhhh. Ist klar.«

»Lutz Hansel. 44. Wohnte in Villip. Wurde schon seit drei Tagen vermisst.«

»Die *Blitz* schreibt in einer ersten Online-Meldung, der Mann habe in der Stadtverwaltung gearbeitet.«

»Das stimmt. In Bonn, beim Wohnungsamt.«

Alexander kratzte sich nachdenklich die rechte Schläfe. »Komisch. Bei meinem Termin heute ging es auch um das Bonner Wohnungsamt.«

»Wieso das denn?

»Dieser kleine Verein, dessen Vorsitzenden ich heute besucht habe, braucht für sein inklusives Wohnprojekt dringend neue Räume und bekommt von der Stadtverwaltung wohl nur Knüppel zwischen die Beine geworfen. Genaues weiß ich darüber noch nicht.«

»Macht nichts. Ist ja sowieso eine völlig andere Baustelle.« Jana gähnte herzhaft.

Sie redeten noch lange über den ungewöhnlichen Fall. Völlig übermüdet gingen sie schließlich zu Bett, als schon der Morgen graute.

9 | Morgenmuffel

Erst fünf Minuten vor neun Uhr wurde Alexander am Dienstagmorgen wach. Immer noch hundemüde und kein bisschen ausgeruht. Er fühlte sich fast wie verkatert, obwohl er sich am Vorabend nur ein paar Kölsch genehmigt hatte und alles andere als betrunken gewesen war. Er hatte einfach viel zu wenig geschlafen, kaum vier Stunden, wie er beim Blick auf den Wecker erschrocken feststellte. Wenn er mal zwei Tage nichts zu essen bekam, machte ihm das fast nichts aus. Aber mit weniger als acht Stunden Schlaf pro Nacht kam er nicht zurecht. Er brauchte dieses Quantum Ruhe, um sich am Morgen einigermaßen frisch und fit fühlen zu können.

Jana hatte sich schon vor zwei Stunden still und leise von ihm verabschiedet, um ihn nicht zu wecken. Sie hatte sogar nur zwei Stunden geschlafen. Wie sie das aushielt und aus welcher geheimen Quelle sie ihre offenbar unerschöpfliche Energie bezog, war Alexander völlig schleierhaft. Aber er bewunderte sie dafür.

Nachdenklich setzte er sich an den Küchentisch, der spärlich gedeckt war – mit seinem aufgeklappten Laptop und einer großen Tasse Kaffee. Stark, heiß und schwarz. Appetit hatte er nicht. Später würde er sich vielleicht ein halbes Brötchen mit Erdbeermarmelade oder Leberwurst schmieren. Mehr bekam er morgens sowieso selten herunter. Wenn überhaupt etwas. Manchmal aß er bis zum Abend keinen Bissen.

Elvis lag unter dem Tisch zu seinen Füßen, den Kopf gemütlich auf den Vorderpfoten platziert, und grunzte zufrieden.

Diese friedliche Ruhe kam ihm sehr gelegen. Heute brauchte er sie noch mehr als sonst. Selbst wenn er genug geschlafen hatte, nahm er gewöhnlich einen längeren Anlauf, um im neuen Tag anzukommen: Er antwortete dann nur das Nötigste, wenn er direkt angesprochen wurde, sagte von sich aus kaum etwas, ehe er nicht mindestens zwei große Tassen Kaffee getrunken hatte, und mied dann das Telefon auf dem Schreibtisch wie der Teufel das Weihwasser in der Kirche.

Sein Handy klingelte. Im Display erschien der Name Otto Springer. Da musste er jetzt ausnahmsweise drangehen.

Für Otto machte Alexander immer eine Ausnahme.

»Hallo leeve Jung«, meldete sich Otto, wie üblich gut gelaunt. »Wie geht es dir? Hast du gut geschlafen?«

»Schlecht. Nein«, antwortete Alexander denkbar knapp.

»Wie jetzt?«

»Mir geht es nicht gut, weil ich viel zu wenig geschlafen habe. Und das auch noch schlecht.«

»Wieso das denn? Hattest du mal wieder einen deiner berüchtigten Albträume?«

»Nein. Seit Monaten nicht mehr. Gottseidank. Aber Jana ist erst mitten in der Nacht gegen drei Uhr heimgekommen, weil sie einen neuen Mordfall hat. Ausgerechnet hier bei uns in Wachtberg. Ganz in der Nähe ist ein toter Mann im Wald gefunden worden. Wahrscheinlich wurde er erschlagen. Darüber haben wir bis zum Morgengrauen geredet.«

»Habe ich mir fast gedacht, dass Jana an der Sache dran ist. Ich habe gerade aus dem Internet davon erfahren.«

»Sicherlich von unseren geschätzten Kollegen vom *Blitz*.«

»So ist es. Aber deshalb rufe ich eigentlich gar nicht an. Um diese Geschichte können wir uns ja sowieso erst kümmern, wenn Jana dir grünes Licht dafür gibt. Sonst kriegst du wieder Beziehungsstress und musst bei mir ins Gästezimmer ziehen.« Otto lachte.

»Sehr witzig, Otto. Weshalb rufst du denn dann an?«

»Weil ich dich daran erinnern wollte, wie vereinbart gleich bei Herrn Friedländer unseren Besuch anzukündigen.«

»Keine Sorge, Otto. Das hätte ich schon nicht vergessen.«

»Da war ich mir nicht ganz sicher. Das schien dir gestern doch sichtlich unangenehm zu sein.«

»Stimmt. Das ist mir auch peinlich. Ich lese mich nur erst etwas mehr ein. Über diesen Verein wird sicher einiges im Web zu finden sein. Danach melde ich uns dort an. Versprochen!«

Alexander Hopp hatte sich nicht getäuscht. Über die Geschichte dieser inklusiven WG gab es diverse Artikel verschiedener lokaler Zeitungen und sogar einen kurzen Fernsehbericht.

Seit mehr als 30 Jahren existierte diese ungewöhnliche Wohngruppe bereits. Angeblich war sie eine der ersten inklusiven Wohngemeinschaften Deutschlands und vor allem die einzige dieser selbständigen, eigenverantwortlichen Art. Die Bewohner regelten tatsächlich alle Alltagsaufgaben und Probleme alleine miteinander – ohne jeden externen professionellen Betreuer. Lange Zeit war sie offenbar eines der Vorzeigeprojekte ihres christlichen Trägers gewesen. Trotzdem hatte die Organisation sie vor einigen Jahren fallen gelassen. Von jetzt auf gleich.

Einfach so?

Die Gründe dafür wurden in keinem Bericht erwähnt. Auch nicht die Namen der dafür Verantwortlichen. Wie konnte das sein? Warum war den Bewohnern gekündigt worden? Und selbst, wenn es handfeste Gründe dafür gegeben hatte – war es christlich, Bedürftige einfach vor die Tür zu setzten? Wieso wurden in allen Artikeln Ross und Reiter gezielt geschont? Hatten die Zeitungsverlage mal wieder Angst vor dem langen Arm der Kirche und radikalen Reaktionen fanatischer Gläubiger?

Wilhelm Friedländer, der Vorsitzende des neuen Trägervereins *Inklusiv leben* würde sicher Antworten auf diese Fragen haben. Den anstehenden Anruf bei diesem Mann, den er schon gestern besucht hatte, hätte Hopp sich leicht sparen können, wenn er von Anfang an seinen Job gemacht hätte – indem er sich gründlich auf den Termin vorbereitet hätte, konzentrierter bei der Sache gewesen wäre und sich nicht von seinem skeptischen Bauchgefühl hätte beeinflussen lassen. Nun wollte er das Thema professionell angehen, so wie er es mit Otto abgesprochen hatte. Hopp ahnte inzwischen, dass hinter dem unscheinbar wirkenden Fall doch eine spektakuläre Story stecken könnte.

Zum zweiten Mal innerhalb von zwei Tagen wählte er die Nummer von Wilhelm Friedländer.

10 | Lagebesprechung

Die Mordkommission war vollzählig im Konferenzraum des Polizeipräsidiums versammelt. Wie üblich bei neuen Fällen herrschte eine nervöse Stille. Nur der Chef lief bereits auf Hochtouren. Der Erste Kriminalhauptkommissar Peter Paul Pinsel war mächtig geladen. »Morgen, Leute. Wieso musste ich heute Nacht dem Internet entnehmen, wer der Tote im Kottenforst ist beziehungsweise war? Kann mir das bitte mal jemand erklären?«

»Weil die Herrschaften von der Presse meist um einiges schneller sind als manche hier«, antwortet Jana Jäger spitz und schaute provokativ in die Runde.

Einige Kollegen stierten sie verärgert an.

»Sie schon wieder, Jäger. Hätte ich mir denken können, dass Sie hier patzig das Wort ergreifen. Aber Ihre Antwort befriedigt mich nicht. Ich wiederhole meine Frage deshalb mit etwas anderen Worten: Warum hat mich niemand von Ihnen umgehend informiert?«

»Ich war heute Nacht die leitende Ermittlerin vor Ort, deshalb ist es jetzt wohl auch meine Aufgabe, Ihre vorwurfsvolle Frage zu beantworten. Wir hatten in Villiprott alle Hände voll zu tun, das Gelände war unübersichtlich und die Dunkelheit hat uns die Arbeit nicht gerade erleichtert. Und ganz ehrlich – ich habe in dieser schwierigen Situation einfach nicht an Sie gedacht. Mein Fehler, Chef. Ich bitte um Verzeihung. Allerdings habe ich auch nicht damit gerechnet, dass diese Typen von der *Blitz* schon wieder so auf Zack sind.«

»Okay. Schwamm drüber«, antwortete Pinsel nun deutlich entspannter. »Dann lasst uns jetzt konzentriert zur Sache kommen, damit wir nicht wertvolle Zeit verplempern. Was haben Sie herausgefunden? Was wissen wir?«

Jana Jäger stand auf und stellte sich am Kopfende des Raumes vor das Whiteboard. »Unser Mann heißt Lutz Hansel, ist, beziehungsweise war 44 Jahre alt und wohnte im Wachtberger Ortsteil

Villip. Er war nicht verheiratet. Ob er auch alleine lebte oder eine feste Beziehung hatte, wissen wir derzeit noch nicht. Wir konnten ihn so schnell identifizieren, weil sein BMW in der Nähe auf dem Waldparkplatz stand. Den Autoschlüssel trug er in der Hosentasche. Papiere, Geld oder andere Wertgegenstände hatte er nicht bei sich. Wahrscheinlich nicht mehr.« Sie drehte sich zur Tafel, notierte dort den Namen, das Alter und den Wohnort. Daneben hängte sie mehrere Fotos des Toten und seiner Lage am Fundort.

»Also haben wir es mit einem Raubüberfall zu tun?«

»Nein, Chef. Das ist an dieser unwegsamen Stelle im Kottenforst mit ziemlicher Sicherheit auszuschließen. Der Mörder wird die Wertsachen des Opfers nur mitgenommen haben, um einen Raubüberfall vorzutäuschen und um uns in die falsche Richtung zu schicken.«

»Was war der Mann von Beruf? Wo hat er gearbeitet? Haben Sie das denn schon herausbekommen?«, hakte der Leiter der Mordkommission nach.

»Ja, weil Herr Hansel seit drei Tagen vermisst wurde. Sein Arbeitgeber, die Stadt Bonn, hatte ihn gestern Morgen gemeldet, nachdem er den zweiten Tag hintereinander nicht im Büro erschienen war und auch nicht telefonisch erreicht werden konnte.«

»Stadt Bonn?«, fragte Pinsel, »was hat er denn da gemacht?«

»Irgendwas im Wohnungsamt, Genaueres wissen wir leider noch nicht. Aber das werden wir umgehend ermitteln.«

Nun ergänzte Jana Jäger den Überblick auf dem Whiteborad um die Angaben »Stadt Bonn«, »Wohnungsamt« und »vermisst gemeldet«.

»Für den Tathergang ergibt sich ein wahrscheinliches Bild«, berichtete sie weiter. »Allem Anschein nach ist Lutz Hansel von irgendjemandem verfolgt worden und hat versucht, sich im Wald zu verstecken.«

»Wo er aber eingeholt und an Ort und Stelle erschlagen worden ist«, ergänzte Kriminaloberkommissar Frank Streffer. »Da sind sich die Kollegen von der SpuSi ziemlich sicher. Sie konnten rund um den Fundort keinerlei Transportspuren finden, aber Blutspritzer am Stamm einer dicken Buche, vor der Hansel bäuchlings im Gestrüpp lag.«

»Exakte Ergebnisse über die Todesursache, den Zeitpunkt, den Tatort und eventuell noch weitere wichtige Fakten wird uns hoffentlich die Obduktion bringen«, sagte Hauptkommissarin Jäger. »Die sollte bald beginnen. Wer geht hin? Ich schaffe es vielleicht nicht.«

»Wenn ich dann Zeit habe, übernehme ich das persönlich«, antwortete Peter Paul Pinsel großspurig. Der Kommissionschef war für's Erste zufrieden. Einen derart umfassenden Ermittlungsstand hatte er jetzt, nur rund 12 Stunden nach dem Fund der Leiche, nicht erwartet. »Durch die Obduktion erfahren wir sicher mehr. Wissen wir denn schon etwas über das Motiv?«

Jana Jäger schüttelte den Kopf. »Darüber können wir derzeit nur spekulieren. Da wir noch nichts über die Persönlichkeit und die Lebensumstände des Opfers wissen, kommen einstweilen alle klassischen Motive in Frage: Neid, Habgier, Hass, Zorn, Leidenschaft, Eifersucht.«

»Nur den Tatort können wir uns bisher eingermaßen sinnvoll erklären«, meldete sich Frank Streffer wieder zu Wort. »Das Opfer muss sich von einem Verfolger bedroht gefühlt haben, konnte ihm im Auto nicht entkommen und hat dann wahrscheinlich spontan am Schönwaldhaus geparkt, um sich im Wald in Sicherheit zu bringen. Anders kann es nicht sein: Wer trifft oder verabredet sich schon mitten im Wald abseits der Wege? Und wozu? Wäre diese abgelegene Stelle nur der Fundort, ergäbe das einen Sinn: Der Mörder hätte das Opfer in diesem Fall ebenso einfach wie einigermaßen sicher entsorgt, damit es möglichst nicht oder zumindest nicht sofort entdeckt wird. Aber so ist es offensichtlich nicht gewesen.«

»Vielleicht liefert uns die weitere Auswertung aller Spuren irgendeinen Hinweis. Die SpuSi-Kollegen arbeiten unter Hochdruck daran. Aber wenn ihr meine Meinung hören wollt«, sagte

Jana Jäger mit erhobener Stimme und schaute in die gespannten Gesichter der versammelten Polizeibeamten. »Frank Streffer liegt komplett richtig. Das war keine Verabredung. Das Opfer wurde bis in den Wald verfolgt und dort vorsätzlich umgelegt. Aufgelauert wird der Mörder ihm dort sicher nicht haben. Woher sollte er die genaue Stelle kennen?«

»Bis hierhin gute Arbeit, Leute«, resümierte Peter Paul Pinsel, dessen schlechte Laune verflogen war. »Wir wissen schon erstaunlich viel, aber natürlich auch darüber, was wir alles noch nicht wissen: Hat Hansel Angehörige? Sind die bereits informiert? Wie wohnte er? Gibt es eine feste Partnerin oder einen Partner? Welche Aufgabe hatte er im Wohnungsamt? Wie kam er dort zurecht? Was sagen die Kollegen über ihn? Und was haben seine Nachbarn in Villip zu berichten? Mit wem war er befreundet? Gehörte er einem Verein an? Und nicht zuletzt: Wie sahen seine Vermögensverhältnisse aus? Teilen Sie bitte die Arbeit auf, Jäger, und dann schnell alle raus auf die Pirsch.«

11 | Hintergrundgespräch

Gerade packte Alexander Hopp die wichtigsten Arbeitsunterlagen in seine alte, verwitterte rindslederne Aktentasche, als es an der Wohnungstür klingelte. Das musste Otto sein, der ihn, wie versprochen, für den gemeinsamen Termin bei Wilhelm Friedländer abholen würde. Der Verein *Inklusiv leben e.V.* war offiziell an dessen Privatadresse in Berkum gemeldet. Der Einfachheit halber bot es sich an, dass Otto auf dem Weg dorthin seinen Kumpel Alex in Pech aufgabelte, um gemeinsam mit ihm weiterzufahren. Da Otto in Schweinheim wohnte, wäre es ein unnötiger Umweg gewesen, wenn Alexander ihn abgeholt hätte. Getrennt mit zwei Autos zu fahren, war keine Option. Sie wollten sich unterwegs noch kurz für das bevorstehende Gespräch abstimmen.

»Alles klar, leeve Jung?«, sagte Otto zur Begrüßung. »Geht es gleich weiter oder soll ich noch kurz reinkommen?«

»Ja und nein. Ich habe alles und wir fahren sofort«, antwortete Alexander und schloss die Wohnungtür hinter sich.

Im Wagen kamen sie als Erstes auf den Leichenfund beim Schönwaldhaus zu sprechen. »Wie geht es Jana denn? Nach diesem aufregenden Abend für sie und der wahrscheinlich extrem kurzen Nacht?«, fragte Otto.

»Kann ich dir gar nicht wirklich sagen. Sie hat sich heute morgen leise vom Acker gemacht. Wenn ich es im Halbschlaf richtig mitbekommen habe, hat sie höchstens zwei Stunden gepennt. Wahnsinn!«

»Das kannst du wohl laut sagen. Das hält doch auf Dauer das stärkste Pferd nicht aus. Haben die ersten Ermittlungen denn schon was gebracht?«

»Erstaunlicherweise«, sagte Alexander anerkennend. »Meist zieht sich das ja leider wie Kaugummi und artet in echte Sisyphusarbeit aus. Aber jetzt weiß Jana schon, wer der Mann war, wo er gewohnt und was er beruflich gemacht hat. Mit etwas Glück könnte der Fall schnell geklärt sein.«

»Und? Stimmt das einigermaßen, was im Internet über den Fall zu lesen ist: Mitte vierzig, alleinstehend, Beamter der Stadt Bonn?« Otto sah Alexander mit einem kurzen Seitenblick nach rechts erwartungsvoll an, konzentrierte sich dann aber sofort wieder auf den Verkehr.

»Ja. Soweit ich weiß, passt das.«

»Irre, wie schnell manche Kollegen so recherchieren.«

»Wenn man die richtigen Quellen sprudeln lässt, ist das gar nicht so schwer. Kostet halt nur ein paar Euros. Müsstest du eigentlich wissen.«

Otto lachte.

»Aber nun zu Friedländers Verein«, wechselte Alexander das Thema. »Wir sind gleich da und sollten uns wenigstens ein bisschen besprechen.«

»Okay. Weißt du denn mittlerweile mehr als bei unserem letzten Telefonat?«

»Ja, etwas. Ich habe ein paar interessante Artikel im Netz gefunden. Demnach wurde die Wohngemeinschaft jahrzehntelang von einer kirchlichen Organisation getragen, sogar mit großem Stolz, quasi als inklusives Vorzeigeprojekt. Trotzdem hat man sie vor einigen Jahren abrupt fallen gelassen. Nur warum, wird nirgends berichtet.«

»Das müssen wir unbedingt herauskriegen. Und auch wie der Verein organisiert ist, mit wem vernetzt und wie er sich finanziert.«

»Genau, und wer die Sache unterstützt, woher sie eine neue Wohnung bekommen, und natürlich, wer quertreibt und warum?«, sagte Alexander. »Da muss irgendetwas Wichtiges dahinterstecken. Warum sonst sollte die Kirche eine bewährte WG, sogar eine der ersten dieser Art, bei der sich Menschen mit und ohne Behinderung selbständig organisieren und versorgen, von jetzt auf gleich fallen lassen?«

»Ich hätte da eine Idee«, sagte Otto.

»Welche denn?«

»Geld.«

Alexander starrte Otto an und nickte dann langsam. »Gut möglich. Wir werden es hoffentlich gleich erfahren.«

12 | Flurfunk

Mit ihrem Partner Frank Streffer fuhr Jana Jäger zum Stadthaus am Rande der Bonner Nordstadt und stellte den Wagen auf dem für alle Besucher zugänglichen Parkdeck 1 im Erdgeschoss dieses maroden, hässlichen Betonklotzes ab. Dann gingen sie zum Infoschalter im Eingangsbereich und erkundigten sich nach dem Wohnungsamt.

»Sie meinen das Amt für Soziales und Wohnen?«, fragte die Mitarbeiterin spröde, ohne die Besucher anzuschauen.

»Wenn das hier offiziell so heißt, dann meinen wir das«, konterte Jäger spitz. »Wo genau ist das und wie kommen wir am einfachsten dorthin?«

»Zum wem genau wollen Sie denn? Zeigen Sie mir doch bitte Ihre Anmeldung.« Noch immer würdigte diese Frau die beiden Kommissare keines Blickes, sondern tippte auf der Tastatur ihres Computers herum.

Jana Jäger und Frank Streffer zückten synchron ihre Dienstausweise. Bei dieser Nummer kam sich Jana immer etwas albern vor – wie eine Stewardess, die zum x-ten Mal ihr Sicherheits-Einweisungs-Ballett aufführen musste. Von einer ehemaligen Mitschülerin, die seit Jahren als Flugbegleiterin bei der Lufthansa arbeitete, wusste sie, wie bescheuert die sich dabei fühlte und dass sie sich manchmal sogar regelrecht vor den Passagieren schämte.

»Wenn Sie die Güte hätten, sich das hier kurz anzuschauen«, sagte Jäger mit leicht drohendem Unterton.

Lustlos wendete die Stadtangestellte langsam den Kopf, starrte begriffsstutzig auf die Dienstausweise, runzelte die Stirn und riss dann überrascht die Augen auf.

»Ach, Sie sind von der Polizei?«

Jana Jäger nickte breit und grinste. »Ganz genau, Verehrteste. Und deshalb brauchen wir auch keinen Termin, weil wir nämlich in einem ungeklärten Todesfall ermitteln.«

»Verstehe. Trotzdem. Das Amt ist nicht gerade klein. Wen genau wollen Sie denn sprechen?«

»Das wissen wir auch noch nicht. Am besten jemanden, der oder die mit Herrn Lutz Hansel zusammenarbeitet. Ansonsten einfach, wer in der Abteilung gerade da ist.«

Wieder bearbeitete die Frau die Tastatur und sah auf den Bildschirm. »Fragen Sie bei der Wohngeldstelle nach Frau Dennerlein, die gehört zum gleichen Team und sollte am Platz sein.«

Ursula Dennerlein sah ziemlich genauso aus, wie ihr Name vermuten ließ. Grauer Faltenrock, beigefarbenes Twin-Set, Perlenkette, leicht ergraute Pagenfrisur. Sie empfing die Polizisten verunsichert, aber freundlich.

»Sie kommen bestimmt wegen unseres Kollegen Lutz Hansel. Tragisch. Wir sind alle schockiert. Was ist denn genau passiert?«

»Das versuchen wir gerade zu ermitteln«, antwortete Jana Jäger. »Viel wissen wir noch nicht und das Wenige, das wir herausgefunden haben, dürfen wir Ihnen leider nicht verraten.« Sie lächelte die Frau aufmunternd an. »Wie war Herr Hansel denn so?«

Ursula Dennerlein scharrte betreten mit der rechten Schuhsohle über den schäbigen Teppichboden und biss sich nachdenklich auf die Unterlippe. »Nett, kollegial, fröhlich und sehr erfahren in der Materie.«

»Wie meinen Sie das?«, hakte Frank Streffer nach. Er hatte den Eindruck, dass die Mimik der Frau nicht zu ihrer Charakterisierung des Kollegen passte.

»Er war der Dienstälteste in unserem Team. Er wusste genau, was geht und was nicht und auch warum. Ich bin zwar älter als er, aber noch nicht annähernd so lange in diesem Amt hier.«

»Aha.« Jana Jäger war unzufrieden mit dieser Antwort.

»Hatte er irgendwelche Probleme hier im Job?«

Die Stadtbedienstete verzog leicht den Mund. »Probleme? Wüsste nicht, welche. Wenn ja, kann Ihnen das wohl nur der Chef sagen.«

»Wie heißt Ihr Chef und wo finden wir ihn?«

»Schönemann. Carol Schönemann. Er ist der Amtsleiter und sitzt auch auf dieser Etage. Aber heute ist er nicht da.«

»Warum nicht?«

»Was weiß ich. Wahrscheinlich Außentermine. Die hat er des Öfteren.«

»Ist er derjenige, der Lutz Hansel als vermisst gemeldet hat?«

»So ist es. Schon gestern.«

»Hat denn sonst niemand hier sein Fehlen bemerkt oder sich nach ihm erkundigt?«

»Doch, doch. Natürlich. Wir alle. Es war total ungewöhnlich, dass der Herr Hansel unentschuldigt fehlte. Deshalb haben wir den Chef ja aufgefordert, ihn bei der Polizei zu melden.«

»War er denn eigentlich beliebt bei den Kollegen?«

»Ich denke, schon ...«

»Sie denken? Was soll das denn heißen?«, hakte die Hauptkommissarin unzufrieden nach.

Frau Dennerlein schwieg einige Sekunden. »Im Großen und Ganzen wurde er hier wohl geschätzt. Von dem einen sicher mehr als von dem anderen. Wie das halt immer so ist in einer Gruppe. Niemand ist doch bei allen gleich beliebt. Auf Anhieb wüsste ich jedenfalls keinen hier in der Belegschaft, der ihn nicht leiden konnte. Am besten kam er allerdings mit Kolleginnen zurecht.«

Jäger und Streffer sahen einander vielsagend an.

»Interessante Formulierung«, kommentierte Frank Streffer. »Wie meinen Sie das denn? Vielleicht im sexuellen Sinne? Hatte er etwa was mit Kolleginnen?«

Ursula Dennerlein fummelte verunsichert an ihrem Rock herum. Dann zuckte sie beide Schultern. »So genau weiß ich das nicht. Hin und wieder wurde schon mal darüber getuschelt. Keine Ahnung, wieviel da dran war. Interessiert mich im Grunde auch nicht.«

»Wer könnte über Herrn Hansels Verhältnisse denn besser Bescheid wissen?«

Sie grinste. »Herr Winterscheidt vielleicht. Den finden Sie dahinten an dem Schreibtisch am Fenster.«

Heinz Winterscheidt saß mit verschränkten Armen an seinem Arbeitsplatz, hatte die Polizisten schon beobachtet und offensichtlich darauf gewartet, dass sie ihn befragen würden.

»Sie können uns Konkreteres über den verstorbenen Kollegen Lutz Hansel berichten? Meinte Frau Dennerlein jedenfalls.«

»Das können Sie aber laut sagen. Schließlich habe ich ihn lange genug hier in nächster Nähe erlebt. Oder besser gesagt – ertragen. Ertragen müssen.«

»O ha. Das klingt ja nicht gerade so, als ob Sie ihn besonders gern gemocht hätten.« Jäger schaute Winterscheidt herausfordernd an. »Hatten Sie Probleme mit Hansel?«

»Anfangs nicht. Da fand ich ihn sympathisch und kollegial und amüsant. Doch von Jahr zu Jahr wurde er unangenehmer, aufdringlicher, anzüglicher – einfach unerträglicher.«

»Inwiefern?«

»Er belästigte jeden mit seinen privaten Weibergeschichten, die eigentlich keiner hören wollte; er prahlte geradezu mit seinen Eroberungen, erzählte fast nur noch zotige Witze; und mehr und mehr machte er sich an Kolleginnen heran. An deutlich jüngere, sehr attraktive selbstverständlich.«

»Und das fanden Sie persönlich unangenehm, Herr Winterscheidt? Ich dachte, Männer stehen auf sowas«, fragte Jana Jäger aggressiv.

Streffer schaute seine Partnerin entsetzt an.

»Wie schön, dass Sie keine Vorurteile haben«, konterte Winterscheidt ironisch. »Aber im Ernst. Regelrecht übergriffig war das, was Hansel hier veranstaltet hat. Das hat alle genervt. Damit hat er systematisch die Arbeitsatmosphäre im ganzen Team verpestet.«

»Die vorher gut war?«, hakte Frank Streffer nach.

»Ja, das war sie. Sogar richtig klasse. Alle haben sich gut vertragen, jeder hat jeden kollegial unterstützt. Tagtäglich bin ich fröhlich und motiviert hierher gekommen. Aber zuletzt war ich über jeden Tag froh, den er nicht da war oder den ich nicht hier in seiner Nähe verbringen musste.«

»Hatte Herr Hansel denn zuletzt ein Verhältnis mit einer Kollegin?«

»Klar. Er hatte immer eine. Mindestens eine.«

Wieder sahen sich Jäger und Streffer vielsagend an.

»Wie heißt die Dame denn, von der sie zu wissen glauben, dass sie zuletzt mit Lutz Hansel sexuell verkehrte?«

»Rike. Friederike Linden. Sie arbeitet bei der Wohngeldstelle, ist aber gerade krankgeschrieben. Und die Kollegin da drüben weiß auch ganz sicher einiges über die speziellen Eigenschaften des Herrn Hansel zu berichten.« Heinz Winterscheidt wies mit dem Kopf demonstrativ zu der jungen Frau am gegenüberliegenden Arbeitsplatz, die ihr Gespräch mit hochrotem Kopf beobachtet hatte.

Jana Jäger schätzte Sophie Kaiser auf höchstens Mitte zwanzig. Die junge Frau wirkte extrem nervös. Ihre Wangen waren noch immer leicht gerötet, als die Kriminalbeamten vor ihrem Schreibtisch stehenblieben.

Frank Streffer fand, dass sie bezaubernd aussah. Mit ihren großen blauen Augen unter den schwarzen Locken, den Sommersprossen um die Nase und ganz besonders mit diesem verschüchterten Gesichtsausdruck. Auch ihre Figur war attraktiv, wirkte sportlich und zugleich sehr weiblich, was durch die supereng geschnittene dunkelblaue Jeans und die taillierte weiße Bluse besonders betont wurde. Was sie betraf, hatte er auf Anhieb vollstes Verständnis für diesen Hansel.

»Da Sie unsere Befragungen Ihrer Kollegen quasi live und in Farbe mitverfolgt haben, können wir ja jetzt direkt zur Sache kommen«, sagte Jana Jäger. »Sie stehen Herrn Hansel also näher?«

»Standen, besser gesagt«, antwortete Sophie Kaiser leise.

»Okay, standen, mittlerweile ist er ja verstorben«, korrigierte sich Jäger unwirsch.

»Darum geht es nicht«, antwortete die junge Frau, »wir hatten eine kurze … Beziehung. Die ist aber bereits seit zwei Monaten beendet.«

»Wie lange ging diese Geschichte denn?«

»Auch etwa zwei Monate.«

»Das ist ja nicht besonders lange.«

»Nein. Aber urplötzlich war die Luft raus. Lutz hatte wohl eine andere gefunden.«

»Und das haben Sie einfach klaglos so akzeptiert?«, fragte Streffer erstaunt.

»Ja und nein. Ich habe schon versucht, ihn umzustimmen. Da ist er auch noch mal mit mir … Sind wir … Na, Sie wissen schon.« Sophie Kaisers Gesicht lief wieder knallrot an.

»Während Hansels neue Beziehung schon lief, sind Sie noch mit ihm in die Kiste gestiegen?«, wunderte sich Streffer. »Wie entzückend.«

»Lutz nahm sowas nicht allzu genau«, antwortete die Ex-Geliebte fast flüsternd.

»Und Sie ja offensichtlich auch nicht«, erwiderte Streffer empört. »Was mich aber nichts angeht. Wie war Lutz Hansel denn so bei anderen Dingen, hier im Amt zum Beispiel? Ließ er da auch gern mal alle fünf gerade sein?«

»Ähhh, also«, druckste Sophie Kaiser herum, »ich weiß wirklich nicht, was Sie meinen.«

Jana Jäger hatte das Gefühl, dass die junge Frau mehr zu erzählen hatte. Dass sie aber hier in ihrem direkten Arbeitsumfeld vor den Augen ihrer Kollegen zu gehemmt war, um vollumfänglich auszusagen. In einer anderen Gesprächssituation würde sie wahrscheinlich freier reden können. Und vielleicht würde das gleiche auch für Ursula Dennerlein gelten.

Die Kommissarin nahm ihren Partner Frank Streffer diskret zur Seite und beriet sich kurz mit ihm. Dann bestellte sie die beiden Frauen einzeln für den kommenden Morgen ins Polizeipräsidium.

13 | Vertragsstreitigkeiten

Natürlich habe ich gehofft, dass Sie sich intensiv mit unserer Geschichte beschäftigen werden. Aber dass Sie sich so schnell wieder bei mir melden, hätte ich nicht gedacht.« Der Vorsitzende des Vereins *Inklusiv leben* öffnete weit die Tür seines Hauses, bat Alexander Hopp und Otto Springer mit einer schwungvollen Geste herein und führte sie in ein großes, geschmackvoll eingerichtetes Wohnzimmer. Dort nahmen sie vor dem brennenden Kamin auf einem gemütlichen Sofa Platz.

»Darf ich den Herren vielleicht einen Kaffee anbieten«, fragte Wilhelm Friedländer, »oder lieber etwas Erfrischendes?«

»Einen Kaffee nehme ich gern. Vielen Dank«, antwortete Hopp verbindlich, während Springer bescheiden fragte, ob für ihn auch ein schwarzer Tee drin sei. Bis zum Nachmittag trank er nie Kaffee.

Nach wenigen Minuten kam Friedländer mit einem großen Tablett zurück und stellte zwei Tassen Kaffee, einen Becher Tee, eine Flasche Mineralwasser, drei Gläser und eine Schale mit Gebäck auf den kleinen Beistelltisch.

»Nachdem ich zuhause unser erstes Gespräch ausgewertet hatte, fielen mir etliche wichtige Fragen ein. Und ehrlich gesagt, verstehe ich auch die Zusammenhänge noch nicht wirklich. Allerdings ahne ich, dass die Angelegenheit größer sein könnte, als ich bisher angenommen habe«, erklärte Hopp zum Einstieg. »Da mein Kollege gestern nicht dabei sein konnte, fangen wir am besten noch einmal gründlich von vorne an. Ist das für Sie in Ordnung?«

»Klar. Wenn es der Sache dient. Ich habe Zeit.« Friedländer lächelte die beiden Besucher an und schlug entspannt die Beine übereinander.

»Sie haben vor fünf Jahren diesen Verein gegründet, um eine seit Langem bestehende Wohngemeinschaft zu übernehmen, in der vier Menschen mit Behinderung zusammen mit vier ohne Behinderung völlig selbständig zusammenleben.«

»Ja, seit gut dreißig Jahren schon. Bei jedem Besuch der WG freue ich mich immer wieder, wie problemlos die Bewohner alle Aufgaben miteinander erledigen, wie sie einander helfen, wie sie gemeinsam Freizeitaktivitäten nachgehen. Immer ohne externe Unterstützung und jeder mit jedem auf Augenhöhe. Die Beeinträchtigungen einzelner spielen dabei keine Rolle.«

»Wie funktioniert das denn im Alltag?«, wollte Hopp wissen.

»Das schauen Sei sich am besten selbst vor Ort an«, antwortete Friedländer, »die Bewohner bekommen gern Besuch.«

»Und diese Organisation des Zusammenlebens ist etwas Besonderes?«, fragte Otto Springer.

»Allerdings. Vor dreißig Jahren gab es sowas nirgends im Lande. Da gab es nicht einmal den Begriff *Inklusion*. Selbst heute haben solche Projekte noch immer Seltenheitswert.«

»Verstehe«, sagte Hopp. »Aber ich verstehe nicht, wieso plötzlich Ihre Initiative nötig wurde, wenn die WG seit Langem so wunderbar funktioniert?«

»Weil sie urplötzlich vor dem Aus stand. Allen Bewohnern war kurzfristig und ohne jede Vorwarnung sowohl von der Trägerorganisation als auch von ihrem Vermieter gekündigt worden. Beides christliche Institutionen, wohlgemerkt.« Friedländer schaute die beiden Besucher zufrieden lächelnd an; diese Spitze hatte er sich nicht verkneifen können. Bei irgendwelchen Immobilienhaien hätte er ein solches Vorgehen wahrscheinlich normal gefunden, aber bei gemeinnützigen Einrichtungen? Christlich ging seiner Ansicht nach anders.

»Mit welcher Begründung denn?«

»Wegen einer etwas turbulenteren Abschiedsparty einer früheren Mitbewohnerin und, jetzt halten Sie sich fest, wegen angeblicher Verstöße gegen die Hausordnung und die Feuersicherheitsbestimmungen.«

Der spöttische Unterton in Friedländers Stimme war kaum zu überhören.

Hopp und Springer sahen ihn erstaunt an.

»Was meinten die denn damit?«, bohrte Hopp nach. »Was haben Ihre Leute sich denn Unerhörtes zu Schulden kommen lassen?«

»Eigentlich nichts Schlimmes. Kinkerlitzchen, wie sie sicherlich in vielen Wohneinrichtungen und auch zwischen Nachbarn oft Vorkommen: Spätabends noch zu laute Musik, Notausgänge mit Gartenmöbeln zugestellt, schlampig den Müll entsorgt, falsch auf Parkplätzen geparkt. Sowas halt. Harmloses Zeug.«

»Stimmten diese Vorwürfe denn überhaupt?«

»Teils, teils. Wenn ja, dann kamen die Vergehen nicht besonders oft vor. Leider wurde allerdings so manches, was andere Mieter in der Anlage angestellt hatten, einfach auf unsere WG geschoben. Die Hausverwaltung konnte unsere Bewohner von Anfang an nicht ausstehen und hat immer fleißig nach Angriffspunkten gesucht.«

»Aber selbst wenn alles gestimmt hätte, wegen sowas schmeißt man doch nicht einfach acht Menschen raus.« Otto Springer war fassungslos.

»Doch. Sogar zum nächstmöglichen Zeitpunkt.«

»War das denn juristisch einfach so möglich?«, fragte Hopp. »Immerhin gibt es hierzulande ein sehr ausgefeiltes Mietrecht. Und die Bewohner mit Handicaps müssten doch zusätzlich besonderen sozialrechtlichen Schutz genossen haben.«

»Unserer Meinung nach war das natürlich nicht rechtens. Weshalb wir mit einem Fachanwalt für Mietrecht dagegen angegangen sind.« Friedländer legte eine kurze dramaturgische Pause ein. »Übrigens mit Erfolg.«

»Was haben Sie denn erreicht? Und was heißt wir?« Hopp sah dem Vereinsgründer neugierig in die Augen.

»Wir, das waren die einzelnen Bewohner und ihre Angehörigen. Unseren Verein gab es damals noch nicht. Den haben wir erst im Laufe der Auseinandersetzungen gegründet. Und der Erfolg war, dass die Gegenseite ihre Klagen, die sie zwischenzeitlich gegen einige WG-Mitglieder angestrengt hatte, zurückgezogen hat und stattdessen konstruktiv mit uns in Verhandlungen eingestiegen ist.«

»Wie lange wäre denn die Kündigungsfrist gewesen?«

»Nur ein halbes Jahr«, antwortete Friedländer. »Unmöglich in dieser kurzen Zeit eine für acht Leute passende Wohnung zu finden, die sogar barrierefrei, also für Menschen mit verschiedensten Behinderungen geeignet sein musste. Und wenn, wäre die für uns nicht bezahlbar gewesen. Damals wurden solche Immobilien für horrendes Geld zur Unterbringung von Flüchtlingen vermietet.«

Alexander Hopp legte eine kurze Befragungspause ein, um sich die wichtigsten Fakten zu notieren. Derweil schwoll Otto Springers Empörung von Minute zu Minute an. »Und dann, wie ging es weiter?«, wollte er endlich wissen.

»Wir mussten zweigleisig fahren. Mit dem Vermieter einen vorübergehenden Verbleib in der gekündigten Wohnung aushandeln und gleichzeitig intensiv nach neuen Räumen suchen. Was beides schließlich sogar geklappt hat. Gottseidank.« Friedländer seufzte erleichtert. Noch heute freute er sich Tag für Tag über die Lösung. »Wir bekamen einen neuen Vertrag für die Zeit, bis die uns zugesagte Neubauwohnung bezugsfertig war.«

»Wo hatten Sie denn plötzlich eine neue Wohnung her?« Hopp erinnerte sich, dass Friedländer vor kaum einer Minute erzählt hatte, dass es wegen der Flüchtlingswelle schier unmöglich gewesen sei ein bezahlbares Objekt für acht Personen zu finden.

»Ein bekannter Jurist, der mit unserem Anwalt befreundet ist, stellte den Kontakt zur lokalen Immobiliengesellschaft WohnRaumBonn her. Die sah eine Möglichkeit, unsere WG in einem geplanten großen Objekt unterzubringen.« Wilhelm Friedländer verzog amüsiert den Mund. »Und Schlagzeilen wie *Kirche setzt Behinderte vor die Tür. WohnRaumBonn rettet!* hätte der Chef der Immobilienfirma sicher gern in der Zeitung gelesen.«

»Dafür könnte ich dieser Tage sorgen«, erklärte Alexander Hopp süffisant.

»Nein. Lieber nicht!« Friedländer schüttelte energisch den Kopf. »Zum Schluss haben wir mit dem Vermieter einen Burgfrieden geschlossen und vertragen uns jetzt gut.«

»Wer ist denn dieser Vermieter? Das haben Sie uns noch gar nicht gesagt.«

»Das muss doch auch nicht sein. Oder ist das für den Verlauf unserer Geschichte etwa relevant? Wenn Sie diese Information unbedingt für Ihren Artikel brauchen, dann müssen Sie die woanders erfragen.«

»Natürlich brauchen wir die Namen der wichtigsten Beteiligten, Herr Friedländer. Das ist ein journalistisches Prinzip. Anonymisiert ist die Geschichte nicht mehr viel wert«, beharrte Hopp.

»Wenn Sie meinen …«

»Ach, Herr Friedländer, wir erfahren den Vermieternamen doch sowieso«, versuchte auch Otto Springer den Mann umzustimmen.

»Von mir jedenfalls nicht. Ich will jetzt kein böses Blut mehr und vor allem keine neuen Fronten. Alles wird gut, wenn die Stadt Bonn endlich mitspielt.«

»Wieso? Was ist denn noch mit der Stadt? Wieso sollte die denn nicht mitspielen?«, fragte Springer erstaunt.

»Nach der Zusage der WohnRaumBonn hat sich die Verwaltung erst einmal quergestellt, weil die für uns vorgesehene Etage anders geplant und genehmigt worden war. Da war natürlich keine riesige Wohnung für acht Leute vorgesehen. Für uns mussten also nachträglich verschiedene Räume zusammengefasst werden.«

»Und wieso ist das ein Problem?« Hopp schüttelte verständnislos seinen Kopf.

»Weil wir auf den fahrenden Zug aufgesprungen sind und angeblich erteilte Baugenehmigungen und Förderzusagen nachträglich nicht einfach verändert werden können.«

»Na dann. Es ist ja auch echt schwierig, wenn sich Vorzeichen ändern und man Dinge deshalb neu denken muss«, murmelte Hopp sarkastisch, »schwierig vor allem für deutsche Beamte.«

Wilhelm Friedländer hob abwiegelnd beide Hände. »Mag sein. Aber machen Sie deshalb bitte keinen Stress, meine Herren. Denn jetzt haben wir endlich positive Signale. Bestimmt wird bald alles gut!«

14 | Nachlese

»Was war das denn jetzt?«, wunderte sich Alexander, als sie nach dem Besuch bei Friedländer wieder im Auto saßen. »Wieso will der Mann denn einerseits, dass wir seine Geschichte publizieren, weigert sich aber andererseits, Ross und Reiter zu nennen? Wie sollen wir öffentliches Interesse für seine Sache erzeugen, ohne Druck auf die gegnerische Seite auszuüben? Wie stellt der sich das vor?«

»Wahrscheinlich gar nicht. Der hat bestimmt einfach Angst.« Otto runzelte nachdenklich die Stirn.

»Angst? Vielleicht vor dem Vermieter? Der Verein hat doch jetzt einen gültigen neuen Mietvertrag, wenn ich das vorhin richtig verstanden habe. Dann kann doch eigentlich nichts mehr schiefgehen.«

»Sollte man meinen. Aber Mobbing geht immer, auch bei laufenden Verträgen und eindeutigen Rechtspositionen. Wer könnte denn dieser gnadenlose, vorgeblich christliche Vermieter sein? Auf wen tippst du, Alex?«

»Klingt für mich irgendwie nach Katholischer Kirche. Die Barmherzigkeitskonzerne dieser Glaubensgemeinschaft schrecken doch fast vor nichts zurück. Schikane gegenüber der Klientel oder den Mitarbeitern ist da noch das Harmloseste.«

»Weiß ich auch«, erwiderte Springer, »aber selbst wenn – mit den Katholen haben sie doch bald nichts mehr zu tun. Das kann nicht der wahre Grund sein.«

»Vielleicht hast du recht, Otto. Schikane scheint nämlich auch das zu sein, was die Stadt Bonn bisher in Sachen neuer Immobilie für die WG beigesteuert hat«, überlegte Alexander Hopp laut. »Was ist, wenn es Friedländer tatsächlich nicht um Ärger mit dem bisherigen Vermieter geht, weil da kaum noch Entscheidendes passieren wird? Sondern vielmehr darum, neuen Stress mit der Stadt zu vermeiden?«

»Weil die noch nicht die erforderlichen Genehmigungen für die WG erteilt hat?«

»Könnte ich mir vorstellen. Deshalb will Friedländer mit seiner Öffentlichkeitsarbeit zweigleisig fahren. Einerseits beweisen, dass die Medien sich für die Vorgänge interessieren und damit Druck auf alle Beteiligten erzeugen, um neue Schweinereien von vornherein zu verhindern.

Andererseits will er aber Fairness walten lassen, um die Leute in der Verwaltung nicht zu verschrecken. Wenn er nämlich nun seinen aktuellen Vertragspartner nach der gütlichen Einigung öffentlich in den Senkel stellen würde, könnte das einigen Beamten bei der Stadt sehr übel aufstoßen und ihre Kooperationsbereitschaft dämpfen.« Alexander sah Otto fragend an. »Verstehst du, wie ich das meine?«

»Klar. So eine Art Zuckerbrot-und-Peitsche-Strategie. Dass diese Rechnung aufgeht, bezweifle ich aber. Viel besser wäre es, wir würden einmal kräftig auf den Putz hauen. Wenn die Entscheider bei der Stadt schwarz auf weiß in der Presse lesen müssten, dass der kleine Verein und seine WG-Bewohner sich nichts gefallen lassen, würden sie sich hüten, weiter Foul zu spielen. Die wollen doch nicht vor aller Welt an den Pranger gestellt werden.«

»Vielleicht nehmen die sich ja schon in Acht, wenn wir dort offiziell zum Recherchetermin in der Angelegenheit *Inklusiv leben e.V.* erscheinen. Das könnte Eindruck machen«, spekulierte Alexander.

Otto nickte. »Wer wird denn in der Bonner Stadtverwaltung dafür zuständig sein?«

»Das Wohnungsamt, nehme ich an. Die Genehmigungen sind längst erteilt und das Gebäude ist fast fertig, somit wird das Bauamt mit dem WG-Thema nichts am Hut haben.«

»Das wird ja einfach herauszubekommen sein. Auf jeden Fall klingt die Geschichte richtig interessant und könnte ein Aufreger werden. Ist ganz schön herb, wie mit diesen bedürftigen Menschen umgesprungen wird. Noch nicht ganz ein Skandal, aber kurz davor. Über sowas ereifern sich die Leute gern.«

Otto rieb sich zufrieden die Hände. »Am besten bleiben wir direkt am Ball. Hast du heute noch was vor?«

»Wieso?«

»Dann könnten wir gleich in die Innenstadt zu dieser WG fahren. Einen Termin brauchen wir nicht. Dort wohnen junge Leute. Die sind bestimmt flexibel genug, um spontan Besuch zu empfangen.«

»Okay. Und danach entscheiden wir, wie wir weitermachen. Wenn wir genug erfahren haben, werde ich das Thema morgen beim *Kurier* in der Redaktionskonferenz vorschlagen.«

Otto grinste und klatschte begeistert in die Hände. »Wunderbar. Ich bin nur gespannt, wie Zicky Niki die Geschichte findet. Ich habe da so eine Vermutung.«

Alexander lachte. »Ich auch.«

15 | Wohnberechtigung

Nach dem dritten energischen Klingeln an der mit einem Sammelsurium lustiger Aufkleber verzierten Haustür der Wohngemeinschaft wurde Hopp und Springer endlich geöffnet.

»Wer seid ihr denn, und zu wem wollt ihr?«, fragte ein schmächtiges Mädchen mit zerwühltem blonden Haar und riesigen blauen Augen.

»Wir heißen Alexander Hopp und Otto Springer, sind Journalisten und würden gern Bewohner dieser WG sprechen«, antwortete Alexander und lächelte das Mädchen vertrauensbildend an.

»Welche denn?«

»Möglichst alle, die gerade da sind. Bisher kenne ich von euch nur Marius.«

Das Mädchen runzelte kurz die Stirn. »Marius ist aber wahrscheinlich nicht hier. Ich habe ihn heute überhaupt noch nicht gesehen. Außer mir sind im Moment noch drei Mitbewohner zuhause. Eigentlich sind wir insgesamt zu acht.«

Hopp und Springer nickten und antworteten unisono: »Das wissen wir schon.«

»Und vier Gesprächspartner reichen uns jetzt dicke«, schob Hopp hinterher.

Das Mädchen führte sie einen langen Flur entlang in einen L-förmigen Raum, der in dem kürzeren Flügel die Küche enthielt und in dem längeren das Wohnzimmer. Dort hatte augenscheinlich schon seit längerer Zeit niemand aufgeräumt. Es sah chaotisch aus – ganz im Gegensatz zur Küche, die *Blitz*blank geputzt war. Ein fülliger Mann in den Dreißigern stand am Herd und kochte. Er lächelte. »Hallo zusammen. Ich bin Henner. Wer seid ihr denn?«

»Ich heiße Otto«, antwortete Springer, »und das ist mein Freund und Kollege Alexander. Wir sind Reporter und interessieren uns sehr für die Geschichte eurer WG. Da ist zuletzt ja so einiges passiert.«

»Das kann man wohl laut sagen«, bestätigte das Mädchen. »Ich hole nur schnell Jens und Xenia aus ihren Zimmern, ehe wir weiterreden. Ich bin übrigens Lotte.« Sie drehte sich schwungvoll um und ging zurück in den Flur.

Wenige Minuten später saßen alle an dem langen Esstisch und musterten einander.

»Wir haben gerade mit Wilhelm Friedländer, dem Vorsitzenden eures Trägervereins gesprochen. Wir wissen also schon eine ganze Menge, aber natürlich längst nicht alles«, erklärte Alexander Hopp zur Eröffnung des Gesprächs. »Von euch möchten wir erfahren, wie das Zusammenleben in dieser WG klappt, wie ihr euch hier fühlt, warum ihr ausgerechnet in diese ungewöhnliche Wohngruppe gezogen seid, wie ihr die Kündigung des Vermieters empfunden habt und wie ihr danach mit der lange Zeit ungeklärten Situation fertig geworden seid?«

»Wow, ein strammes Programm«, sagte der schlaksige Kerl mit schütterem Haar, der Jens sein musste. »Ich hoffe, ihr habt heute nichts anderes mehr vor.« Er lachte trocken. Wahrscheinlich war er ein starker Raucher.

»Keine Sorge. Wir haben Zeit. Wer von euch möchte denn den Anfang machen?« Alexander schaute auffordernd von einem zum anderen.

Die stämmige Rothaarige, die nur Xenia sein konnte, ergriff das Wort. »Wie ihr vielleicht schon erkannt habt oder jetzt gerade bemerkt, bin ich eine der WGler mit Behinderung. Ob ich alleine in einer eigenen Wohnung zurechtkäme, weiß ich nicht. Irgendwie vielleicht schon, aber bestimmt nicht so gut wie hier in dieser Gruppe. Ich brauche eben manchmal Unterstützung.« Sie sprach bedächtig und artikulierte etwas verschwommen. Was sie sagte, war dennoch gut verständlich und nachvollziehbar.

»Warum? Was tun die anderen denn für dich? Was macht diese Gruppe aus?«, hakte Alexander nach.

»Zum Beispiel Wäsche waschen und einkaufen und Essen machen oder bei Jobproblemen einspringen. Irgendwie hilft hier jeder jedem. Egal, ob mit oder ohne Behinderung, jeder ist gleichberechtigt. Wir passen aufeinander auf.«

»Klingt idyllisch. Fast zu schön, um wahr zu sein. Habt ihr denn keine Probleme untereinander?«, fragte Otto skeptisch.

»Doch, natürlich. So, wie in vielen anderen WGs auch. Alle haben bei uns ihre Dienste zu erledigen – Einkaufen, Putzen, Spülen. Diese Aufgaben werden in unseren regelmäßigen WG-Versammlungen fair verteilt. Die meisten Aufgaben erledigen zwei gemeinsam. Was aber trotzdem nicht immer klappt, weil es gern mal vergessen wird. Oder wenn irgendwer abends noch Radau im Wohnzimmer macht … dann kracht es eben – um im Bilde zu bleiben.« Henner hob die Schultern. »Es ist auch nicht so, dass hier jeder jeden gleich gut leiden kann. Wieso auch? Aber im Großen und Ganzen funktioniert unsere Gruppe. Das passt schon.«

»Aber eurem Vermieter passt ihr jetzt wohl nicht mehr. Warum eigentlich? Weshalb will der euch loswerden?« Auf die Antwort zu dieser Frage war Alexander Hopp besonders gespannt.

Lotte sprang temperamentvoll auf. »Wenn ich das nur wüsste. Das war doch alles Larifari, was die uns vorgeworfen haben. Das meiste davon war sogar erstunken und erlogen. Ich wette, die haben mit uns einfach nichts verdient. Weil man nämlich mit dieser großen Wohnfläche bestimmt ein prima Geschäft machen kann. Mit betreutem Seniorenwohnen oder Angeboten für Pflegebedürftige zum Beispiel.«

»Meinst du das wirklich? Dieses banale Motiv soll die ganze Erklärung sein?«, fragte Otto Springer ungläubig.

»Klar! Im Grunde geht es doch immer nur um Zaster«, antwortete Lotte gallig.

»Wer sind eigentlich *die*? Wer ist denn euer Vermieter?« Hopp sah sie gespannt an.

»Curara GmbH, die kennt wohl jeder. Die haben ja fast überall ihre Pfoten im Spiel.«

»Erstaunlich.« Hopp war verblüfft. »Ist die Curara nicht eigentlich eine ökumenische Hilfsorganisation?«

»Ja, und?«

»Denen hätte ich das nicht zugetraut. So rücksichtslos, wie die gegen euch vorgegangen sind, hätte ich eher auf eine katholische Institution gewettet.«

Jens verschränkte die Arme, lehnte sich lässig zurück und kippelte mit seinem alten Holzstuhl. »So falsch hättest du damit gar nicht gelegen. Die Katholen haben in der Curara nämlich eindeutig das Sagen. Mit denen haben wir aber bald nichts mehr zu tun.«

»Hoffentlich«, ergänzte Xenia seufzend.

»Herr Friedländer hat angedeutet, dass es noch Probleme mit der Stadtverwaltung gibt. Demnach ist euer Umzug noch nicht in trockenen Tüchern?«, sagte Alexander Hopp.

Henner nickte. »Stimmt. Aber es gibt wohl Fortschritte. Angeblich geht es nur noch um Kleinigkeiten.«

»Wenn einige von uns keinen Wohnberechtigungsschein bekommen, dann ist das alles andere als eine Kleinigkeit. Dann fällt die WG auseinander«, erwiderte Jens empört.

Xenia starrte betreten zu Boden.

Alexander wurde schlagartig hellhörig. »Es geht noch um Wohnberechtigungsscheine? Wer soll denn keinen bekommen?«

»Jajo, also Jan-Josef, der ist gerade nicht da, und Xenia bekäme wohl auch keinen.«

»Wieso denn nicht?«

»Bei Jajo verstehen wir es nicht. Unserer Meinung nach erfüllt er alle Bedingungen«, erklärte Jens. »Xenia hat einen guten Job bei einer Bundesbehörde in der Poststelle. Sie verdient ordentlich und liegt ganz knapp über der Bemessungsgrenze. Keine hundert Euro im Monat. Was aber irgendwie zu regeln sein müsste. Wir können sie doch nicht einfach zurücklassen. Sie braucht uns.«

»Wie wollt ihr das denn machen?« fragte Otto, der sich mit derlei Behördenkram nicht auskannte.

»Es gibt auch bei Wohnberechtigungsscheinen Ermessensspielraum und Ausnahmen. Der Zuständige auf dem Amt muss sie nur anwenden wollen.«

Jens sah Alexander und Otto an und rieb den Daumen der rechten Hand demonstrativ am Zeigefinger.

Xenia inspizierte weiterhin verkrampft den Fußboden.

Alexander hatte eine Ahnung, was Jens andeuten wollte. Um sicherzugehen, fragte er nach. »Anwenden wollen? Was meint ihr damit?«

»Motiviert sein, zu helfen. Durch ein finanzielles Entgegenkommen zum Beispiel.«

»Schmiergeld? Das ist nicht euer Ernst?« Otto glaubte, sich verhört zu haben.

»Doch, doch!« Henner nickte quasi mit dem ganzen Körper. »Darauf läuft es wohl hinaus. Ein Freund von mir hat gerade gezahlt. Er stammt aus Afrika, kennt sich mit den hiesigen Rechten und Gepflogenheiten nicht aus, und von Zuhause ist er mit Bestechung vertraut. Er wurde regelrecht ausgenommen.«

»Wie heißt dein Freund, und wo wohnt er? Wir müssen ihn unbedingt sprechen.« Alexander starrte den WG-Bewohner ungeduldig an.

»Moussa. Er wohnt auch in einer WG. In der Altstadt, Adolfstraße 22. Im Hinterhaus.«

16 | Sportfreunde

Seit fast einer Viertelstunde verfolgten Kriminaloberkommissar Harald Neumann und sein neuer Kollege, Kriminalkommissar Erwin Bauer, das Handballtraining des BC Berkum in der großen Sporthalle der Hans-Dietrich-Genscher-Schule. Neumann, der einige Jahre im Gespann mit Frank Streffer gearbeitet hatte, ehe Jana Jäger dessen neue Partnerin wurde, mochte diese dynamische Sportart. Aber das dilettantische Gebolze der Amateure des Ballsport Clubs Berkum ödete ihn an. »Das ist ja kaum mitanzusehen«, stöhnte er.

»Die Feinheiten dieses Spiels interessieren die Kerle doch gar nicht«, sagte Bauer. »Die spielen am Wochenende garantiert nur um einen gelben Urlaubsschein: kleine Prellung, Krankmeldung, drei Tage frei. Hoffentlich sind die hier bald fertig.«

Den beiden Polizisten lief die Zeit davon. Sie hatten den Auftrag, im privaten Umfeld des Ermordeten möglichst schnell so viel wie möglich über ihn in Erfahrung zu bringen. So weit sie wussten, spielte Lutz Hansel seit Jahren in der zweiten Mannschaft des Clubs.

Als das Training endlich beendet war, standen Neumann und Bauer auf und stellten sich mit gezückten Dienstausweisen nebeneinander vor den Durchgang zu den Umkleideräumen.

»Meine Herren, wir müssen Sie kurz stören«, rief Neumann. »Wir ermitteln im Todesfall Ihres Mannschaftskollegen Lutz Hansel. Wir brauchen dringend Ihre Unterstützung. Wer von Ihnen kannte Herrn Hansel denn gut? Also privat, über den gemeinsamen Sport hinaus.«

Die Männer blieben in ihren verschwitzten Trikots stehen. Sie wirkten irritiert. Schließlich hoben zwei von ihnen zögernd eine Hand.

»Okay, dann bitte ich diese beiden Herren für eine Zeugenbefragung hier bei uns zu bleiben. Alle anderen geben uns sicherheitshalber ihre Namen und Kontaktdaten. Danach können sie gehen. Wir melden uns gegebenenfalls später noch einmal bei ihnen.«

Neumann und Bauer zückten ihre Notizblöcke, nahmen die Personalien von neun Männern auf und wandten sich dann den beiden zu, die sich gemeldet hatten. Neumann erklärte, dass man sie gern einzeln sprechen möchte. Dann ging er mit einem großen Glatzköpfigen zu einer der Holzbänke an der Hallenwand, während Bauer mit einem bulligen Blonden den am weitesten entfernten Platz am Pauschenpferd in der Gerätekammer ansteuerte.

»Zuerst brauche ich auch Ihre Personalien«, sagte Harald Neumann zu seinem Gesprächspartner, der ihm auf Anhieb sympathisch erschien. »Sie sind …?«

»Jörg Baumeister, 38 Jahre alt, Installateur.«

»Wo wohnen Sie?«

»In Oberbachem, Am Sonnenhang 7.«

»Seit wann kennen Sie Lutz Hansel?«

»Sicherlich schon zehn Jahre. So genau kann ich das auf Anhieb nicht sagen. Jedenfalls ziemlich lange.«

»Haben Sie ihn hier im BCB kennengelernt?«

»Ja, klar! Vorher hatte er irgendwo anders gewohnt, in Troisdorf glaube ich. Nachdem er nach Wachtberg gezogen war, hat er sich bald unserer Mannschaft angeschlossen. Er war eine echte Verstärkung, spielte richtig gut am Kreis.«

»Aha. Und wie war er sonst so? Also als Typ, meine ich.« Neumann war gespannt, was jetzt kommen würde, ob er sich, wie so oft, die ultimative Lobhudelei über einen Verstorbenen anhören musste.

»Fröhlich, kameradschaftlich, unkompliziert und unternehmungslustig war er. Einfach nett. Zumindest in den ersten Jahren. Da haben wir uns sogar ziemlich oft privat getroffen. Sind am Wochenende zu anderen Sportveranstaltungen gegangen oder ins Kino oder zu Parties von Handballkumpels oder nach dem Training noch gemeinsam in die Kneipe.«

»Wieso nur in den ersten Jahren?«, hakte Neumann nach.

»Weil er plötzlich ganz anders geworden ist und zu nichts mehr Lust hatte. Also mit mir zumindest nicht.«

»Wann hat sich Herr Hansel verändert? Und warum?«

Baumeister zog eine missmutige Grimasse. »Ungefähr vor drei Jahren hatte er angeblich keine Zeit mehr für unsere Herrenabende. Er hätte Besseres vor. Gleichzeitig veränderte sich auch sein Verhalten massiv. Er wurde großmäulig und besserwisserisch. Regelrecht arrogant. Zum Training kam er nur noch sporadisch und zu unseren Spielen mit der Zeit überhaupt nicht mehr.«

»Wieso das denn? Kennen Sie den Grund?«

»Weibergeschichten.«

»Eine Frau? Den Zusammenhang kann ich nicht nachvollziehen. Eine neue Beziehung ist doch kein Grund, den Sport aufzugeben. Zumal, wenn man gut darin ist, Spaß hat und auch noch mit Freunden zusammen ist.«

»Da mögen Sie recht haben. Aber ich habe ja auch Weibergeschichten gesagt. Plural.«

»Er hatte mehr als ein Verhältnis?«, fragte Neumann.

»Genau. Sogar mehrere.«

»Etwa gleichzeitig?«

»So ist es, beziehungsweise so war es. Zuletzt waren es mindestens drei, wenn ich mich richtig erinnere.« Jörg Baumeister versteifte sich und verschränkte die Arme. Seine Körpersprache signalisierte unmissverständlich, was er von Hansels Vielweiberei hielt.

»Es können sogar vier gewesen sein. Irgendwann habe ich mir seine Machoprahlereien nicht mehr angehört und mir die Namen seiner Schätzchen nicht mehr gemerkt.«

»Drei oder sogar vier Frauen gleichzeitig. Alle Achtung.« Neumann war ehrlich beeindruckt. Wie so etwas zu managen war, was das wohl kosten würde und was Mann davon hatte, wollte er sich nicht wirklich vorstellen. Für ihn fühlte sich das nach purem Stress an. »Hatte Lutz Hansel mit diesem ausgefallenen Lebenswandel denn gar keine Probleme?«

»Finanziell vielleicht. Moralisch auf keinen Fall. Sicher aber psychisch. Als ich ihn zuletzt gesehen habe, hatte er Angst.«

»Wovor? Oder vor wem?«

»Er befürchtete, dass ein gehörnter Ehemann ihm auf den Fersen war. Jedenfalls hatte er einige unmissverständliche Drohungen bekommen.«

»Wie denn? Und von wem?«

»Per SMS, allerdings anonym. Der Absender hatte seine Nummer unterdrückt.«

»Hatte Hansel denn einen Verdacht, wer dahinter stecken könnte?«

»Keine Ahnung. Wenn ja, hat er es mir zumindest nicht auf die Nase gebunden.«

Kriminaloberkommissar Neumann nickte und notierte sich die wichtigsten Aussagen. Dann fiel ihm noch eine letzte Frage ein.

»Kennen Sie denn wenigstens einen oder zwei Namen der Frauen, mit denen er zuletzt was hatte?«

»Einen auf jeden Fall. Als BCB-Mitglied kann man diesen Namen wirklich nicht vergessen.« Baumeister grinste. »Steffi, also Stefanie Bellhausen. Die zweite Ehefrau unseres Vereinspräsidenten Theo Bellhausen.«

Kollege Erwin Bauer hatte ein ähnlich ergiebiges Gespräch mit Heiner Esser, dem anderen Handballer, gehabt. Der kannte Lutz Hansel zwar erst seit vier Jahren, aber in dieser Zeit hatte er das gleiche Bild von ihm gewonnen, wie sein Mannschaftskamerad Jörg Baumeister: Hansel war ein Weiberheld – großkotzig, zunehmend unzuverlässig und chronisch pleite.

17 | Beziehungskisten

Zurück im Polizeipräsidium rief Jana Jäger die Kommissare Neumann und Bauer in ihr Büro, um den Stand der Ermittlungen mit ihnen abzugleichen und die nächsten Schritte zu planen. Gleichzeitig holte Frank Streffer Kaffee und Wasser für die Besprechung.

»Also, was haben wir bisher?«, fragte Jäger gespannt in die Runde, als alle vier um ihren Schreibtisch herum saßen.

»Wir waren gerade beim Training des BC Berkum, wo Herr Hansel jahrelang in der zweiten Handballmannschaft gespielt hat. Nur zwei der Mannschaftskameraden konnten oder wollte sich konkreter über ihren Mitspieler äußern«, berichtete Neumann.

»Aber ihre Aussagen waren echt starker Tobak«, ergänzte Bauer. »Beide beschreiben Hansel übereinstimmend als richtiges Arschloch.«

»Was soll das denn heißen?« Frank Streffer schüttelte verständnislos den Kopf. Solche Aussagen waren ihm einerseits zu vulgär und andererseits zu unpräzise.

Harald hob beschwichtigend die Hand. »Die beiden Männer, ein Jörg Baumeister und ein Heiner Esser, sagen übereinstimmend, dass er von Jahr zu unzuverlässiger, unfreundlicher, zotiger und geiler geworden ist. Er hat wohl eine Frau nach der anderen aufgerissen und nur noch mit seinen Sexgeschichten geprahlt. An gemeinsamen Aktivitäten mit seinen Teamkollegen war er nicht mehr interessiert, was früher ganz anders gewesen sein soll. Und zu Meisterschaftsspielen seiner Mannschaft trat er wohl überhaupt nicht mehr an.«

Jana Jäger saß, die Arme eng um den Oberkörper geschlungen, konzentriert auf ihrem Bürostuhl und nickte immer wieder. »Das deckt sich grundsätzlich mit dem, was wir in seiner Dienststelle bei der Stadt Bonn von mehreren Leuten erfahren haben. Allerdings hat dort nur ein Mann richtig ausgepackt. Die Kolleginnen gaben sich deutlich zurückhaltender, haben nur vage Andeutungen von sich gegeben, weshalb wir zwei von ihnen für morgen neun Uhr zu uns ins Präsidium bestellt haben. Ich denke, sie haben einiges zu erzählen und werden hier wahrscheinlich auch konkreter werden. Im Büro schienen sie mir zu sehr gehemmt zu sein.«

»Zumal eine der Damen jüngst ein Verhältnis mit diesem Herrn hatte und deshalb richtig verdattert wirkte«, ergänzte Frank Streffer. »Mit einer anderen Kollegin aus der Wohngeldstelle, die aber heute wegen Krankheit nicht im Dienst ist, soll er aktuell eine Beziehung haben. Die junge Dame …«, Streffer blätterte kurz in seinem Moleskine-Notizbuch, »… Friederike Linden heißt sie, die müssen wir auch schnellstmöglich einbestellen.«

»Erledige ich gleich«, sagte Kommissar Neumann. »Dann hätten wir mit ihr und einer gewissen Steffi Bellhausen, die uns die beiden Handballer genannt haben, schon zwei Affären, die Hansel gerade parallel laufen hatte.«

»Und ich fresse einen Besen, wenn nicht noch mehr dazukommen«, sagte sein Partner Bauer. »Heiner Esser war sich jedenfalls sicher, dass dieser Typ manchmal sogar mehr als zwei Damen beglückt hat. Ohne dass jede von ihnen von der jeweils anderen wusste. Selbstverständlich.«

Damit kannten sie bereits ein mögliches Mordmotiv: Eifersucht. Aber für wen? Jana Jäger ging im Geiste mögliche Täter durch. Hatten die Gespielinnen feste Partner oder sogar Ehemänner, die den Weiberheld Hansel in Rage erschlagen haben könnten? Gut möglich. Dass eine der abgelegten Damen oder eine aktuelle Geliebte, die plötzlich von einer Nebenbuhlerin erfahren hatte, den Mord begangen haben könnte, schloss sie allerdings aus. Sollte die Obduktion ihre vorläufige Annahme bestätigen, dass Hansel an Ort und Stelle im Wald erschlagen worden war, dann kam ihrer Ansicht nach für diesen Tathergang nur ein Mann infrage. »Wann kriegen wir eigentlich den Bericht aus der Rechtsmedizin, Frank?«

»Der müsste eigentlich jeden Augenblick kommen«, antwortete Streffer, »ich rufe gleich mal dort an.«

»Eine Sache habe ich eben vergessen zu erzählen«, ergriff Kommissar Neumann noch einmal das Wort. »Beide Handballer berichten, dass Hansel in letzter Zeit chronisch pleite war. Vielleicht hat das ja was zu bedeuten. Womöglich ging es bei dem Mord ja um Geld. Um nicht beglichene Schulden zum Beispiel.«

»Interessant.« Jana Jäger rieb sich aufgeregt die Hände. »Dann haben wir schon zwei Mordmotive: Eifersucht und Geldgier. Jetzt wäre es gut, wenn wir schnellstmöglich potentielle Täter zu diesen Motiven finden könnten.«

»Ich schlage vor, dass ihr beiden der Spur des Geldes folgt«, sagte Streffer zu den Kollegen Neumann und Bauer.

»Einverstanden.« Jana Jäger dachte kurz nach. »Aber zuerst sprecht ihr bitte noch einmal mit diesem Pilzsammler aus Röttgen, der den Toten im Kottenforst gefunden hat. Ich glaube zwar nicht, dass er uns noch viel zu berichten hat, aber sicher ist sicher.«

»Okay, Jana. Dann können wir beide uns um die aktuellen Geliebten des Mordopfers kümmern. Was hältst du davon?«

»Gut. Und wir fangen gleich mit dieser Steffi Bellheimer …«

»Bellhausen«, korrigierte Erwin Bauer.

»Dann eben Steffi Bellhausen. Mit ihr fangen wir jedenfalls an. Wer ist die Dame und wo finden wir sie?«

»In Oberbachem. Sie ist die Gattin des Präsidenten von Hansels Handballverein.«

18 | Ursachenforschung

»Wir sollen sofort in die Rechtsmedizin kommen. Herr Professor Doktor Sieger besteht darauf, dass wir uns persönlich ein Bild machen«, berichtete Frank Streffer, als er das Telefonat beendet hatte. »Er scheint einiges entdeckt zu haben.«

Jana Jäger sah ihn erstaunt an. »Jetzt? Am späten Dienstagabend? Außerdem dachte ich, der Chef wolle sich höchstpersönlich darum kümmern. Na dann.« Sie sprang auf, packte das Handy und die Arbeitsmappe in ihre Umhängetasche und nahm ihre Jacke von der Garderobe. »Also los, Frank. Ich weiß, dass dir dieser Besuch jetzt überhaupt nicht behagt. Aber wir fahren auf jeden Fall gemeinsam hin. Wenn dir dann wieder schlecht werden sollte, kannst du an die frische Luft gehen oder im Auto auf mich warten.«

Wider Erwarten fanden sie sofort einen Parkplatz vor dem Institut für Rechtsmedizin des Universitätsklinikums Bonn. Normalerweise war ein freier Parkplatz am Stiftsplatz so selten wie sechs Richtige mit Zusatzzahl im Lotto. Hier in der Bonner Altstadt war immer viel los, nicht nur im Institut, das im Auftrag von Gerichten, Staatsanwaltschaften oder gesetzlichen Unfallversicherungen bei nichtnatürlichen oder ungeklärten Todesfällen Leichen öffnete und akribisch untersuchte. Meist brachten erst diese Obduktionen Klarheit über die Ursache, den Zeitpunkt und die Umstände des Versterbens und lieferten der Polizei die entscheidenden Hinweise, um komplizierte Kriminalfälle aufzuklären.

»Da sind meine verehrten Spürnasen ja«, begrüßte Professor Sieger die Beamten. »Wenn sie jetzt nicht mehr gekommen wären, hätte ich diesen Herrn wieder in den Kühlschrank verfrachten müssen. Damit der Sektionstisch möglichst schnell gereinigt wird, die nächsten Kunden warten bereits.«

Frank Streffer nickte verkniffen. Bei der bloßen Erwähnung des Sektionstischs sendete sein Magen bereits beunruhigende Signale.

Jana Jäger sah den Rechtsmediziner neugierig an. »Weshalb sollten wir noch heute Abend so dringend hierherkommen? Was haben Sie herausgefunden?«

Professor Sieger zog schwungvoll das Laken zur Seite, das die Leiche auf dem Sektionstisch bedeckte, und forderte sie auf, näher zu kommen. Was Frank Streffer als entscheidenden Impuls auffasste, spontan durch die Schwingtür den Raum zu verlassen.

»Also«, begann der Forensiker seine Ausführungen, während er amüsiert dem fliehenden Streffer nachblickte. »Dieser Herr Hansel hier ist am vergangenen Freitag abends zwischen 21 und spätestens 24 Uhr zu Tode gekommen. Und verursacht haben das eindeutig die schweren Verletzungen an der hinteren Krümmung der Schädelkalotte. Die wiederum stammen von einem kleinen, relativ spitzen Gegenstand. Damit ist der Mann brutal von hinten angegriffen und massiv am Kopf verletzt worden. Gestorben ist er an den schweren Gehirnblutungen, die seine Verletzungen ausgelöst hatten.«

»Ein kleiner spitzer Gegenstand?«, fragte Jana Jäger irritiert nach. »Was kann das denn gewesen sein? Konnten Sie das eventuell feststellen?«

»Selbstverständlich. Das wird ein Kubotan gewesen sein, wahrscheinlich aus Metall. Die typischen Rillen dieser Waffe haben eindeutige Spuren am Schädel des Ermordeten hinterlassen.«

Jana Jäger kratzte sich nachdenklich den Kopf. »Ein Kubotan? Ist das nicht nur ein kleiner japanischer Stift? Mit dem man sich irgendwie selbst verteidigen kann?«

»Das schon. Aber mit etwas Übung und vor allem ganz viel Gewalt taugt das Ding auch als Mordinstrument. Ich bin mir jedenfalls sicher, dass dieses Opfer hier mit einem Kubotan getötet worden ist.«

»Und für einen Verfolger ist das kleine, leichte Teil natürlich superpraktisch. Das passt ja in jede Jackentasche.«

»Das sind Aspekte, die Sie zu bewerten haben. Ich kann Ihnen jedoch noch sagen, dass der Mann sowieso nicht mehr besonders lange gelebt hätte, wenn er im Wald nicht erschlagen worden wäre.« Professor Sieger nahm eine große Silberschale in beide Hände und hielt sie der Kommissarin demonstrativ hin. »Hier sehen sie die Leber und das Herz des Toten, beide Organe sind massiv geschädigt. Die Leberzirrhose stammt eindeutig von exzessivem Alkoholmissbrauch, möglicherweise von jahrelangem zusätzlichem Kokainkonsum. Wofür auch der deformierte Herzmuskel spricht.«

»Das sind tatsächlich extrem hilfreiche Erkenntnisse, Herr Professor, vielen Dank«, sagte Jana Jäger beeindruckt.

»Da nicht für, ist schließlich mein Job«, antwortete der Rechtsmediziner munter. »Allerdings habe ich noch etwas: Im Magen befanden sich Reste von rohem Rindfleisch, gemischt mit reichlich Nussöl, Ei, Kapern und Zwiebeln.«

»Was war das denn?« fragte die Kommissarin.

»Tatar, aus feinstem Rinderfilet.«

»Igitt.« Jana Jäger schüttelte sich angewidert. »Und was soll mir diese Information jetzt sagen?«

»Dass sich dieser Herr Hansel anscheinend auch nicht besonders gesund ernährt hat.«

»Ein Grund mehr, den Lebenswandel des Ermordeten gründlich unter die Lupe zu nehmen.«

»Das ist sicher eine gute Idee. Wenn Sie dafür noch mehr forensische Fakten benötigen, können wir ergänzende chemisch-toxikologische Untersuchungen von Feingewebe und Haaren anstellen.«

»Nicht nötig, Herr Professor Sieger. Ihr Befund reicht uns völlig. Damit können wir unsere Ermittlungen bestimmt in eine vielversprechende Richtung lenken. Nochmals danke!« Jana Jäger drehte sich abrupt um und folgte Frank Streffer durch die Schwingtür. Sie war gespannt, ob ihr Partner mittlerweile wieder einigermaßen ansprechbar war.

19 | Überraschungsbesuch

Noch reichlich blass um die Nase, wartete Streffer auf dem Fahrersitz des Dienstwagens.

»Willst du mich etwa chauffieren? In deinem Zustand?«, wunderte sich Jana Jäger.

»Ja, klar. Ich bin wieder stabil, und die Konzentration aufs Autofahren wird mich sicher auf andere Gedanken bringen. Wo geht's denn hin?«

»Nach Oberbachem, zu Herrn und Frau Bellhausen.«

»Jetzt noch?«

»Na klar. Ich bin gespannt, was uns dieses illustre Paar zu erzählen hat. Auf dem Weg dorthin haben wir dann Zeit genug, um dich über die interessanten Erkenntnisse aus der Rechtsmedizin ins Bild zu setzten.«

»Bitte nicht. Nur kein Kopfkino. Kurz informieren reicht mir völlig. Sonst rebelliert mein Magen sofort wieder.«

Die Kommissarin lachte kurz auf. Mit dieser Antwort hatte sie nicht nur gerechnet – sie hatte sie herausgefordert. Zwar mochte sie ihren sensiblen, einfühlsamen Partner richtig gern. Trotzdem konnte sie es hin und wieder nicht lassen, ihn zu provozieren, wenn er sein Weicheigetue für ihren Geschmack übertrieb.

»Na gut, du Pussy«, sagte sie schließlich in verständnisvollem Ton, »für dich nur die nüchternen Fakten, ohne blutige Details – weil du es bist: Hansel ist mit einem Kubotan an Ort und Stelle getötet worden.«

»Das wussten wir doch schon, bis auf das Mordwerkzeug. Wie heißt das?«

»Kubotan. Das ist eine kleine, rund 15 Zentimeter lange Waffe aus Metall oder Hartholz zur Selbstverteidigung. Hat meines Wissens vor rund 50 Jahren ein japanischer Polizist erfunden.«

»Davon habe ich noch nie gehört. Woher kennst du das denn bloß?«

»Vom Judo, da hat eine Mannschaftskameradin seit einiger Zeit so ein Teil. Sie hat wohl abends auf dem Nachhauseweg schon mehrmals unangenehme Situationen erlebt.«

»Uns liefert dieses Ding jetzt aber eine wichtige Zusatzinformation. Nämlich dass der Täter Lutz Hansel vorsätzlich ums Leben gebracht, also ermordet hat. Wäre das im Affekt passiert, hätte er ja ein geeignetes Fundstück im Wald benutzt, einen Ast zum Beispiel oder einen Stein.«

»Das sehe ich auch so, Frank. Kann aber auch ganz anders gewesen sein. Vielleicht hatte der Verfolger diesen Kubotan gewohnheitsmäßig dabei und hat ihn im Wald nur aus irgendeinem plötzlichen Grund, den wir noch nicht kennen können, spontan als Mordwerkzeug benutzt.«

»Und wegen dieser ungewöhnlichen Tatwaffe hat der Herr Professor uns beide in sein Institut zitiert?«

»Nein, nicht nur. Er hat bei seinen Untersuchungen auch festgestellt, dass Lutz Hansel wohl sehr ausschweifend gelebt hat – üppiges Essen, viel Alkohol, Drogen.«

Frank Streffer nickte nachdenklich. »Das passt zu allem, was wir bisher über ihn erfahren haben. Er war wohl nicht nur in Sachen Frauen kein Kostverächter.«

An der geschmacklosen Kunststofftür der protzigen Villa am Ortsrand von Oberbachem schaute Jana Jäger kurz auf ihr Handy. Fast 22 Uhr, jetzt sollten die Bellhausens zuhause sein.

Energisch drückte sie den Klingelknopf. Im Haus regte sich nichts. Erst beim dritten Klingeln wurde die Tür einen Spalt breit geöffnet.

»Ja, bitte?«, fragte eine junge Frau mit wasserstoffblonder Ponyfrisur und himmelblauen Augen, die zaghaft durch die schmale Öffnung linste.

Die beiden Kriminalbeamten stellten sich kurz vor und zückten ihre Dienstausweise. »Sind Sie Frau Stefanie Bellhausen?«, fragte Streffer.

»Ja, schon. Aber mein Mann ist nicht da. Er ist noch in der Firma.«

»Das stört uns nicht. Wir hätten ein paar Fragen an Sie. Dürfen wir bitte kurz hereinkommen?«, erklärte Jana Jäger, die es sofort als glückliche Fügung empfand, dass der Hausherr nicht anwesend war.

»Fragen? Wozu und warum?«

»Das besprechen wir am besten in Ruhe«, sagte Jäger, schob sanft die Tür auf und trat in die hell geflieste, steril wirkende Diele. Streffer folgte seiner Kollegin und schloss den Eingang. Er war überrascht, wie jung und grazil Stefanie Bellhausen wirkte. Sie konnte noch nicht sehr alt sein. Sie erinnerte ihn mit ihrer lockigen Löwenmähne an amerikanische Collegegirls aus kitschigen Hollywoodstreifen.

»Es geht um Herrn Lutz Hansel«, erklärte Jäger nach kurzem Zögern, da die Frau mit verschränkten Armen mitten in der ausladenden Diele stehengeblieben war und keine Anstalten machte, sie in eines der angrenzenden Zimmer zu bitten. »Sie kennen diesen Herrn doch, oder?«

Stefanie Bellhausen verzog keine Miene und zuckte nur fast unmerklich mit den Schultern.

»Kennen sie ihn nun oder nicht?«

»Schon. Flüchtig.«

»Flüchtig? So, so«, hakte Streffer spöttisch nach. »Da haben wir aber ganz andere Informationen.«

»Welche denn?« Die junge Frau versteifte sich, misstrauisch kniff sie die Augen zusammen.

»Dass Sie diesem Herrn ziemlich nahe stehen sollen. Jedenfalls deutlich näher als den anderen Sportlern des Handballvereins, dessen Vorsitzender Ihr Mann ist.«

»Alles nur dummes Gerede. Was die Leute auf dem Dorf halt so tratschen, wenn man freundlich mit jemandem umgeht. Vor allem, wenn derjenige dem anderen Geschlecht angehört. Außerdem …«

Stefanie Bellhausen blickte die Kommissare herausfordernd an. »Wieso wollen Sie das eigentlich wissen? Das geht Sie doch überhaupt nichts an.«

»Doch, tut es, Frau Bellhausen. Lutz Hansel ist gestern tot im Wald aufgefunden worden. Er wurde ermordet.« Jetzt sah Jana Jäger der attraktiven Frau provozierend direkt ins Gesicht.

Ihre Augen flackerten nervös. Es kostete sie Mühe, die Fassung zu bewahren.

»Und deshalb ist jetzt Schluss mit diesem Theater. Wir wissen nämlich aus mehreren vertraulichen Quellen, dass Sie ein Verhältnis mit dem Ermordeten hatten.«

»Verhältnis, Verhältnis, was für ein Quatsch. Wir haben ein paarmal bei Vereinsparties zusammen gefeiert. Und dabei auch ein bisschen miteinander geflirtet.«

»Nur geflirtet? Sind Sie sicher?«

»Na ja, vielleicht auch ein bisschen mehr. Ein paar kleine Zärtlichkeiten gab es manchmal schon«, gestand Stefanie Bellhausen zaghaft.

»Andere nennen sowas durchaus Verhältnis«, erklärte Frank Streffer. »Wir übrigens auch. Für Haarspalterei haben wir gerade nicht viel übrig. Einigen wir uns also der Einfachheit halber darauf, dass Sie sich beide ziemlich nahe standen. Okay?«

Die junge Frau zuckte hilflos die Schultern.

»Wie oft haben Sie sich denn zuletzt getroffen?«, fragte Jana Jäger nach.

»Wöchentlich. Manchmal auch öfter. Irgendwas muss ich schließlich auch machen, wenn mein Mann nie Zeit für mich hat«, antwortete Stefanie Bellhausen schnippisch. »Es wäre allerdings sehr nett von Ihnen, wenn sie das für sich behalten könnten. Theo weiß von nichts. Und wenn er sauer ist, kann er sehr aufbrausend sein. Leider weiß man vorher nie genau, ob er sich über etwas ärgert oder nicht.«

»Haben Sie Angst vor Ihrem Mann? Neigt er zu Gewalttätigkeiten?«

»Nein, das nicht. Aber wenn er von Lutz und mir erführe, würde es unsere Ehe sicherlich nicht beflügeln.«

»Sind Sie sich denn sicher, dass Ihr Mann nichts mitbekommen hat?«, fragte Frank Streffer. Irgendwie konnte er sich das nicht vorstellen, hatte Hansel seine Frau doch sogar auf Festen des Sportvereins, den er eitete, ungeniert angemacht.

»Ziemlich sicher. Wie sollte er das mitbekommen haben? Der arbeitet doch nur. Sie sehen ja, dass er gerade noch immer in seiner Baufirma ist. Und wenn er mal ausnahmsweise nicht im Büro ist, dann muss er sich dringend um die Vereinsangelegenheiten seines BCB kümmern. Keine Ahnung, weshalb und wofür Theo mich überhaupt geheiratet hat.«

»Und bei den Parties des Vereins? Da war er doch sicher auch dabei?«

»Ach was. Er kam meist nur zu Beginn, hielt eine kurze Ansprache, redete mit ein paar Vorstandskollegen und Trainern, trank zwei Bier und verschwand wieder. Solche

Veranstaltungen interessierten ihn nicht.« Stefanie Bellhausen schien sich ihrer Sache sicher zu sein. »Und so lange er anwesend war, haben wir uns natürlich zurückgehalten.«

»Wie anständig«, kommentierte Frank Streffer. »Darf ich fragen, wie groß der Altersunterschied zwischen Ihnen und Ihrem Gatten ist.« Er sah die junge Frau neugierig an.

»Theo ist 55, und ich werde nächsten Monat 33.«

»Schon 33. Wow! Das hätte ich nicht gedacht.« Frank Streffer war wirklich überrascht.

»Sehr charmant, Herr Kommissar. Vielen Dank. Ich bin also gut 22 Jahre jünger als Theo. Vor acht Jahren haben wir geheiratet. Ehrlich gesagt, hatte ich gehofft, dass der Reiz meiner Jugend ihn etwas länger fasziniert. Er begehrt mich aber schon lange nicht mehr.« Stefanie Bellhausen wirkte plötzlich verlegen. »Und statt mir ein richtiger Mann zu sein, versucht er ersatzweise, mich materiell zu befriedigen. Auf Dauer verlieren Luxus und ein pralles Bankkonto allerdings auch ihren Reiz. Für mich jedenfalls.«

»Apropos Bankkonto. Was wissen Sie denn über die finanzielle Situation von Lutz Hansel?« Jana Jäger war ehrlich gespannt, was Frau Bellhausen dazu berichten würde.

»Geld war ihm immer extrem wichtig. So lange ich ihn kannte, lebte er auf ziemlich großem Fuß. Keine Ahnung, wie er das über die Jahre finanziert hat. Zuletzt schien er aber ernste Schwierigkeiten gehabt zu haben. Jedenfalls wollte er sich irgendwo einen größeren Betrag leihen.«

»Wo oder von wem, hat er Ihnen nicht zufällig gesagt?«

»Nein. Über sowas haben wir nie geredet. Er hatte eigentlich immer Geld. Oft sogar viel Geld. Woher, ging mich doch gar nichts an.«

20 | Charakterfragen

Am Mittwochmorgen fuhren Jana Jäger und Frank Streffer zuerst zur Adresse von Lutz Hansel im Wachtberger Dorf Villip. Die Wohnung im zweiten Stock des Mehrfamilienhauses in der Gimmersdorfer Straße passte zu einem Junggesellen. Zwei funktionell eingerichtete Zimmer, eine minimal ausgestattete Einbauküche, aufgeräumtes Bad, wenig Deko-Schnickschnack und keinerlei Pflanzen. Die dominierenden Objekte waren ein riesiger 65-Zoll-OLED-Fernseher im Wohnraum und das zwei mal zwei Meter große Bett im Schlafzimmer. Streffer schätzte die gesamte Wohnfläche auf rund 60 Quadratmeter. »Üppiges Heimkino und bequeme Spielfläche für zwei. Herr Hansel hatte ganz eindeutige Prioritäten«, sagte Jana Jäger mokant.

Auf einem kleinen Nachttisch neben dem Bett stand ein kleiner grau-blauer Tontopf, der Dutzende bunter Präservative enthielt. Ansonsten fanden Jäger und Streffer nichts, was ihre bisherigen Erkenntnisse bestätigen oder die Ermittlungen sogar voranbringen konnte.

Frank Streffer war etwas enttäuscht. »Das hätten wir uns auch gut sparen können. Irgendwie hatte ich hier mehr erwartet. Vielleicht haben wir ja etwas Wichtiges übersehen. Am besten schicken wir die Kameraden von der Kriminaltechnik noch einmal in diese Bude.«

»Auf jeden Fall, Frank«, stimmte Jana Jäger zu. »Die finden sicher noch was für uns.«

Als die beiden Kripobeamten kurz nach neun Uhr im Polizeipräsidium ankamen, wartete Ursula Dennerlein schon auf einem Besucherstuhl neben ihrer Bürotür – stocksteif sitzend, piekfein gekleidet und augenscheinlich aufgeregt.

»Guten Morgen, Frau Dennerlein. Ich dachte, ich hätte Sie für Halbzehn hierher bestellt«, begrüßte Jäger die Zeugin verwundert.

»Ja, das stimmt«, antwortete die Frau mit bebender Stimme. »Aber ich wollte mich auf keinen Fall verspäten und bin deshalb ziemlich früh von Zuhause losgefahren. Um diese Uhrzeit weiß man ja nie. Nun habe ich den Zeitpuffer gar nicht gebraucht.«

»Gut. Dann gehe ich nur kurz ins Büro, sehe schnell nach, ob in der Zwischenzeit irgendetwas Wichtiges passiert ist, das ich unbedingt wissen muss, und hole Sie anschließend herein. Das wird bestimmt nur wenige Minuten dauern. Bis gleich.«

Der Aktenstapel auf ihrem Schreibtisch schien sich über Nacht nicht wesentlich verändert zu haben. Kleiner geworden war er jedenfalls nicht. Schade, dachte die Hauptkommissarin, das wäre mal eine erfreuliche Überraschung gewesen. Auch in ihren Mails konnte sie nichts entdecken, was eine sofortige Erledigung verlangt hätte. Also bat sie Frank Streffer, der inzwischen seinen Computer hochgefahren hatte, Frau Dennerlein hereinzubitten.

»Schön, dass Sie gekommen sind«, eröffnete Jana Jäger die Befragung. »Um ehrlich zu sein, hatten mein Kollege und ich den Eindruck, dass Sie sich gestern auf ihrer Dienststelle doch sehr verhalten geäußert haben. Sie erschienen uns etwas gehemmt. Stimmt das? Und wenn ja, warum?«

Ursula Dennerlein, die Beine zusammenklemmend und die Handtasche fest mit beiden Händen auf dem Schoß fixierend, nickte schüchtern. »Das ist wohl richtig. Schließlich hat man nicht so oft mit der Kriminalpolizei zu tun. Ich bisher sogar noch nie.« Unsicher schaute sie Jana Jäger kurz an, danach Frank Streffer. Sie war sich nicht sicher, ob den beiden Polizisten diese Erklärung genügte.

»Dann wollen wir das mal so stehen lassen«, beseitigte Jäger ihre Zweifel. »Dafür wollen wir jetzt aber ehrlich wissen, wie ihr Kollege Lutz Hansel wirklich war.«

»Abscheulich war er. Ein echtes Ekel.«

»Wie bitte?« Jana Jäger konnte diese drastische Aussage, die der von gestern erheblich widersprach, kaum fassen.

»Und das sollen wir jetzt glauben? Gestern haben Sie sich aber komplett anders geäußert.«

»Na ja, wie schon gesagt, der Polizei gegenüber wollte ich erst einmal vorsichtig sein. Außerdem gehört es sich doch auch nicht, schlecht über Verstorbene zu reden. Das habe ich jedenfalls so gelernt.« Wieder überprüfte Ursula Dennerlein mit fragendem Blick die Wirkung ihrer Aussage. »Das mag altmodisch klingen. Aber ich gehöre ja auch einer anderen Generation an«, fügte sie hinzu.

»Entschuldigen Sie, Frau Dennerlein, dass ich das jetzt so hart sage, aber ehrlich zu sein ist keine Generationenfrage. Nur die Wahrheit ist wahr! Wir stecken hier mitten in einer komplizierten Mordermittlung. Da erwarten wir von den Zeugen, dass sie uns die Wahrheit sagen – egal, wie alt sie sind.« Jana Jäger schüttelte verständnislos den Kopf. »Dass das nicht alle Leute beherzigen, aus welchen Gründen auch immer, steht auf einem anderen Blatt. Aber Sie können sich doch jetzt nicht einfach auf Ihr Alter oder irgendwelche Konventionen herausreden.«

Um die Situation etwas zu beruhigen und möglichst noch ein paar sachdienliche Informationen von der Beamtin zu erhalten, übernahm Frank Streffer die Gesprächsführung.

»Sie fanden Lutz Hansel also abscheulich. Warum denn konkret? Was hat Sie so angeekelt?«

»Seine ordinäre Art. Seine Hemmungslosigkeit. Sein frauenverachtender Verschleiß junger Kolleginnen. Sein großspuriger Umgang mit Geld. Und nicht zuletzt seine zweifelhafte Arbeitsauffassung.«

Streffer kniff fragend die Augen zusammen. »Zweifelhafte Arbeitsauffassung?«

»Ja. Die war dubios und hatte mit unseren Grundsätzen verantwortungsvoller und verlässlicher Verwaltungsarbeit nichts zu tun. Manche Vorgänge ließ er monatelang liegen, andere erledigte er binnen weniger Tage. Das alles wirkte auf mich … irgendwie … sizilianisch.«

»Sizilianisch? Meinen Sie damit das, was ich vermute?«

Ursula Dennerlein nickte stumm.

»Ihrem Eindruck nach ging es also bei Hansels Arbeit nicht oder zumindest nicht immer mit rechten Dingen zu?«

»Genau. Ich kann das nur nicht beweisen. Aber unser Chef weiß darüber sicher mehr als ich.«

Auch Sophie Kaiser wartete nervös auf einem Besucherstuhl im Flur, als Jana Jäger und Frank Streffer ihre Kollegin Dennerlein verabschiedeten. Auch sie war vorsichtshalber viel zu früh erschienen und wirkte extrem angespannt. Auch sie zeichnete im Gespräch mit den Kriminalbeamten den tiefgründigen Charakter eines gewissenlosen Wüstlings. Allerdings berichtete Sophie Kaiser ausschließlich eigene, taufrische Erfahrungen. Ob im Büro, im Bus oder im Kino, ob auf einem Kollegengeburtstag, der Weihnachtsfeier oder einer Karnevalsparty – Lutz Hansel konnte die Finger nicht bei sich lassen, wenn eine attraktive Frau in der Nähe war. Und wenn er eine neue Eroberung machen konnte, dann ließ er seine bisherige Begleiterin auch einfach ohne jede Erklärung rücksichtslos stehen. Dafür prahlte er dann am folgenden Tag in aller Öffentlichkeit über sein jüngstes erotisches Abenteuer.

Über Unregelmäßigkeiten im Dienst wusste Sophie Kaiser nichts Konkretes zu sagen. Allerdings hatte sie im Flurfunk schon einmal gehört, dass bei Hansel bisweilen Geld im Spiel gewesen sein sollte.

Danach vernahmen Jäger und Streffer Friederike Linden, die ihnen mit knallroter Nase und krächzender Stimme gegenübersaß.

»Vielen Dank, dass Sie trotz Ihrer Erkrankung heute hierher gekommen sind«, begrüßte sie Jana Jäger. »Sie sind also, wenn man unseren bisherigen Informationen glauben darf, die aktuelle Geliebte von Lutz Hansel. Beziehungsweise Sie waren es, denn Herr Hansel ist ja nun verstorben.«

Friederike Linden nickte zaghaft, tupfte sich mit einem Taschentuch Tränen von den Wangen und schnäuzte die entzündete Nase.

»Herzliches Beileid«, fuhr Jäger fort, »und ich möchte beileibe nicht gefühllos erscheinen, aber bisher mussten wir den Eindruck gewinnen, dass Herr Hansel offenbar kein besonders angenehmer Zeitgenosse war.«

»Das stimmt, er war ein Schuft«, antwortete Linden mit verweinter Stimme. »Aber ein sehr unterhaltsamer Schuft. Man konnte viel Spaß mit ihm haben – so lange es auch ihm Spaß machte.«

»Und dieses unsichere Verhältnis hat Sie nicht etwa beunruhigt?«

»Nicht wirklich. Mir war es lieber, wenigstens eine Zeit lang richtig was zu erleben, statt auf Dauer mit einem Langweiler liiert zu sein. Ich wollte Lutz doch nicht heiraten. Wo denken Sie hin?«

»Dann hat es Sie also auch nicht gestört, dass Sie nicht seine einzige Geliebte waren? Oder wussten Sie das gar nicht?« Die Kommissarin musterte die junge Frau freundlich. Sie war ihr irgendwie sympathisch, obwohl sie für deren Beziehung zu einem windigen Typen wie Hansel wenig Verständnis hatte.

»Doch, doch. Er hat mir von dieser Bauunternehmerfrau aus Wachtberg erzählt. Wenn ich sicher wusste, dass er gerade bei ihr war, habe ich mich schon manchmal geärgert. Aber wenn er dann wieder mit mir zusammen war, war alles vergeben und vergessen.«

»Der Verstorbene soll oft sehr spendabel gewesen sein«, sagte Frank Streffer, das Thema wechselnd. Über die vielfältigen Frauengeschichten des Lutz Hansel hatten sie vorerst genug gehört, und sie begannen ihn fast zu langweilen.

»Ja, das stimmt. Er hatte immer genug Geld und er hat es gern ausgegeben.«

»Wie konnte er sich das als einfacher Verwaltungsbeamter denn leisten? Woher hatte er das viele Geld?«

»Keine Ahnung«, sagte Friederike Linden glaubhaft, »und ich wollte das auch gar nicht wissen. Er hatte garantiert irgendwas nebenher laufen.«

Als auch Friederike Linden ihr Büro verlassen hatte, sahen Jana Jäger und Frank Streffer einander ratlos an.

»Und«, sagte Jana, »was bringen uns nun die Weibergeschichten dieses rheinischen Casanovas? Helfen uns die Berichte der drei Damen irgendwie weiter?«

»Schwer zu sagen. Mein spontanes Gefühl sagt mir, dass keine von ihnen für die Tat in Frage kommt, auch wenn Sophie Kaiser und Friederike Linden eindeutig ein Motiv hätten: Eifersucht«, meinte Streffer nachdenklich. »Vielleicht hat Hansel ja von irgendeiner anderen abgelegten oder betrogenen Geliebten die Quittung bekommen – für seine permanente Untreue und die dadurch erfahrene Kränkung. Oder sogar für einen heftigeren sexuellen Übergriff.«

»Und die hat ihn dann im Wald erschlagen? Im Leben nicht«, erwiderte Jana Jäger.

»Wut oder Hass kann auch einer Frau enorme Kräfte verleihen«, behauptete er.

»Mag vielleicht sein, aber die Art der Tötung ist absolut nicht weiblich. Frauen bevorzugen eher Gift. Oder eine kleine Ladypistole. Und außerdem werden rein statistisch sowieso nur rund 15 Prozent aller Morde von Frauen begangen. Das muss ein Mann gewesen sein.«

21 | Konferenzgerangel

Voller Vorfreude betrat Alexander Hopp den Konferenzraum im Verlagshaus des Kölner *Kurier.* Hier war er seit Wochen nicht mehr gewesen. Zwar musste er als freier Reporter mit Pauschalvertrag, der ihm Honorar für zehn Tage im Monat garantierte, seine Arbeitszeit ohnehin nicht regelmäßig in der Redaktion verbringen. Aber so rar wie in den letzten Monaten hatte er sich hier noch nie gemacht. Und deshalb rechnete er wieder mit einer heftigen Tirade seiner Chefredakteurin, die ihm insgeheim Spaß machen würde. Er hatte sich sogar vorgenommen, Nikola Schnell durch langweilige Themenvorschläge zusätzlich zu provozieren.

»Wer kommt denn da? Ein unbekanntes Gesicht in der Runde. Wollen Sie sich nicht kurz vorstellen«, begrüßte sie ihn sarkastisch.

Nichts anderes hatte Hopp erwartet. Er lächelte milde und klatsche leise Beifall. »Toller Empfang, Frau Schnell. Ganz herzlichen Dank dafür!«

»Okay, Hopp. Da Sie ausnahmsweise mal hier sind, erweise ich Ihnen die Ehre anzufangen. Also – was haben Sie?«

»Zu großzügig, Chefin. Dann will ich Sie natürlich nicht enttäuschen«, antwortete er breit grinsend. »In zwei Wochen kommen die Franzosen und Italiener aus den beiden Partnerstädten wieder zu Besuch nach Wachtberg. Das erste Mal seit dem Entführungsfall. Das italienische Mädchen, das damals verschwand, soll auch wieder dabei sein. Deshalb …«

»Weshalb sollte das irgendwen interessieren? Oder wird bei dieser Gelegenheit wieder ein Unglück passieren? Wollen Sie mich auf den Arm nehmen? Nächster Vorschlag, bitte. Der sollte übrigens ein anderes Kaliber haben, wenn Sie nicht gefeuert werden wollen.«

»Ach so. Verstehe«, erwiderte Hopp trocken. »Wenn Ihnen dieses schöne Gesellschaftsthema nicht spektakulär genug ist, dann hätte ich noch was richtig Blutiges.«

»Ich höre.«

»Der Ripper ist zurück. In Villip und Holzem wurden in den vergangenen Tagen wieder mehrere Pferde durch Messerstiche schwer verletzt. Eigentlich hatte die Polizei geglaubt, diesen Wahnsinnigen im vergangenen Herbst gefasst zu haben.«

Nikola Schnell klappte energisch ihre Kladde zu, in der sie sich noch keine Silbe notiert hatte, und knallte sie wütend auf den Konferenztisch. Sie war auf dem besten Weg, sich wieder in die überreizte Stimmung hineinzusteigern, die ihr im Team den Spitznamen *Zicki Niki* eingebracht hatte.

»Ich frage mich so langsam, wer hier wirklich wahnsinnig ist? Dieser Ripper oder Sie, Hopp? Wie oft wollen Sie mir diesen öden Quatsch noch unter die Nase reiben? Den haben Sie mir mindestens ein halbes Dutzend Mal vorgeschlagen. Und ich habe Sie in meiner chefredaktionellen Großzügigkeit schon zweimal darüber schreiben lassen. Jetzt reicht's mir aber endgültig.«

Tatsächlich hatte Alexander Hopp in den letzten beiden Jahren mehrfach in den Redaktionskonferenzen die sich häufenden brutalen Attacken gegen Pferde im Drachenfelser Ländchen vorgetragen, die die Bevölkerung in den 13 bäuerlich geprägten Dörfern in Aufruhr versetzten. Obwohl zwei der Tiere sogar ihren Verletzungen erlagen und die Polizei von ein und demselben von Verstümmelungen besessenen Täter ausging, hatte Schnell sich strikt geweigert, das Thema zu akzeptieren. Erst als die Kriminalpolizei sogar die spezielle Ermittlungsgruppe *Koppel* eingerichtet hatte, war sie widerwillig bereit gewesen, ihn darüber berichten lassen.

Jetzt zuckte Alexander Hopp nur gleichgültig mit beiden Schultern, weil er eigentlich sowieso nicht vorgehabt hatte, das Pferdethema wieder aufzuwärmen. Damit wollte er die Chefredakteurin nur ärgern. Und das war ihm bestens gelungen. Um sie vollends auf die Palme zu bringen, rückte er nun mit der Geschichte der inklusiven Wohngemeinschaft heraus. Auch darauf reagierte Nikola Schnell, wie er erwartet hatte.

»Sind wir denn hier beim Sozialamt?«, brüllte sie wutschnaubend in die Runde. »Wenn Sie sich partout mit der Stadtverwaltung beschäftigen wollen, dann kümmern Sie sich gefälligst um den Mordfall in Wachtberg, der quasi vor Ihrer Haustür stattfand. Der Tote war doch Beamter, sogar im Bonner Wohnungsamt, wenn ich nicht irre. Und wehe, Sie vergeigen die Story!«

»Wenn Sie das sagen, dann soll es so sein«, antwortete Alexander Hopp spöttisch, stand auf und verließ den Raum. Der Rest der Reaktionskonferenz interessierte ihn nicht mehr.

22 | Geldbedarf

Mit leicht zusammengekniffenen Augen studierte Kriminaloberkommissar Harald Neumann die Papiere auf seinem Schreibtisch. Konzentriert kontrollierte er die von seiner Hausbank gelieferten Kontoauszüge des ermordeten Lutz Hansel. Dabei verfolgte er Zeile für Zeile mit dem ausgestreckten rechten Zeigefinger. Das Nettogehalt Hansels entsprach ungefähr seinem eigenen, was ihn wenig verwunderte. Doch im Schnitt überstiegen die Ausgaben ständig das regelmäßige monatliche Einkommen. Gedeckt wurden diese Finanzlücken durch gelegentliche Bareinzahlungen, die manchmal sogar die beruflichen Bezüge überstiegen.

Neumann blies einmal beide Backen auf und schaute nachdenklich seinen Partner Erwin Bauer an, der am gegenüberliegenden Schreibtisch saß und gerade systematisch die vorliegenden Zeugenaussagen nach thematischen Bezügen auswertete: Arbeit, Freizeit, Eigentum, Freunde, Liebesbeziehungen. »Mensch, Erwin, der Kerl hat vielleicht über seine Verhältnisse gelebt, das kannst du dir nicht vorstellen.«

»Erkläre das bitte mal genauer, damit ich es mir vorstellen kann. Was hat er denn gemacht?«

»Er hat Monat für Monat mindestens doppelt so viel ausgegeben, wie er bei der Stadt verdient hat.«

»Und wie hat er das angestellt? Würde mich ganz persönlich echt interessieren, wie man sowas hinkriegt.« Bauer lachte kurz und trocken.

»Indem er immer wieder Beträge zwischen zweitausend und fünftausend Euro in bar auf sein Konto überwiesen hat. Was am Ende aber auch nicht mehr ausgereicht hat. Das Konto war seit fast einem halben Jahr chronisch im Minus. Hansel war somit total pleite.«

»Die Kohle für derart massive Bareinzahlungen muss man erst einmal haben. Woher stammte die wohl? Über einen lukrativen

Nebenjob habe ich in der Ermittlungsakte nichts gelesen«, sinnierte Erwin Bauer.

»Da fallen mir diverse Möglichkeiten ein: inoffizielle Nebentätigkeiten zum Beispiel, wenn nicht sogar illegale.

Unterhaltszahlungen einer vermögenden Geliebten. Gewinne bei Glücksspielen. Von Freunden oder Kredithaien geliehenes Geld. Oder alles zusammen – mal dies, mal das.«

»Du machst mir vielleicht Spaß. Dann hätten wir ja jede Menge Ansätze zu verfolgen.« Bauer verzog missmutig das Gesicht.

»Theoretisch schon. Aber rein praktisch sollten wir die Ermittlungen nach Wahrscheinlichkeiten priorisieren. Was war bisher in allen Zeugenbefragungen das dominierende Thema? Seine Vielweiberei! Deshalb würde ich die Geldquelle zuerst bei den beglückten Damen suchen. Das liegt irgendwie nahe. Und dann wurde mehrfach von Kolleginnen angedeutet, dass Hansel im Amt nicht korrekt gearbeitet haben soll. Was sich für mich ziemlich nach Bestechlichkeit anhört. Dem sollten wir auch schnellstens nachgehen.«

Erwin Bauer nickte. »Okay. Dann lass uns die Arbeit sinnvoll aufteilen, damit wir schneller vorankommen. Ich übernehme die Befragung der Geliebten und du verfolgst parallel die Spur des Schmiergelds. Wenn wir damit wider Erwarten nicht weiterkommen, klappern wir anschließend die Geldverleiher und Spielhöllen in der Umgebung ab.«

23 | Rechtsbeistand

Verärgert schlug Alexander Hopp mit beiden Händen auf das Lenkrad seines alten Audi und fluchte laut und hemmungslos. Zum Glück konnte ihn gerade niemand hören. Er war alleine in der Bonner Innenstadt unterwegs und kam einfach nicht ans Ziel. Schon wieder war die Verkehrsführung anders, als er sie in Erinnerung hatte. Jetzt durfte er am Bonner Münster nicht mehr geradeaus vorbei in Richtung Hauptbahnhof fahren, sondern wurde gezwungen, nach links in Richtung Kaiserplatz abzubiegen. Was sollte er dort? Das war doch eigentlich die falsche Richtung. Wenn das so weiterging, würde er seinen Termin verpassen. Er war kurzfristig mit Friedrich Michler, dem Rechtsanwalt des Vereins *Inklusiv leben e.V.*, verabredet. Dessen Kanzlei lag in der Fußgängerzone direkt hinter dem Münster. Hopp hatte nicht den kleinsten Schimmer, wie er nun dorthin kommen sollte. Plötzlich setzte zwanzig Meter voraus ein Wagen am Straßenrand den Blinker und begann auszuparken. Er hielt an, erkannte die günstige Gelegenheit und rangierte sein Auto spontan in die freigewordene Lücke.

Ob es überhaupt dort stehenbleiben durfte, interessierte ihn im Moment nicht. Von hier bis zur Kanzlei waren es keine fünf Minuten Fußweg, und wahrscheinlich würde er in spätestens einer Stunde zurück sein. Selbst wenn er im Parkverbot stand, dürfte er in dieser kurzen Zeit mit etwas Glück keine Knolle bekommen.

Friedrich Michler saß an seinem aktenüberladenen Schreibtisch und diktierte einen Schriftsatz, als eine Mitarbeiterin Alexander Hopp in das Büro führte. Der Anwalt beendete das Diktat, erhob sich und kam ihm lächelnd und mit ausgestrecktem rechten Arm entgegen, um ihn zu begrüßen. »Sie sehen so aus, als ob Sie Hopp heißen würden«, sagte er launig. »Schön, dass Sie da sind und sich für die irrsinnige Geschichte unserer ungewöhnlichen Wohngemeinschaft interessieren.«

»So ist es«, antwortete Alexander. »Aber wieso sagen Sie *unsere Wohngemeinschaft*? Sie leben schließlich nicht dort. Engagieren Sie sich in dem neuen Trägerverein?«

»Nein, nein. Das nicht. Meine Arbeit erfordert eine angemessene professionelle Distanz. Aber ich beschäftige mich jetzt seit Jahren derart intensiv mit dem Fall, dass ich mich komplett mit dem Projekt identifiziere. Das ist mittlerweile weit mehr für mich als nur ein juristisches Mandat.«

»Verstehe«, sagte Hopp und überlegte, wie er das Gespräch fortsetzen sollte. Er hatte in dem Regal, das im Rücken des Anwalts stand, eine kleine rot-weiße Geißbockfigur gesehen. Der Mann musste also ebenfalls ein Fan des 1.FC Köln sein, und Hopp vermutete, dass eine kurze Fußball-Fachsimpelei über ihren gemeinsamen Lieblingsclub wahrscheinlich sofort eine entspannte und vertrauliche Atmosphäre erzeugen dürfte. »Was halten Sie denn so von Hennes dem Neunten?« Hopp wies mit seinem Kopf in Richtung Bücherregal. »Der scheint als Maskottchen doch deutlich talentierter zu sein als sein Vorgänger.«

»Aah, ein Effzeh-Freund. Dann sind wir ja unter uns.« Friedrich Michler reagierte so, wie von Alexander Hopp erhofft. »Der neue Geißbock macht bisher einen guten Job, keine Frage. Der FC spielt seit seiner Amtsübernahme jedenfalls wesentlich schöner und erfolgreicher als in den Vorjahren. Hoffen wir nur, dass das so bleibt. Bei den Kölnern weiß man ja nie.« Der Anwalt lachte herzlich, und Hopp lachte mit. »Aber Spaß beiseite. Wir wollten uns ja eigentlich über meinen zweiten Herzensverein unterhalten – *Inklusiv leben e.V.*«

Alexander Hopp nickte. »Bei dem es aber mittlerweile auch deutlich besser läuft als zuvor, wenn ich richtig informiert bin.«

»Im Wesentlichen stimmt das. Gottseidank. Es war allerdings ein verdammt steiniger Weg bis dorthin. Und so richtig am Ziel sind wir noch immer nicht. Ein paar Brocken sind noch hinderlich. Es ist so viel passiert, dass ich unserer Sache erst sicher bin, wenn die WG tatsächlich in ihre neue Wohnung eingezogen ist.«

»Weshalb so zurückhaltend, Herr Michler, welche Brocken sind denn noch aus dem Weg zu räumen?«

»Einerseits fehlen noch für zwei Bewohner die nötigen Wohnberechtigungsscheine. Das sollten wir allerdings hinkriegen, daran wird der Umzug nicht auf den letzten Metern scheitern.«

»Und andererseits? Was stört denn jetzt noch?« Alexander Hopp war gespannt, welche Schikane der Anwalt schildern würde.

»Nichts, was die neue Wohnung angeht. Aber dem Verein wird vom Finanzamt die Gemeinnützigkeit verweigert. Inklusion ist in der Abgabenordnung nicht vorgesehen. Das ist völlig anachronistisch und gesellschaftlich kontraprodukitv. Wie diese Wohngemeinschaft lebt und was sie als Team leistet, ist absolut im Sinne und auch im Interesse der Gemeinschaft.«

»Ich kann mir vorstellen, dass durch dieses Engagement sehr viel Geld gespart wird«, spekulierte Hopp. »Die Unterbringung von behinderten Menschen in spezialisierten Einrichtungen dürfte doch ein Heidengeld kosten. Das sparen die sozialen Kostenträger doch, wenn Ehrenamtliche die Aufgaben erledigen.«

»Exakt, aber so weit wird selten gedacht«, antortete Michler. »Für den Verein, der natürlich nicht viel Geld hat, wäre es wirtschaftlich eine Katastrophe, wenn er keine Steuerbegüngstigung für Gemeinnützigkeit bekäme. Dann könnte zum Beispiel kein Vereinsmitglied und kein Spender seinen Beitrag von der Steuer absetzen. Was die Zahlungsbereitschaft aller Erfahrung nach erheblich senken dürfe. Das würde jetzt echt noch fehlen.«

Und dann erzählte er ausführlich die unglaubliche Geschichte von Aufstieg und Niedergang eines sozialen Vorzeigeprojektes, von rücksichtslosem Geschäftsgebaren, falschen Anschuldigungen, konstruierten Kündigungsgründen, hinterlistigen juristischen Attacken, bornierten Vorschriften, unmotivierter Verwaltung, sozialer Kälte und jeder Menge Lügen.

Fast alles hatte Hopp vom Vereinsvorsitzenden Friedländer und den WG-Bewohnern schon einmal gehört, aber er verstand noch immer nicht, warum dieses soziale Projekt von jetzt auf gleich fallengelassen worden war. »Wieso das alles? Weshalb wurde der Wohngemeinschaft so übel mitgespielt?«

Friedrich Michler zuckte mit den Schultern. »Offiziell weiß ich das als Anwalt der gegnerischen Partei natürlich nicht. Aber ich habe eine starke Vermutung: Geld. Was sonst?«

»Das hat eine Bewohnerin auch behauptet«, antwortete Hopp. »Aber selbst wenn das stimmt, hätte man sich doch rücksichtsvoller und fairer von der Wohngemeinschaft trennen können.«

Michler verzog das Gesicht, nickte und streckte wie ein Prediger beide Arme mit geöffneten Handflächen aus. »Wo Sie recht haben, haben Sie einfach recht. Dieses rüde Vorgehen war ebenso unanständig wie überflüssig.«

Dann schaute er Hopp tief in die Augen und ergänzte: »Was Sie allerdings auf keinen Fall in Ihrem Bericht zitieren dürfen. Andernfalls – Stress am Hals.«

24 | Studentenszene

»Hallo, leeve Jung! Wo steckst du gerade? Ich habe schon ein paarmal versucht, dich zu erreichen.« Otto wirkte irgendwie aufgedreht. Er hatte ganz sicher etwas auf dem Herzen.

»Ich bin in der Bonner Innenstadt«, antwortete Alexander. »Dort habe ich eben den Anwalt von Friedländers WG-Verein interviewt. Warum willst du das wissen?«

»Weil ich mit dir den afrikanischen Studenten besuchen will. Den, der seinen Wohnberechtigungsschein nur gegen Bares bekommen haben soll. Du erinnerst dich? In der WG haben sie uns gestern von ihm erzählt.«

»Klar erinnere ich mich daran. Jetzt willst du dahin? Sofort? Wo wohnt der nochmal? Habe ich vergessen.«

»In einer anderen WG in der Bonner Altstadt, Adolfstraße 22. Das ist doch nun echt nicht weit für dich. In einer halben Stunde könnte ich ebenfalls da sein. Inzwischen kannst du gemütlich dorthin laufen und unterwegs sogar noch einen Kaffee trinken.«

Alexander schwieg und dachte kurz nach. Eigentlich hatte er jetzt keinen anderen Termin mehr und auch sonst nichts Konkretes vor. Aber wollte er wirklich in dieses Schmiergeldthema einsteigen? War das überhaupt glaubwürdig? Und verzettelten sie sich damit nicht vielleicht? War es sinnvoll, dem Studenten unangemeldet auf die Bude zu rücken? Womöglich war er gar nicht zuhause. »Bist du dir sicher, dass das eine gute Idee ist? Was, wenn wir den Kerl nicht antreffen? Oder wenn er sauer auf unseren spontanen Besuch reagiert?«

»Keine Ahnung«, antwortete Otto gelassen, »wäre doch alles kein großes Problem für uns. Aber wenn das Gespräch mit ihm gut läuft, kriegen wir richtig Futter für die Geschichte über die inklusive WG. Oder aber, falls das nichts miteinander zu haben sollte, eine geile neue Story: Korruption im Bonner Stadthaus. Die kauft uns garantiert jede Zeitung ab.«

Die Wohnung im Dachgeschoss des Hinterhauses in der Altstadt machte einen ebenso vernachlässigten Eindruck wie zur Straße hin die marode Backsteinfassade. Alles war anders als bei der *Inklusiv leben*-WG. Hier gab es keine Einbauküche, keine Waschmaschine, keinen modernen Fernseher, keinen Kickertisch und auch keine Terrasse. Der Gemeinschaftsraum war mit Sperrmüll vermöbelt. Der ganze Hausrat hatte seine beste Zeit längst hinter sich und war mit vielen bunten Stickern beklebt. An den Wänden hingen provokante Plakate, deren radikale Parolen vermuten ließen, dass die Bewohner – oder zumindest einzelne von ihnen – zur autonomen Szene gehörten. Der junge Afrikaner, der sich als Moussa vorgestellt hatte, lächelte freundlich und zwinkerte ihnen kumpelhaft zu, als er Hopps und Springers Interesse an den Inhalten der Wandgestaltung bemerkte. »Die Poster hängen schon lange hier«, erklärte er, »die haben frühere Bewohner angebracht, die politisch sehr engagiert waren. Als ich hierher kam, waren sie schon wieder ausgezogen. Mittlerweile tickt fast die ganze WG anders. Nur einer ist noch aktiv.«

»Wofür beziehungsweise wogegen?«, fragte Hopp.

»Für soziale Gerechtigkeit und Nachhaltigkeit, gegen Globalisierung, Turbokapitalismus und Umweltzerstörung.«

»Und in welcher Weise ist der Mitbewohner aktiv?«

»Er geht regelmäßig zu irgendwelchen Gruppentreffen und reist manchmal zu einzelnen Demos oder Aktionen.«

»Bei denen es auch gewalttätig zugehen kann?«, hakte Springer gespannt nach.

»Weiß ich nicht. Kann ich mir auch nicht recht vorstellen. Obwohl Malte manchmal schon ziemlich aufbrausend sein kann.«

»Dann wollen wir mal hoffen, dass er sich ausschließlich friedlich engagiert«, sagte Alexander Hopp und schaute den Studenten kritisch an.

Moussa hielt kurz inne und runzelte nachdenklich die Stirn. »Aber deshalb sind Sie doch nicht hier. Hatten Sie nicht gerade an der Tür noch etwas von Wohnberechtigung gesagt?«

»Das stimmt«, gestand Hopp. »Wir sind Journalisten und interessieren uns für die Geschichte der *Inklusiv leben*-WG. Dort haben uns Freunde von Ihnen erzählt, Sie hätten Schmiergeld zahlen müssen, um von der Stadt den Wohnberechtigungsschein zu bekommen.

»Genau. Und nicht nur ich. Viele zahlen. Vor allem Ausländer. Ohne dieses Papier hat man keine Chance auf eine finanzierbare Sozialwohnung.«

»Aber wer wenig verdient, hat ein Recht auf den Wohnberechtigungsschein. Die Einkommensgrenze ist klar festgelegt. Dafür muss niemand Schmiergeld zahlen, nur eine geringe, offizielle Bearbeitungsgebühr. 20 Euro, glaube ich.« In Hopp sträubte sich alles gegen die Vorstellung, Beamte der Bundesstadt Bonn würden bei solchen Alltagsvorgängen illegal abkassieren. Das konnte und wollte er sich nicht vorstellen.

Der junge Mann zuckte gleichgültig die Schultern. »Was hilft mir mein Recht, wenn ich es nicht bekomme? Wenn mein Antrag einfach nicht bearbeitet wird? Viele Menschen sind aus ihren Heimatländern gewohnt, dass ohne Bakschisch nichts läuft. Also bezahlen sie bereitwillig und halten die Klappe.«

»Wie hat das denn praktisch funktioniert? Das ganze Verfahren verläuft doch mittlerweile online.« Otto Springer sah Moussa gespannt an.

»Das stimmt. Aber nur die Beantragung. Auf dem Amt wird dann alles ausgedruckt und als klassische Papierakte bearbeitet. Das ist Verwaltung 0.0.« Moussa lachte abfällig.

Alexander und Otto sahen einander entgeistert an.

»Das kann doch nicht wahr sein.« Hopp war fassungslos.

»Ist es aber«, antwortete der Student selbstsicher. »Dabei sind Manipulationen natürlich Tür und Tor geöffnet. Wer nach seinem Antrag dann über Wochen oder sogar noch länger nichts hört, erkundigt sich natürlich. Und wer dabei an den Falschen gerät, bekommt einen Termin, um angeblich irgendwelche Probleme zu klären. Alles Weitere können Sie sich jetzt sicher denken.«

»Schon klar. Sagt Ihnen der Name Lutz Hansel etwas?«, fragte Alexander Hopp.

»Komischer Name, kommt mir aber irgendwie bekannt vor.«

»Vom Wohnungsamt vielleicht?«

Da klingelte es bei Moussa: »Klar, jetzt erinnere ich mich. So hieß der Typ, der für den Berechtigungsschein Schmiergeld kassiert hat.«

»Wieviel denn?«, fragten Hopp und Springer unisono.

»Von mir wollte er dreihundert Euro. Die habe ich ihm in einem weißen Umschlag gegeben, und wenig später habe ich den Wohnberechtigungsschein per Post bekommen. Ob das sein Standardpreis ist oder ob er individuell nach persönlicher Einschätzung abkassiert, weiß ich allerdings nicht.«

25 | Verdachtsmomente

Während des rund zwanzigminütigen Fußmarsches von der Altstadt bis zu seinem Auto, das er am frühen Nachmittag am Hofgarten geparkt hatte, gingen Alexander Hopp die frischen Informationen aus den beiden letzten Terminen durch den Kopf. Wenn er den Anwalt Michler richtig verstanden hatte, dann waren der inklusiven Wohngemeinschaft von der Stadtverwaltung dicke Brocken in den Weg gelegt worden. Und jetzt machte auch noch das Finanzamt Stress. Was konnte der Grund dafür sein? Eigentlich müsste die öffentliche Hand doch private Initiativen fördern, die ihr die schwere und kostspielige Versorgung von Bürgern mit Behinderung abnahmen. Stattdessen geschah das Gegenteil: Sie wurden behindert. Und bei dem anschließenden Gespräch mit dem jungen Studenten aus Afrika hatte sich sogar der Verdacht erhärtet, dass mindestens ein Beamter auf dem Wohnungsamt für normale soziale Leistungen üppiges Bestechungsgeld verlangte. War es Zufall, dass bei den Problemen beider Wohngemeinschaften die Stadtverwaltung eine entscheidende Rolle spielte? Hingen diese Fälle sogar zusammen? Sollte auch bei der *Inluskiv Leben*-WG kräftig abkassiert werden? Der Klingelton des Handys riss Hopp aus seinen Überlegungen.

»Hallo, Jana, mein Schatz, ich bin mit meinen Terminen in Bonn für heute durch und laufe gerade zurück zum Auto. Was gibt es bei dir?«

»Viel Arbeit – wie üblich. Bei meiner Kottenforst-Leiche häufen sich die Mordmotive und die Verdächtigen. Mit jedem Ermittlungsschritt wird die Sache unübersichtlicher und verzwickter.«

»Tut mir Leid für dich. Aber ich habe das Gefühl, dass meine aktuellen Recherchen deinen Fall tangieren und vielleicht sogar noch komplizierter machen könnten.«

»Mensch, Alex, muss das sein? Mir wäre lieber, wenn du mir helfen würdest.«

»Mache ich ja möglicherweise. Lass uns alles mal in Ruhe besprechen, dann sehen wir weiter.«

»Geht in Ordnung«, sagte Jana müde. »Aber vor sieben Uhr komme ich heute Abend nicht hier raus und wir haben nichts im Kühlschrank. Dann noch einzukaufen und zu kochen, wird mir echt zu viel. Lass uns doch irgendwo essen gehen.«

»Gern. Aber wo? Im Restaurant vom Dahlien-Hotel kriegen wir nichts mehr. Das Haus hat vor ein paar Wochen dicht gemacht. Da entsteht wohl eine neue Seniorenresidenz.«

»Habe ich auch gehört. Schade für uns. Da müssen wir uns halt ein neues Stammlokal suchen. Wie wäre es denn, wenn wir diesen Kunz bei uns im Dorf ausprobieren?«

»Wer soll das denn sein?« Alexander hatte diesen Namen noch nie gehört – zumindest nicht im Zusammenhang mit Gastronomie in Wachtberg.

»Der Wirt der Eckkneipe auf der Hauptstraße. Die Pecher nennen ihn so. Er soll ziemlich großartige Schnitzel braten.«

Gerade wollten Jana und Alexander im Lokal beginnen, die wichtigsten Ergebnisse ihrer Nachforschungen auszutauschen, da brachte ihnen der Wirt schon zwei große Schnitzel und Pommes Frites. Jana hatte sich für Wiener Art und Alexander für Jägersoße entschieden. Nachdem sie probiert hatten, verschoben sie sehr zufrieden das Gespräch um ein einige Minuten. Erst als der Wirt das Geschirr abgeräumt und zwei frische Kölsch gebracht hatte, kamen sie auf ihr Thema zurück. Zuerst berichtete Alexander von den Vorwürfen, dass auf dem Bonner Wohnungsamt Bestechung gängige Praxis sein solle. »Da werden angeblich Wohnberechtigungsscheine gegen Bares vertickt. Vor allem dann, wenn Antragsteller in besonderer Notlage sind, wird wohl Geld erpresst. Konkret soll dein Mordopfer in die Sache verstrickt gewesen sein.«

»Darauf sind meine Leute auch gestoßen. Das könnte die regelmäßigen Bareinzahlungen auf Hansels Konto erklären, die wir entdeckt haben – zumindest zum Teil.«

»Am Nachmittag habe ich eine WG in der Altstadt besucht, aus der mindestens ein Bewohner abgezockt worden ist«, berichtete Alexander weiter. »Und in dieser WG lebt jemand, der eindeutig der radikalen autonomen Szene angehört. Die politischen Parolen an den Wänden sind eindeutig. Nach Aussage eines Mitbewohners ist dieser Student auch ziemlich aktiv, möglicherweise sogar gewaltbereit. Vielleicht hat der ja den Übeltäter im Alleingang beseitigt.«

»Selbstjustiz? Aus Wut über Bestechlichkeit im Amt? Ich weiß nicht. Das kann ich mir kaum vorstellen.« Jana dachte darüber nach. Konnte das ein Mordmotiv sein? »Müsste es dann nicht in irgendeiner Form die Ankündigung einer Aktion oder zumindest ein Bekennerschreiben gegeben haben? Gibt es aber nicht.«

»Vielleicht. Aber wenn es dem Aktivisten eher um die Bestrafung eines Übeltäters geht und weniger um öffentliches Aufsehen, dann könne das doch passen. Bekennerschreiben hin oder her. Zumal man damit ja auch das Risiko erhöht, die Polizei auf die eigene Spur zu bringen. Also wenn es tatsächlich ein illegales System innerhalb der Verwaltung gibt, das seit Jahren von mehreren Mitarbeitern zu Lasten sozial Schwacher angewandt wird, dann halte ich es für denkbar, dass irgendein Radikaler durchdreht.«

Alexander machte eine kurze Pause, um einen Schluck Kölsch zu nehmen. »Hm, lecker! Außerdem beschäftige ich mich zurzeit mit der Geschichte einer anderen, inklusiven Wohngemeinschaft, die existenzielle Schwierigkeiten hat, nicht zuletzt mit dem Wohnungsamt der Stadt. Auf den ersten Blick ist das nicht nachzuvollziehen. Aber wenn man einmal persönliche finanzielle Interessen einzelner Beamter als Motivation unterstellt, ergibt das plötzlich einen Sinn.« Wieder schwieg er einen Moment, um seine These auf Jana wirken zu lassen. »Ich halte es jedenfalls für mehr als wahrscheinlich, dass dein Fall und mein WG-Thema sehr viel miteinander zu tun haben.«

»Du glaubst also wirklich, dass der Täter aus einer Art übersteigertem Gerechtigkeitssinn den aus seiner Sicht asozialen Schmarotzer namens Lutz Hansel aus dem Weg geräumt haben könnte? Das wäre wirklich mal was Neues, sowas hatten wir jedenfalls echt noch nie.«

»Aber möglich wäre es. Einmal ist immer das erste Mal.« Nachdenklich legte Jana die Stirn in Falten. »Damit hätten wir dann ein weiteres Mordmotiv. Denn Eifersucht könnte auch der Grund sein, nicht nur, weil sie generell ein beliebter Auslöser von Gewaltverbrechen ist. Dieser Hansel hatte jede Menge Affären. Für die Tat kommen momentan einige gehörnte Ehemänner in Frage. Und betrogene Damen zumindest indirekt, als Auftraggeberinnen. Eigenhändig morden Frauen ja eher selten.«

»Spannend. Darum könnte ich mich ebenfalls kümmern. Ich habe schon lange nicht mehr in schmutziger Wäsche herumgewühlt.« Alexander lachte kurz, leerte sein Glas und schaute Jana erwartungsvoll an.

»Warum nicht, Alex? Zwar verfolgen bereits zwei Kommissare aus meinem Team diesen Ansatz, aber die müssen auch noch einer anderen Spur nachgehen.«

»Was habt ihr denn noch?«

»Schulden. Wahrscheinlich hatte das Mordopfer jede Menge davon. Hansel hat seit Jahren extrem über seine Verhältnisse gelebt, und seine jetzige Geliebte hat uns brühwarm erzählt, er habe sich Geld leihen müssen. Wieviel und von wem, wusste sie allerdings nicht.«

»Das macht zusammen also mindestens drei Mordmotive. Sieht so aus, als ob der Glückspilz Hansel, der die Frauen und das pralle Leben liebte, der seinen teuren Lebensstil mit Zusatzeinnahmen aus Bestechnung und Schulden finanzierte, innerhalb kürzester Zeit zum Pechvogel mutierte, von dem sich seine Freunde und Gönner abwandten – und der schließlich aus einem der drei möglichen Motive umgebracht wurde«, resümierte Alexander. »Die Ermittlung der Finanzlage des Opfers ist eure Sache. Das könnt ihr mit euren Dienstausweisen besser als ich. Ohne offizielle Legitimation gibt mir darüber keine Bank und kein Pfandleihhaus

Auskunft. Die Frage der Korruption berührt ja sowieso meine WG-Geschichte, da recherchiere ich natürlich weiter. Aber mit den hässlichen Folgen der Eifersucht würde ich mich auch noch gern beschäftigen, wenn du erlaubst. Natürlich im Rahmen unseres vereinbarten Modus Operandi.« Alexander grinste breit.

In den vergangenen Jahren waren sich Jana und Alexander regelmäßig in die Haare geraten. So sehr sie sich auch liebten, sie schafften es trotzdem nicht, ihr permanent schwelendes Konfliktpotenzial unter Kontrolle zu halten. Sie als Hauptkommissarin bei der Bonner Kripo und er als Zeitungsreporter kamen sich einander immer wieder in die Quere. Ihre Auseinandersetzungen drehten sich ausschließlich um aktuelle Fälle, in denen sie ermittelte und über die er berichten musste. Dann drang er zwangsläufig in ihren Kompetenzbereich ein und störte angeblich ihre Untersuchungen. Er wiederum konnte und wollte sich von seiner Lebensgefährtin nicht bei der Ausübung seines Jobs einengen lassen. Also zankten sie sich – was im vergangenen Jahr sogar zu einer vorübergehenden Trennung geführt hatte.

Bei einem Versöhnungsgespräch hatte Jana dann plötzlich diesen Modus Operandi vorgeschlagen hatte, der ihre Rettung war. Bis jetzt jedenfalls. Denn seit ihrer eigenwilligen Vereinbarung, die weder den Dienstvorschriften der Kriminalpolizei entsprach, noch sonst irgendwo zwischen Polizisten und Journalisten praktiziert wurde, hatte es nicht nur keinen Streit mehr zwischen ihnen gegeben, sondern sie arbeiteten sogar harmonisch und äußerst effektiv zusammen.

Um ihre Beziehung zu retten, bot Jana dem verblüfftem Alexander damals einen simplen Deal an: Kooperation statt Konfrontation. Wissen gegen Wissen und Vertrauen gegen Vertrauen. Zumindest versuchsweise. Alex sollte sie künftig lückenlos über über den Stand seiner Recherchen informieren, dafür würde sie ihm im Gegenzug offen und ehrlich alle relevanten Ermittlungsergebnisse zur Verfügung stellen, soweit sie das irgendwie vertreten konnte. Allerdings durfte er während laufender Fälle nichts berichten, wenn sie es noch bedenklich finden würde und deshalb nicht zur Veröffentlichung freigeben könnte. Zum Ausgleich hatte Alexander dann nach der Lösung eines Falles als erster und einziger Reporter die vollständige Geschichte. Jana versprach sich davon, dass einerseits ihr andauernder Zank endlich ein Ende finden würde und andererseits beide in komplizierten Fällen mit vereinten Kräften schneller voran kommen könnten. Was sich bisher bewahrheitet hatte.

26 | Brandstiftung

Hast du das schon gelesen, Jana?« Frank Streffer schob seinen Kopf rechts am Monitor des Computers vorbei, um seine Partnerin gegenüber, die gerade Fallakten studierte, direkt ansehen zu können.

»Was denn? Wie du siehst, lese ich gerade eine ganze Menge.« Jana Jäger klang nicht gerade gut gelaunt. Der morgendliche Bürokram ging ihr gehörig auf den Geist.

»Hier, im System, der Bericht über den Einsatz gestern am späten Mittwochabend im Stadthaus.«

»Nee. Warum sollte mich der interessieren?«

»Weil dort zwei Autos in der Tiefgarage am Berliner Platz gebrannt haben. Irgendwer, der aus einem Restaurant in der Altstadt zurück zu seinem geparkten Wagen kam, hat das Feuer bemerkt und sofort die Feuerwehr alarmiert. Zum Glück konnte sich der Brand nicht weiter ausbreiten, so dass kein größerer Schaden entstanden ist.«

»Interessant, Frank. Aber ich verstehe immer noch nicht, weshalb mich das fesseln soll. Brand, Feuerwehreinsatz, Unterstützung durch unsere Trachtengruppe.«

»Feuer im Stadthaus, offensichtlich Brandstiftung. Vorher Mord an einem Beamten, der dort gearbeitet hat – macht dich das etwa nicht neugierig. Zumal …«. Streffer führte den Gedanken nicht sofort weiter.

Jana Jäger kannte diese dramatischen Kunstpausen ihres Partners. Er hatte noch eine wichtige Information in petto und wollte sie nur auf die Folter spannen.

»Zumal was, Frank? Gibt es tatsächlich eine direkte Verbindung zu unserem Fall? Jetzt spuck's endlich aus.«

Streffer ließ sich weiter Zeit, beugte sich langsam nach vorne, stütze beide Ellenbogen auf den Schreibtisch und grinste sie an. »Also, wie schon gesagt, wurden diese Fahrzeuge in Brand gesetzt.

Nach dem ersten Eindruck der Kollegen wahrscheinlich mit Hilfe von Benzin. Was den Prozess ja bekanntlich erheblich beschleunigt …«

»Mensch Frank, mach es nicht so spannend, beschleunige jetzt bitte deinen Bericht.« Jana verlor langsam die Geduld.

»Beide Autos waren ausgerechnet die Dienstwagen von hochrangigen, leitenden Beamten der Stadtverwaltung«, sagte Streffer süßsauer lächelnd, »und einer davon heißt Carol Schönemann, ist Chef des Amts für Soziales und Wohnen und war der Vorgesetzte unseres Mordopfers Lutz Hansel.«

Jana Jäger erinnerte sich sofort wieder an Alexanders Theorie vom Vorabend, ein politisch motivierter Rächer, quasi ein Robin Hood der mittellosen Wohnungssuchenden, könnte der Mörder von Hansel sein. Steckte derselbe Täter aus den gleichen Motiven auch hinter dem Brandanschlag?

»Gibt es irgendein Bekennerschreiben – per Mail, WhatsApp oder meinetwegen sogar Brief?«

»Nicht, dass ich wüsste«, antwortete Streffer, »davon steht hier jedenfalls nichts.«

Plötzlich fiel Jana Jäger siedend heiß ein, dass sie diesen Herrn Schönemann noch immer nicht vernommen hatten. »Scheiße, Frank. Hansels Chef haben wir verpennt. Der Amtsleiter war am Dienstag nicht für uns zu sprechen und gestern haben wir irgendwie nicht mehr an ihn gedacht. Wir müssen uns schnellstmöglich diesen Carol Schönemann vorknöpfen.«

27 | Überrumpelung

Hallo, Alex, schön, dass du noch lebst!« Josephine rief am Donnerstagmorgen an, noch ehe Alexander seinen ersten Kaffee ausgetrunken hatte. Das konnte er absolut nicht leiden. Normalerweise nahm er ein Gespräch dann gar nicht erst an. Aber bei Josy, seiner ältesten und besten Freundin, die für ihn wie eine große Schwester war, musste er natürlich eine Ausnahme machen.

»Hääa ... wieso das denn?«, fragte Alexander, »hat irgendwer voreilig mein Ableben verkündet?«

»Quatsch! Natürlich nicht! Aber du könntest ruhig etwas aktiver kommunizieren – mit mir zumindest«, erklärte Josephine bissig. »Ich würde mich riesig freuen, wenn du dich hin und wieder mal bei mir melden würdest. Kann auch ruhig ohne konkreten Anlass sein, also ohne dass du was von mir willst. Ich sehe nicht ein, dass ich es immer sein muss, die für das Kontakthalten zuständig ist.«

»Wie kommst du mir denn jetzt hier am frühen Morgen? Was soll ich denn immer von dir wollen, wenn ich anrufe?« Alexander wunderte sich doch sehr über den vorwurfsvollen Ton. War er Josephine irgendwie unbewusst auf die Füße getreten? Oder war das bei großen Schwestern etwa so üblich, dass man hin und wieder aus heiterem Himmel eine deftige Packung bekam? Dann wäre er doch froh, dass er nur einen Bruder hatte.

»Nichts willst du von mir. Du rufst erst gar nicht an. Und das gefällt mir nicht.«

»Und du meinst, dass du mich mit so einer Tirade motivieren kannst, mich öfter bei dir zu melden? Dass sie mir Appetit macht, mehr davon zu bekommen?«

»Nein. Natürlich nicht. Aber das musste ich einfach mal loswerden. Auf die Dauer komme ich nämlich mit Einbahnstraßenbeziehungen nicht klar. So, jetzt ist es aber gut für heute. Wie läuft es sonst so bei euch?«

»Gut. Danke der Nachfrage«, antwortete Alexander kurz angebunden. Er grübelte, warum Josephine wohl anrief und ob sie mit ihren Vorwürfen einen bestimmten Zweck verfolgte. Die Erklärung sollte nicht lange auf sich warten lassen.

»Für übermorgen Abend habe ich ein paar Leute eingeladen, die entweder Mitglieder im Verein *Forum Freunde in Europa* sind oder zumindest unsere Austauschprogramme auf die eine oder andere Art unterstützen. Mir wäre es sehr recht, wenn du auch dazukommen könntest – falls du nichts Besseres vorhast.«

Jetzt wusste Alexander, woher der Wind wehte. Seine Freundin Josephine Franzen, die seit Jahren die Vorsitzende dieses Wachtberger Vereins war, der die Partnerschaft mit zwei kleinen Städten in Italien und Frankreich koordinierte, wollte etwas von ihm. Umgekehrt wurde also ein Schuh draus: Sie hatte einen konkreten Grund für den Anruf. Und dafür war es ihr offenbar ratsam erschienen, ihn mit ihrer überraschenden Attacke in eine demütige Position zu drängen, damit er sich reuevoll zu irgendeiner Leistung bereit erklärte. »Übermorgen Abend? Wieso denn am Wochenende?«, fragte Alexander.

»Der kommende Samstagabend hat zufällig allen gepasst. Engagierte Leute haben ja meist die unangenehme Eigenschaft, selten Zeit zu haben. Sie haben irgendwie immer viel um die Ohren. Mitten in der Woche hätte ich diese Runde nie und nimmer zusammengekriegt. Kannst du denn dann auch?«

»Ich glaube schon. Jedenfalls fällt mir gerade keine andere Verabredung ein.« Alexander dachte kurz nach, weil er doch mit Otto gemeinsam das nächste Bundesligaspiel des 1. FC Köln anschauen wollte. Aber das war schon morgen Abend, also kein Hinderungsgrund. »Allerdings ist mir nicht klar, wieso ausgerechnet ich an diesem Treffen teilnehmen soll. Ich spreche doch weder Französisch noch Italienisch. Was ja bereits ungünstig ist, wenn wir manchmal italienische Gäste beherbergen.«

»Deine Sprachkenntnisse sind in diesem Zusammenhang nicht so wichtig. Wir müssen die eingeschlafene Öffentlichkeitsarbeit unseres Vereins hier vor Ort irgendwie in Schwung bringen. Und dafür, dachte ich, könnte ein Fachmann in unserer Runde durchaus nützlich sein.«

»Aha. Und du meinst, dafür sei ich der Richtige?«

»Ganz bestimmt. Denk mal darüber nach. Was ich übrigens noch fragen wollte: Was ist denn eigentlich mit der Leiche, die im Kottenforst gefunden wurde? An diesem Fall arbeitet Jana ja wohl. Stimmt das alles, was seit gestern fast überall zu lesen ist? War der Mann Beamter der Stadt Bonn? Und ist er tatsächlich ermordet worden?«

»Ja, soweit ich weiß, war er Beamter. Aber dass er getötet wurde, kann ich nicht bestätigen. Davon hat Jana bisher nichts gesagt. Du weißt ja, wie zugeknöpft sie während laufender Ermittlungen ist.«

»Stimmt, ich erinnere mich. Das war's auch schon. Dann sehen wir uns hoffentlich am Samstagabend bei mir.«

28 | Beziehungsfragen

Nach ihrem Gespräch vom Vorabend hatte sich Alexander Hopp von Jana Jäger die Namen und Kontaktdaten der beiden Handballkumpels von Lutz Hansel geben lassen sowie die des Beamten vom Wohnungsamt, der sich besonders kritisch über den ermordeten Kollegen geäußert hatte. Wie beim Essen in der Pecher Dorfwirtschaft vereinbart, wollte er nun den Korruptionsvorwürfen weiter nachgehen und vor allem intensiv im Liebesleben dieses ungewöhnlichen Typen herumrecherchieren. Denn seine Intuition signalisierte ihm, dass die Wahrscheinlichkeit am höchsten war, den Täter unter den aufgebrachten Ehemännern zu finden, deren Frauen mit Lutz Hansel eine Affäre gehabt hatten.

Von den beiden Handballern, die die Kommissare Neumann und Bauer beim Training des BC Berkum vernommen hatten, war nur der Installateur Jörg Baumeister zu erreichen. Der andere, Heiner Esser, ging bei drei Anrufversuchen, die Alexander Hopp unternahm, nicht an den Apparat, obwohl es ein Mobiltelefon war.

Baumeister hingegen reagierte direkt sehr kooperativ, nachdem Hopp sich und sein Anliegen am Telefon vorgestellt hatte. »Ich habe zwar schon alles den Kriminalbeamten berichtet, was ich über Hansel weiß«, sagte der Installateur. »Aber wenn Sie möchten, erzähle ich es Ihnen noch einmal. Sie machen bestimmt eine super Story daraus. Ich habe nämlich schon einige spannende Berichte von Ihnen gelesen.«

»Oh, das freut mich. Dann legen wir mal los.« Hopp überlegte kurz, mit welchem Aspekt er in das Gespräch einsteigen sollte und entschied sich schnell für die Korruptionsvorwürfe. »Sie haben der Polizei angeblich gesagt, Hansel habe zuletzt sichtbar Angst gehabt.«

»Woher wissen Sie das denn?«, fragte Baumeister überrascht.

»Betriebsgeheimnis. Quellenschutz. Aber Sie können sich sicher vorstellen, dass ein guter Reporter überall seine Informanten hat.«

Hopp lachte.

»Verstehe. Na gut. Also: Hansel hatte Scheißangst. Das war offensichtlich. Als ich ihn direkt darauf angesprochen habe, erzählt er mir, dass er anonyme Drohbriefe bekommen habe. Von einem gehörnten Ehemann vermutlich.«

»Hat Lutz Hansel das angenommen oder ist das Ihre Spekulation?«

»Das hat er selbst so vermutet. Allerdings hatte er keine Ahnung, wer dahinter stecken könnte.«

»Das kann ich mir beim besten Willen nicht vorstellen. Der Kreis der potenziellen Briefschreiber muss für ihn doch einigermaßen überschaubar gewesen sein.«

»Wenn Sie sich da mal nicht irren – bei den vielen Affären, die Lutz hatte.«

»Nehmen wir trotzdem mal an, Hansel hat sich geirrt und diese Briefe hatten gar nichts mit seinen Frauengeschichten zu tun, sondern einen ganz anderen Hintergrund«, versuchte Hopp nun das Gespräch in Richtung Korruption zu lenken. »Können Sie sich denn irgendeinen anderen Zusammenhang vorstellen?«

Baumeister schwieg eine gefühlte Ewigkeit, brummte nur hin und wieder merkwürdig vor sich hin.

»Könnten die Drohungen nicht auch mit Hansels Arbeit bei der Stadt Bonn zu tun haben? Haben Sie vielleicht irgendwann mal gehört, dass er auf dem Amt Probleme hatte?«

»Auf dem Amt? Nein. Wirklich nicht.«

»Halten Sie es denn für denkbar, dass er seinen Job nicht oder vielleicht nicht immer korrekt erledigt hat?«

»Vorstellen kann ich mir vieles. Aber ich weiß es halt nicht.«

»Würden Sie Lutz Hansel denn zutrauen, dass er nicht sauber gearbeitet haben könnte?«

Wieder schwieg Jörg Baumeister, dann antwortete er entschieden: »Ja. Definitiv. Dem hätte ich alles zugetraut.«

»Lassen Sie uns noch einmal kurz auf Hansels Vielweiberei zurückkommen. Sie haben der Polizei einerseits konkret den

Namen von Frau Stefanie Bellhausen genannt und andererseits behauptet, er habe immer drei oder sogar vier Affären nebeneinander gehabt.«

»Ja, das stimmt. Damit hat er immer geprahlt. Ich konnte es echt nicht mehr hören.«

»Kennen Sie vielleicht noch den Namen einer anderen Dame?«

»Nein. Nicht konkret.«

»Was heißt das? Entweder kennt man jemanden oder eben nicht«, hakte Alexander Hopp energisch nach.

»Na ja, ich weiß ihren Namen nicht und bin ihr auch nie begegnet. Aber ich weiß, dass er was mit der Frau seines Vorgesetzten laufen hatte.«

Die Frau seines Vorgesetzten? Etwa die Frau von Carol Schönemann? Oder hatte Lutz Hansel noch einen direkten Vorgesetzten unterhalb der Amtsleiterebene? Hopp musste dringend diesen Heinz Winterscheidt sprechen.

Der ging auch sofort an das Telefon, als Hopp ihn im Amt für Wohnen und Soziales anrief.

Aber in seinem Büro treffen wollte Winterscheidt ihn nicht. Er schlug stattdessen eine Kneipe in unmittelbarer Nähe seiner Dienststelle in der Bonner Altstadt vor.

»Vielen Dank, Herr Winterscheidt, dass Sie zu diesem spontanen Treffen bereit sind.«

Hopp wollte direkt zur Sache kommen, als sie sich eine Stunde später an einem Ecktisch des Lokals gegenübersaßen. »Soweit ich recherchieren konnte, haben Sie der Polizei als Erster von dem Beziehungschaos im Leben des Herrn Hansel berichtet. Und Sie haben angeblich auch konkret den Namen einer Kollegin genannt, mit der er zuletzt eine Affäre unterhielt.«

Heinz Winterscheidt blickte ihn erstaunt an und runzelte die Stirn. Auch er schien sich zu wundern, dass Hopp über Ermittlungen der Polizei Bescheid wusste. Aber er verkniff sich die Nachfrage und nickte nur bestätigend.

»Wer auf Anhieb soviel weiß, der kann oft bei konkreten Befragungen noch mehr berichten.«

Noch immer antwortete der Mann nicht, sondern schaute Hopp nur skeptisch an.

»Diese Angelegenheit ist äußerst delikat, das ist mir vollkommen bewusst. Und ebenso klar ist mir, dass Sie sich keine Scherereien im Amt einhandeln wollen, aber trotzdem kann ich Ihnen diese Frage nicht ersparen: Hatte Lutz Hansel ein Verhältnis mit Frau Schönemann?« Nun sah Hopp sein Gegenüber fragend an. »Wenn das jemand bestätigen kann, dann wohl am ehesten Sie. Hatte er tatsächlich eine Affäre mit der Ehefrau Ihres Amtsleiters?«

Wieder nickte Heinz Winterscheidt nur. Dann stand er auf und verließ wortlos das Lokal.

29 | Schuldenbekenntnis

Eine halbe Stunde später stand Alexander Hopp vor dem Privathaus der Schönemanns, einem großen Bungalow aus den sechziger Jahren, sehr gepflegt, aber langweilig. Es hatte ihn keinerlei Mühe gekostet, die private Adresse im Internet zu recherchieren: Waldstraße in Villiprott. Das war nicht weit entfernt von der Fundstelle des Toten im Kottenforst, dort wo er auch sehr wahrscheinlich umgebracht worden war. Zufall? Oder eine brandheiße Spur?

Eine attraktive brünette Frau öffnete ihm zaghaft die Haustür. Er schätzte sie etwa gleich alt wie er selbst, wahrscheinlich Mitte vierzig. Hopp stellte sich kurz vor und nannte den Grund seines Besuches.

»Mein Mann ist dienstlich unterwegs. Ich bin allein zuhause und kann Sie nicht hereinlassen. Tut mir Leid«, sagte sie spitz und wollte die Tür sofort wieder schließen.

Doch Hopp hatte diese Reaktion geahnt und vorsichtshalber den linken Fuß in den Spalt geschoben.

»Einen Moment, bitte. Ihren Mann hatte ich um die Mittagszeit auch gar nicht zuhause erwartet. Sie sind doch Gerda Schönemann, oder? Dann wollte ich eigentlich sowieso mit Ihnen sprechen«, erwiderte Hopp.

»Mit mir? Worüber denn?« Nervös sah sie zu Hopps Fuß in der Tür hinunter.

»Über Lutz Hansel, den Mitarbeiter Ihres Mannes, den Sie meinen Recherchen zufolge sehr gut kannten.«

»Tssss«, zischte sie empört, »darüber will ich aber nicht mit Ihnen sprechen.«

»Was aber sehr vernünftig wäre«, insistierte Hopp. So leicht ließ er sich nicht abwimmeln. »Ich weiß mittlerweile eine ganze Menge über Ihr Verhältnis zu Herrn Hansel. Er hat ja gern im Kreise von Freunden und Kollegen mit seinen Bekanntschaften geprahlt. Möchten Sie wirklich, dass ich darüber schreibe, ohne dass Sie Bescheid wissen und sich zuvor dazu äußern konnten?« Hopp neigte leicht den Kopf und schaute die verunsicherte Frau, so sanft er nur konnte, an. »Ich möchte das jedenfalls nicht. Ich möchte Ihre Wahrheit hören.«

Widerwillig öffnete Gerda Schönemann nun die Tür und bat ihn wortlos mit einer schwachen Armbewegung ins Haus.

»Kaffee? Tee? Oder Wasser?«, fragte sie mit belegter Stimme, als Alexander Hopp im bieder möblierten Esszimmer an einem erschreckend klobigen Eichenholztisch Platz genommen hatte.

»Nein. Ich möchte nichts. Vielen Dank.«

Die Hausherrin verschwand trotzdem kurz in der Küche, um mit einem Pott Kaffee zurückzukehren. Sie setzte sich, trank einen Schluck und versuchte, sich etwas zu entspannen. »Was wollen Sie denn wissen, Herr ...?«

»Hopp. Alexander Hopp. Details Ihrer Affäre interessieren mich, ehrlich gesagt, nicht. Da Sie sich, wie man so hört, ziemlich nahegestanden haben, werden Sie ihn besser als andere gekannt haben. Deshalb möchte ich gern aus Ihrem Munde hören, wie er wirklich war und was er so alles angestellt hat.«

»Sie sind Journalist, ich kenne Sie nicht persönlich, und der Ruf Ihrer Branche ist auch alles andere als ehrenwert. Wieso sollte ich also offen mit Ihnen über Lutz Hansel reden? Wieso sollte ich Ihnen vertrauen? Können Sie mir das erklären?«

»Ja, das kann ich«, antwortete Hopp selbstbewusst. »Weil Sie im Laufe unseres Gespräches sehr schnell merken werden, dass ich seriös bin. Und weil Sie im Gegenzug von mir vielleicht Dinge erfahren können, die Sie selbst noch nicht wussten.«

»Okay. Dann schau'n wir mal.«

Wieder lächelte Hopp die Frau an. »Vielen Dank, Frau Schönemann. Dann mache ich jetzt den Anfang.

Lutz Hansel hatte bis zu seinem Tod mindestens drei Geliebte: eine junge Kollegin, die Ehefrau des Präsidenten seines Sportvereins, und Sie. Das ist ziemlich unstrittig und das werden auch Sie gewusst haben. Klar ist darüber hinaus, dass er äußerst verschwenderisch lebte und immer deutlich mehr ausgegeben hat, als er bei der Stadt verdiente. Die Frage ist nur, woher das Geld stammte. Hat er sich im Amt bestechen lassen?«

Gerda Schönemann sah ihn erschrocken an, presste entsetzt die Lippen zusammen und schwieg. Dann nickte sie ganz langsam.

»Wissen Sie denn, wie das konkret ablief?«

»Ja«, antwortete sie schließlich ganz leise. »Er hat Wohnberechtigungsscheine verkauft, wann immer es ging. Zuletzt immer öfter.«

»Und was haben Sie getan, als Sie davon erfahren haben? Das können Sie doch nicht toleriert haben. Immerhin sind Sie die Frau des Amtsleiters, der dafür letztlich die Verantwortung tragen musste.«

»Natürlich habe ich das nicht akzeptiert.« Sie schüttelte den Kopf. »Ich fand das schrecklich. Also habe ich immer wieder auf ihn eingeredet und versucht, ihn davon abzubringen. Als ich merkte, dass das nichts fruchtete, habe ich anonym zwei Kollegen informiert. Mit meinem Mann konnte ich doch nicht direkt darüber reden. Wie hätte ich ihm erklären sollen, woher ich das wusste?«

»Und was passierte dann?«

»Die Kollegen haben meinen Mann informiert, der Lutz massiven Ärger gemacht hat. Aber seinen Job durfte er immerhin behalten, quasi auf Bewährung. Nur war das Geschäft mit den Wohnberechtigungsscheinen danach natürlich geplatzt. Er brauchte eine neue Geldquelle.«

»Um seinen üppigen Lebensstil weiter finanzieren zu können«, ergänzte Hopp. »Sparen war wohl wegen der vielen kostspieligen Beziehungen keine ernsthafte Alternative.«

»Genau. Allein mit seinem Gehalt war das alles überhaupt nicht zu finanzieren – Besuche in edlen Restaurants, teure Karten für Oper, Theater und Konzerte, schöne Wochenendreisen, großzügige Geschenke.«

Gerda Schönemann schwelgte verzückt in romantischen Erinnerungen.

»Und welche andere Geldquelle hat er angezapft?«, bohrte Alexander Hopp nach.

»Genau genommen waren es zwei Quellen. Zuerst hat er Spielcasinos besucht und anfangs sogar etwas gewonnen. Seine Glückssträhne hielt aber nicht lange an, sondern verkehrte sich ins Gegenteil. Er verlor und verlor und kam nicht mehr von den Glücksspielen los. Plötzlich hatte er eine schier unendliche Pechsträhne. Alles ging schief. Seine Schulden wuchsen ihm über den Kopf. Schließlich hat er sich immer wieder Geld leihen müssen, um damit ältere Schulden zu bezahlen.«

»Wissen Sie auch, wo oder bei wem Lutz Hansel Schulden gemacht hat?«

»Anfangs bei verschiedenen Kredithaien, aber mit denen kam er nicht klar. Deshalb hat er vor ein paar Wochen einen Bauunternehmer aus Wachtberg angepumpt, den er irgendwoher gut kannte.«

Bauunternehmer aus Wachtberg – Bellhausen – noch ein betrogener Ehemann, kombinierte Hopp in Gedanken. Was ihn auf eine weitere wichtige Frage brachte. »Und Ihr Mann, Frau Schönemann? Wusste der von Ihrer Affäre mit seinem Mitarbeiter?«

»Nein. Bestimmt nicht.«

»Wirklich. Sind Sie sich ganz sicher?«

Gerda Schönemann verzog spöttisch den Mund.

»Wie ist Ihr Mann denn so? Großzügig? Tolerant? Friedlich? Oder spießig? Eifersüchtig? Gewalttätig?« Auf die Beantwortung dieser letzten Frage war Alexander Hopp besonders gespannt.

»Schwer zu sagen. Trifft alles nicht genau auf ihn zu. Gefallen würde es ihm jedenfalls nicht, wenn …« Sie stockte einige Sekunden. »Er liebt mich doch.«

30 | Liebesleben

Zurück in seinem alten Audi Avant, den er um die Ecke vor dem Schönwaldhaus geparkt hatte, rief Alexander sofort seine allerliebste Hauptkommissarin an.

»Ich habe sie, Jana«, sprudelte er ungeduldig in sein Handy.

»Hallo, Alex. Soviel Zeit muss sein«, sagte Jana lachend.

»Du hast recht. Hallo, Jana!«

»Wen hast du? Bitte etwas präziser!«

»Hansels dritte Geliebte habe ich gefunden. Ich war gerade bei ihr. Sie hat einigermaßen bereitwillig asusgepackt. Deshalb habe ich jetzt auch noch die definitive Bestätigung, dass er sich auf dem Amt für die Ausstellung von Wohnberechtigungsscheinen hat schmieren lassen.«

»Super, Alex! Und wer ist diese Geliebte?«, bohrte Jana nach.

»Gerda Schönemann.«

»Schönemann? Wie der Leiter des Wohnungsamtes in Bonn? Hat sie etwa was mit ihm zu tun?«

»Das kann man wohl sagen.« Er machte eine Pause, um die Spannung zu erhöhen.

»Sie ist doch nicht etwa …«

»Doch, genau die ist sie – die Gattin von Carol Schönemann, dem Chef des Ermordeten.« Wieder legte Alexander eine kurze Sprechpause ein, damit Jana die brisante Information verarbeiten konnte. »Frau Schönemann wusste sogar von den anderen Damen. Sie bezweifelt aber, dass ihr Mann über die Affäre mit Lutz Hansel im Bilde war.«

»Womit sie ihm ansonsten natürlich ein erstklassiges Mordmotiv verschaffen würde«, folgerte Jana. »Was sicherlich nicht in ihrem Sinne ist. Aber das muss ja nicht stimmen. Vielleicht lügt sie ja, um ihn zu schützen. Eventuell hatte sie auch tatsächlich keine Ahnung davon, dass ihr Mann Bescheid wusste, oder sie wollte es zumindest nicht wahrhaben.«

»Gut möglich, zumal Frau Schönemann kleinlaut zugegeben hat, dass ihr Mann diese Affäre mit seinem Mitarbeiter auf keinen Fall akzeptiert hätte.«

»Das kann ich mir denken.« Jana versuchte sich das Arbeitsverhältnis zwischen Schönemann und Hansel vorzustellen, das durch zweifachen Betrug schwer belastet gewesen sein musste: durch die heimliche Beziehung zu seiner Frau und durch die Korruption im Amt. »Die Sache mit den Wohnberechtigungsscheinen hat er doch ganz sicher gewusst, oder?«

»Ja. Dafür hat Gerda Schönemann höchstpersönlich gesorgt. Mit anonymen Nachrichten an zwei Kollegen im Amt. Daraufhin hat Hansel wohl von ihrem Mann eine Abmahnung bekommen und quasi nur auf Bewährung weiterarbeiten dürfen. Nur war es von da an aus und vorbei mit den sprudelnden Nebeneinkünften. Dabei war bis dahin alles wie geschmiert gelaufen.« Alexander lachte laut auf über das eigene Wortspiel.

Jana riss sich erschrocken das Telefon vom Ohr, steckte den Zeigefinger in den Gehörgang und ruckelte den Reiz weg.

»Mensch, Alex, deine Witze waren auch schon mal besser.«

»Tschuldigung. Aber das stimmt doch. Nach dieser Abmahnung war es nämlich komplett vorbei mit Hansels Glückssträhne. Der Kerl hatte plötzlich nur noch die Wahl zwischen zwei Übeln, quasi zwischen Pest und Cholera – entweder sein teures Liebesleben bremsen oder Schulden machen.«

»Und sich nur noch mit einer Geliebten zu begnügen, war für ihn offensichtlich keine Option«, ergänzte Jana süffisant.

»Genau. Weshalb ihm mit der Zeit die Schulden über den Kopf wuchsen und auch die Schuldiger mächtig Druck machten. Und seit ein paar Tagen ist er nun tot, brutal im Wald erschlagen.«

Alexander hatte seinen telefonischen Bericht beendet, aber Jana fielen noch weitere Aspekte ein. »Wahrscheinlich fühlten sich dann auch einzelne Damen verarscht oder vernachlässigt, als die Kohle knapper wurde, und machten zusätzlich Stress. Oder ganz Schluss, wer weiß. Es gibt also Motive über Motive«, sagte sie nachdenklich. »Das ist echt eine paradoxe Situation: Je mehr wir über Lutz Hansel in Erfahrung bringen, desto diffuser wird die Szene, desto mehr Mordmotive ergeben sich und desto mehr potenzielle Täter erscheinen auf der Bildfläche.«

»Was aber für eure Ermittlungen wahrscheinlich besser ist, als gar keine Indizien und kein Motiv zu haben«, antwortete Alexander. »Übrigens habe ich eben vergessen zu erzählen, von wem sich Hansel zuletzt Geld gepumpt hat. Nämlich von einem Bauunternehmer aus Wachtberg – der meiner Meinung nach Theo Bellhausen gewesen sein muss. Also noch ein Kandidat mit mehreren starken Motiven.«

»Damit katapultieren sich Schönemann und Bellhausen schlagartig an die Spitze unserer Verdächtigenliste. Die beiden werden wir uns schnellstens vorknöpfen. Und du Alex, wenn du mit deinen Geschichten nicht ausgelastet sein solltest, könntest uns weiter unterstützen.«

»Wie denn, Jana?«

»Du könntest nach anderen Geldquellen suchen.«

»Das ist nicht so einfach für mich. Ihr habt da ganz andere Möglichkeiten.«

»Das stimmt. Aber mit etwas Glück findest du trotzdem noch weitere Gläubiger von Hansel.«

31 | Schmierentheater

Der Leiter des Amts für Soziales und Wohnen ließ seine Besucher warten. Seit fast einer halben Stunde saßen Jana Jäger und Frank Streffer immer ungeduldiger vor der geschlossenen Bürotür.

Dann bat sie Carol Schönemann endlich mit hochherrschaftlicher Geste herein. Streffer wunderte sich, wie gepflegt ihnen dieser Mann nun, nach mehr als einem halben Arbeitstag, gegenübertrat. Er sah wie aus dem Ei gepellt aus: frisch gebügelt wirkender anthrazitfarbener Anzug, faltenloses weißes Hemd, glänzende schwarze Budapester an den Füßen und perfekt nach hinten gekämmtes, seitengescheiteltes graumeliertes Haar. Hatte er etwa gerade noch schnell irgendwo duschen können?

»Tut mir sehr Leid, dass Sie etwas warten mussten«, entschuldigte er sich zur Begrüßung, »ich musste noch ein dringendes, sehr kompliziertes Telefonat zu Ende führen. Das hat etwas gedauert.«

»Unser Gespräch ist auch nicht gerade belanglos, Herr Schönemann. Immerhin geht es um Brandstiftung und den gewaltsamen Tod eines ihrer langjährigen Mitarbeiter«, konterte Jana Jäger. »Wie erklären Sie sich denn, dass jemand gestern Ihren Wagen in der Stadthausgarage angezündet hat?«

»Gar nicht«, antwortete Schönemann denkbar knapp.

»Wie bitte? Das glaube ich Ihnen nicht.«

»Es ist trotzdem so. Ich habe keinerlei Erklärung dafür. Das muss ein Dummejungenstreich gewesen sein. Oder purer Zufall, dass ein betrunkener Randalierer ausgerechnet mein Auto und das eines anderen Amtsleiters für seine Aktion ausgewählt hat.«

»Sie halten es also nicht für möglich, dass die Brandstiftung etwas mit Ihnen zu tun hatte? Dass jemand Ihnen persönlich einen Denkzettel verpassen wollte, vielleicht wegen irgendwelcher unschönen Erlebnisse auf Ihrem Amt?«, fragte Streffer kritisch nach.

»Unschöne Erlebnisse? Was soll das denn gewesen sein? Was meinen Sie damit?« Schönemann stellte sich auffällig doof. »Mit meiner Arbeit kann das auf keinen Fall zusammenhängen. Ausgeschlossen. Hier muss niemand Unschönes erleben.«

Trotz dieser aalglatten Schauspielerei befragte Jana Jäger Carol Schönemann beharrlich weiter.

»Für den Mord an Ihrem Mitarbeiter Lutz Hansel haben Sie dann vermutlich auch keine plausible Erklärung. Oder irre ich mich etwa?«

»Nein, da haben Sie recht, ich kann mir auf diesen Todesfall auch keinen Reim machen. Herr Hansel war einer meiner erfahrensten und besten Mitarbeiter. Fleißig, freundlich, zuverlässig. Seine Leistungen waren tadellos.«

Jäger und Streffer bliesen beide wie einstudiert simultan die Backen auf und schüttelten fassungslos den Kopf.

»Jetzt habe ich wirklich genug von Ihrem Schmierentheater«, fuhr Jana den Amtsleiter verärgert an. »Wir wissen bereits aus sicherer Quelle, dass Lutz Hansel Bestechungsgeld für die Ausstellung dieser Wohnberechtigungsscheine kassiert hat, dass Sie darüber informiert worden sind und dass Sie Herrn Hansel deshalb abgemahnt haben.«

»Dann wissen Sie mehr als ich«, antwortete Schönemann kaltlächelnd. »In meinem Amt gibt es keine Unregelmäßigkeiten. Oder können Sie das beweisen?«

»Warten Sie's ab. Bald werden wir es Ihnen beweisen«, sagte Jana Jäger. »Wo waren Sie denn eigentlich am Freitagabend, sagen wir mal zwischen 21 und 24 Uhr?«

»Was soll diese Frage? Verdächtigen Sie mich etwa, meinen Mitarbeiter getötet zu haben? Eine Unverschämtheit, ich werde Sie auf jeden Fall …«

»Nichts werden Sie. Wenn man einen betrogenen Ehemann nicht verdächtigen darf, den Liebhaber seiner Frau erschlagen zu haben, wen denn dann?« Jana Jäger grinste den aufgeblasenen Amtsleiter boshaft an.

Carol Schönemann lief schlagartig rot an, prustete mehrmals, holte tief Luft, stammelte ein paar Laute, brachte aber kein Wort heraus. Die Kriminalbeamten, zufrieden, dass die makellos wirkende Fassade dieses Mannes gerade in sich zusammenfiel, ließen ihm Zeit.

»Also, wo waren Sie vergangenen Freitagabend?«, fragte Streffer schließlich energisch nach.

»Zuhause natürlich. Wie meist am späten Freitag. Dann brauche ich nach einer anstrengenden Arbeitswoche meine Ruhe.«

»Kann das jemand bezeugen?«

»Meine Frau natürlich. Wir haben gemütlich zusammen zu Abend gegessen und dann im Wohnzimmer bei einer Flasche Riesling Fernsehen geschaut.«

»Was denn?«, wollte Jana Jäger wissen?

»Die Kölner Talkshow mit dieser Frau Böttinger.«

»Wer war denn dort zu Gast? Mit wem hat sich Bettina Böttinger unterhalten?«

»Das fällt mir spontan leider ... ich bin gerade wirklich sehr aufgeregt. Im Moment kann ich mich beim besten Willen nicht erinnern.«

»Dachte ich mir«, sagte Jana Jäger, drehte sich abrupt um und schob im Hinausgehen nach: »Halten Sie sich zu unserer Verfügung. Sie dürfen Bonn und Ihren Wohnort Wachtberg vorerst nicht verlassen. Bald hören Sie wieder von uns. Vielleicht sollten Sie vorsorglich schon mal Ihren Anwalt benachrichtigen.«

32 | Kurvendiskussion

Mit zwei Bechern schwarzen Kaffees bewaffnet, kehrten Jana Jäger und Frank Streffer in ihr Büro zurück, um den liegengebliebenen Papieren zu Leibe zu rücken. Der Aktenberg verringerte sich nicht von alleine. Lust hatten sie dazu zwar keine, aber es musste endlich sein. An Janas Monitor klebte ein auffälliger, gelber Post-it-Zettel mit der Telefonnummer eines Kollegen von der Schutzpolizei, der dringend um Rückruf bat. Sie wählte sofort die Nummer, stellte sich kurz vor und hörte konzentriert zu, wobei sich ihre Augen von Sekunde zu Sekunde verwundert weiteten. Als sie aufgelegt hatte, sah sie Frank Streffer, der sie bei diesem ungewöhnlich einseitigen Telefonat aufmerksam beobachtet hatte, entsetzt an.

»Was war das denn, Jana?«, fragte er verwundert, »du bist ja überhaupt nicht zu Wort gekommen.«

»Es war auch verdammt wichtig, gut zuzuhören!«

»Worum ging es denn?«

»Um einen Motorradunfall heute morgen auf der Landstraße zwischen Ließem und Lannesdorf.«

»Motorradunfall? Darum kümmert sich doch die Schupo. Was haben wir denn damit zu tun?«

»Eine ganze Menge, fürchte ich.« Jana Jäger ließ sich mit dem Rest der Antwort Zeit. »Der Fahrer ist schwerverletzt im Graben gefunden worden. Per Rettungswagen wurde er ins Waldkrankenhaus transportiert. Dort liegt er jetzt nach einer mehrstündigen, komplizierten Operation im Koma. Sein Name ist Heiner Esser.«

»Esser, Heiner Esser … kommt mir bekannt vor. Wer ist das noch mal? Hilf mir doch bitte auf die Sprünge.«

»Das ist einer der Mannschaftskameraden von Lutz Hansel im Berkumer Handballverein. Bei seiner Vernehmung, durch den Kollegen Bauer, glaube ich, hatte er sich extrem abfällig über Hansel geäußert. Alex wollte heute Vormittag noch einmal ausführlich mit ihm reden, konnte ihn aber leider nicht erreichen. Jetzt ist auch klar, wieso.«

»Ziemlich merkwürdiger Zeitpunkt«, Streffer runzelte nachdenklich die Stirn, »dass ausgerechnet jetzt ein Kumpel des Ermordeten verunglückt. Das kann doch kein Zufall sein.«

»Das wird auch bestimmt nicht zufällig passiert sein. Denn Esser ist mit seiner Maschine von der kurvenreichen Strecke abgekommen, gegen einen Baum geprallt und fast zehn Meter weit durch die Luft geflogen. Entweder hat er, für ihn selbst überraschend, die Kontrolle über sein Motorrad verloren und nicht mehr reagieren können. Oder, was wohl plausibler ist, es steckt mehr dahinter. Auf dem Asphalt fehlt nämlich merkwürdiger Weise eine passende Bremsspur. Aber kein erfahrener, risikobewusster Fahrer würde diese anspruchsvolle Strecke einfach herunterrasen und nicht einmal bremsen, wenn er aus der Kurve zu fliegen droht.«

»Was dafür spricht, dass die Maschine wahrscheinlich irgendwie manipuliert worden ist«, ergänzte Streffer.

»Das war auch der erste Eindruck unserer Kollegen von der SpuSi. Für sie sah es so aus, als ob die Bremsschläuche nicht in Ordnung wären. Zur weiteren technischen Untersuchung haben sie das Motorrad dann in ihre Werkstatt mitgenommen.«

»Glaubst du etwa, dass es einen Zusammenhang zwischen dem Mord an Hansel und diesem Unfall von Esser gibt?«

»Ja, irgendwie schon.« Jana Jäger kratzte sich am Hinterkopf. »Allerdings habe ich noch nicht die geringste Ahnung, worin der bestehen könnte.«

»Ich auch nicht«, antwortete Streffer, »aber ich würde spontan darauf wetten, dass es entweder was mit Frauen oder mit Geld zu tun hat. Vielleicht hat Lutz Hansel seinem Handballkumpel eine Braut ausgespannt. Oder er hat sich bei ihm Geld gepumpt und nicht zurückgezahlt. Oder sogar beides.«

»Und wer sollte Heiner Esser deshalb ans Leder wollen? Das ergibt doch überhaupt keinen Sinn. Umgekehrt könnte ich mir vorstellen, dass Esser es aus solchen Gründen auf Hansel abgesehen haben könnte.«

»Du hältst es also für möglich, dass Esser vielleicht der Mörder von Hansel war und sich deshalb irgendein anderer an ihm gerächt hat?« Streffer schaute Jana Jäger ratlos an.

»Vielleicht, Frank, keine Ahnung. Klingt zwar ziemlich komisch, kann aber trotzdem so gewesen sein. Wir werden es schon noch herausfinden.«

33 | Thekengeflüster

Mit knurrendem Magen ging Alexander Hopp zum Kühlschrank und war augenblicklich frustriert, weil das Innere ein jämmerliches Bild bot: Wasser, Wein und Bier waren zwar reichlich vorhanden, aber nichts Leckeres zu essen. Nur Butter, Toastbrot, ein paar Yoghurt und etwas Obst – nichts gegen seinen großen Hunger. Da Jana gerade mit ihren Morderkmittlungen im Vollstress war und keine Zeit zum Einkaufen hatte, musste er sich selbst um die Vorräte kümmern. Daran hatte er überhaupt nicht gedacht.

Kurzentschlossen lief er hinunter ins Dorf zur Metzgerei von Eddie Fuchs. Ausnahmsweise war gerade niemand im Laden, und der Chef stand sogar persönlich hinter der Theke.

»Hallo, Alex, du bist direkt am dransten. Was darf ich dir denn geben?«

»Ein ordentliches Stück feine Leberwurst, eine Lage rohen Schinken und zwei saftige Halskoteletts«, bestellte Hopp, »und dazu noch ein paar Infos, wenn möglich.«

»Infos? Etwa über die Koteletts? Wie das arme Schwein hieß? Oder was willst du wissen?«

Fuchs grinste.

»Um ein armes Schwein geht es tatsächlich. Du hast doch bestimmt von dem Leichenfund in Villiprott gehört?«

»Klar. Das ist seit Tagen das heißeste Thema hier im Laden. Die meisten Leute sind deshalb ganz schön aufgeregt.«

»Aufgeregt? Wieso das denn?«

»Ältere Leute, und ganz besonders Frauen, haben jetzt Angst, dort spazieren zu gehen. Was ich für kompletten Quatsch halte.«

»Da hast du recht, Eddie. Eher fällt uns ein Meteorit auf den Kopf, als dass sich im Kottenforst ein derartiges Verbrechen wiederholt.« Über die irrationalen Sorgen mancher Menschen konnte sich Alexander nur wundern.

»Was sagen deine Kunden denn über den Toten? Kannte ihn überhaupt jemand?«

»Nee. Der war ja nicht aus unserem Dorf und, soweit ich weiß, auch in keinem der Pecher Vereine Mitglied.« Fuchs verpackte die Wurst in durchsichtige Folie, steckte sie in eine Papiertüte und konzentrierte sich dann auf die Auswahl besonders dicker Koteletts. »Aber hin und wieder kam er hier einkaufen«, ergänzte er schließlich, »in Villip gibt es ja keinen Metzger.«

»Und welchen Eindruck hattest du von diesem Lutz Hansel?«

»Keinen sympathischen, Alex. Der Kerl hatte eine arrogante und ziemlich fordernde Ausstrahlung.«

»Fordernd? Wie meinst du das, Eddie?«

»Der hat seine Wünsche hier quasi im Befehlston gebellt, echt unangenehm. Und zuletzt wollte er bei mir sogar anschreiben lassen. Ich dachte, ich höre nicht richtig.«

Eddie Fuchs schüttelte bei der Erinnerung an diese Situtation seinen Kopf und verpackte gleichzeitig die Koteletts in eine zweite Papiertüte.

»Hast du das etwa akzeptiert?« Anschreiben lassen war in den Nachkriegsjahren gang und gäbe gewesen. Aber dass das heute noch irgendwo praktiziert wurde, konnte er sich nicht vorstellen.

»Natürlich nicht. Wo denkst du hin?« Fuchs reichte Hopp den Kassenbon. »Das macht dann Zwölfachtzig. Anschreiben lasse ich nur richtig gute Kunden, wenn sie zum Beispiel ihr Portemonnaie vergessen haben. Aber dieser Mensch war ein Nassauer. Ein fieser Typ. Von dem hätte ich das Geld doch nie und nimmer bekommen. Auf solche Kunden kann ich prima verzichten.«

34 | Peanuts

Spätestens der Bericht über den Motorradunfall von Heiner Esser erinnerte Jana Jäger und Frank Streffer daran, sich endlich den Präsidenten des Ballsport Clubs Berkum vorzuknöpfen. Wie erwartet war Theo Bellhausen noch am Arbeitsplatz in seinem Bauunternehmen. Nach zehn Minuten Wartezeit, als er sein angebliches Telefonat beendet hatte, ließ die unscheinbare Vorzimmerdame die beiden Kommissare in sein Büro.

Dort thronte der Chef förmlich hinter einem kolossalen Schreibtisch aus Stahlgestell und Marmorplatte. Er nickte Jäger und Streffer nur kurz zur Begrüßung zu, nachdem sich beide vorgestellt und ihre Dienstausweise präsentiert hatten. Aufzustehen, den Besuchern entgegenzugehen und vielleicht sogar freundlich die Hand zu reichen, hielt er offenbar für überflüssig.

Jana Jäger war der riesige Mann mit seinem gegelten, streng zurückgekämmten Haar, dem in Sonnenstudios gebräunten Gesicht und der dicken Goldkette im weit geöffneten Hemdkragen auf Anhieb unsympathisch. Frank Streffer sah ihr das an, und so eröffnete er die Befragung, damit die Situation nicht von vornherein aus den Fugen geriet.

»Wir sind hier, um Sie zu Herrn Lutz Hansel zu befragen, der unseres Wissens Mitglied in Ihrem Verein war und der tot im Kottenforst aufgefunden worden ist. Das dürfte Ihnen sicherlich bekannt sein.«

»Ja klar, aber was wollen Sie denn jetzt von mir hören?«

»Zum Beispiel, ob Herr Hansel im Verein Probleme mit einem Mitspieler hatte. Oder vielleicht sogar mit mehreren.«

»Woher soll ich das denn wissen? Ich bin schließlich der Präsdient des ganzen Vereins und nicht der Mannschaftsbetreuer«, antwortete Bellinghausen barsch.

»Ihr Verein ist aber der BC Berkum und nicht der 1. FC Köln oder Borussia Dortmund. Deshalb dürfte die Zahl der Mitglieder überschaubar sein und die der aktiven Spieler noch deutlich übersichtlicher«, erwiderte Streffer gelassen.

»Hansel war aber kein Aktiver mehr. Ich wüsste nicht, wann der zuletzt gespielt hat. Zum Training kam er auch kaum noch. Dafür hatte er bei seiner Vielzahl von Verpflichtungen wohl keine Zeit mehr.«

»Wie meinen Sie das?«, schaltete sich nun auch Jana Jäger ein.

»Wie man so hört, war er privat ziemlich ausgelastet.«

»Sie meinen, mit den diversen Damen, zu denen er Beziehungen unterhielt?«

»Ganz genau!«

»Kennen Sie denn eine von ihnen?«

»Nein, nicht dass ich wüsste«, antwortete Bellhausen ausweichend und schaute betreten zur Seite.

»Aha. Wollen wir das einstweilen mal so stehen lassen.« Jana Jäger hielt es für verfrüht, diesen Mann schon jetzt mit der Affäre seiner eigenen Frau zu konfrontieren. Sie wollte sich diesen Trumpf für später aufheben. »Aber dass Sie Lutz Hansel Geld geliehen haben, daran erinnern Sie sich doch, oder?«, fragte sie stattdessen.

Theo Bellhausen starrte sie verblüfft an. »Woher wissen Sie das denn?«

»Wir stellen hier die Fragen, und Sie antworten, diese Spielregel haben Sie bestimmt schon mal gehört.« Jana Jäger war ausgesprochen zufrieden, diesen Widerling wirksam in die Enge getrieben zu haben. Er war nun drauf und dran, die ohnehin dürftige Fassung zu verlieren.

»Und wenn schon«, blaffte er aggressiv, »was ich mit meinem Geld mache, ist meine Sache. Ich wüsste nicht, was Sie das angeht.«

»Im Prinzip haben Sie natürlich recht, aber Ausnahmen bestätigen die Regel. Und eine Mordermittlung ist eine Ausnahme. Dann geht uns nämlich alles etwas an. Also: Haben Sie Herrn Hansel Geld geliehen?«

Bellhausen verschränkte trotzig die Arme und schwieg.

»Haben Sie oder haben Sie nicht?«, wiederholte Jana Jäger.

Noch immer erhielt Sie keine Antwort.

»Ich kann jetzt kurz den Staatsanwalt anrufen. Dann bekommen wir innerhalb weniger Minuten per Mail einen Durchsuchungsbeschluss für den ganzen Laden hier und obendrein für Ihr Privathaus«, drohte Jäger, der das Gezicke dieses Typen gegen den Strich ging. »Dann dauert es noch eine knappe halbe Stunde, bis unsere Truppen hier in voller Besetzung aufmarschieren und alles auf den Kopf stellen. Wollen Sie das? Wenn nicht, dann hätte ich jetzt gern eine Antwort. Und zwar sofort!«

Mit versteinerter Miene nickte Theo Bellhausen zögerlich und zischte widerwillig: »Ja, habe ich.«

»Und wieviel haben Sie ihm geliehen?«, fragte Frank Streffer .

»Fünfzigtausend.«

»Was? Türkische Lira oder ungarische Forint?« Frank Streffer ahnte die Antwort und war schon im Vorhinein perplex.

»Euro natürlich, Sie Kasper!«

»Hast du das gehört, Jana? Das dürfte für eine Anzeige wegen Beamtenbeleidigung reichen, oder?«

»Klar, Frank«, sagte Jana Jäger kühl. »Dafür nehme ich dir ausnahmsweise den Formularkram sogar mit Kusshand ab. Zur Sicherheit schreibe ich mir das sofort auf.« Prompt zückte sie ihr Notizbuch und kritzelte demonstrativ darin herum.

»Immer langsam mit den jungen Pferden.« Bellhausen bemühte sich umgehend, die Situation zu beruhigen. »Ich entschuldige mich hiermit. Das war wirklich nicht so gemeint.«

Jana Jäger ging darauf nicht ein. »Sie wollen Lutz Hansel also fünfzigtausen Euro geliehen haben. Gibt es dafür einen Beleg?«

»Ach was, den brauche ich für so eine Summe nicht«, behauptete der Bauunternehmer großkotzig.

»Für so eine Summe? Wie meinen Sie das?«, fragte sie verwundert.

»Das sind doch Peanuts, wie es ein berühmter Finanzexperte schon vor Jahren treffend formuliert hat.« Selbstherrlich lehnte sich Theo Bellhausen in seinem Chefsessel zurück.

»So, so, fünfzigtausend Euro sind also Peanuts für Sie«, wiederholte die Hauptkommissarin, die die Aussage für großmäulig hielt. »Wo waren Sie denn eigentlich am späten Freitagabend?«

»Weiß ich nicht auswendig. Da muss ich meine Sekretärin fragen. Ich habe derart viele Termine. Die kann ich mir beim besten Willen nicht alle merken.«

»Sogar am Freitagabend?« Jana Jäger ließ nicht locker.

»Fast jeden Abend. Also auch freitags.« Bellhausen sah die Kommissarin herausfordernd an.

»Dann fragen Sie halt Ihre Sekretärin. Schließlich ist es nicht unerheblich, ob Sie für den Mordzeitpunkt ein Alibi haben oder nicht.« Jäger verschränkte die Arme vor ihrer Brust und lächelte selbstsicher.

Bellhausen nahm das Telefon und forderte seine Mitarbeiterin im Kommandostil auf, umgehend mit dem Kalender in seinem Büro zu erscheinen.

»Um welche Uhrzeit geht es genau?«, fragte er gereizt, als die Sekretärin gerade hereingekommen und verkrampft mitten im Raum stehengeblieben war.

»Zwischen 21 und 24 Uhr.« Frank Streffer blieb sachlich und dachte gleichzeitig, dass er lieber arbeitslos wäre, als sich von so einem Idioten drangsalieren zu lassen.

»Also: Was sagt mein Kalender über Freitagabend um diese Zeit?«, fuhr Bellhausen seine Sekretärin an.

»Nichts. Da steht gar nichts drin«, antwortete die Mitarbeiterin sichtlich verängstigt.

»Dann war ich wahrscheinlich doch schon zu Hause. Keine Ahnung. Danach müssen Sie meine Frau fragen.«

»Das werden wir tun«, sagte Jäger entschlossen. »Und zwar sofort. Bitte bleiben Sie noch mindestens eine halbe Stunde weg, damit wir uns ungestört mit Ihrer Gattin unterhalten können.«

35 | Kehrseite

Die Haustür der riesigen Villa in Oberbachem stand offen, als Jana Jäger und Frank Streffer dort am Donnerstagabend eintrafen. Stefanie Bellhausen war gerade dabei, die ausladende Diele zu fegen. Dabei trug sie einen bequemen rosafarbenen Jogginganzug, der schon von weitem nach Edeldesigner aussah. Ihre blonden Haare hatte sie mit einem bunten Seidentuch zusammengebunden.

Frank Streffer gefiel die junge Frau in diesem lässigen Aufzug fast noch besser als bei ihrem Überraschungsbesuch vor zwei Tagen, als sie ihnen perfekt frisiert und geschminkt in einem taubenblauen Jil-Sander-Kostüm geöffnet hatte. Nach allem, was sie bisher ermittelt hatten, fand er diesen Lutz Hansel abscheulich. Aber vor dessen Frauengeschmack zog Streffer insgeheim den Hut. Nun wunderte er sich allerdings über die Kehrarbeit der betuchten Unternehmergattin. »Sowas machen Sie tatsächlich noch selber?«, fragte er freundlich. »Ich dachte, dass man in Ihren Kreisen Personal dafür hat?«

»Das stimmt. Haben wir auch. Aber Selina kommt nur dienstags und freitags. Zwischendurch schnappe ich mir schon mal den Besen, wenn mich irgendwo eine schmutzige Stelle stört. Oder wenn ich Langeweile habe. Was leider ziemlich oft vorkommt.«

»Dann wollen wir jetzt mal für ein wenig Abwechslung in Ihrem tristen Unternehmergattinnenalltag sorgen«, spottete Jana Jäger. »Dürfen wir eintreten?«

»Selbstverständlich. Bitte.« Frau Bellhausen führte die beiden Beamten in eine geräumige, luxuriöse Küche – anthrazitfarbene, glänzende Flächen ohne jeden störenden Griff, eine bodenstehende Kochinsel mit Gaggenau-Geräten, die wie eine Skulptur den Raum dominierte.

Diese Küche musste von Bulthaup sein, dachte Jana, und sehr wahrscheinlich deutlich mehr kosten als die komplette Einrichtung ihrer Wohnung in Pech. Sie unterdrückte Neidgefühle und konzentrierte sich auf die Arbeit.

»Wir haben gerade mit Ihrem Mann gesprochen. Er behauptet, den vergangenen Freitagabend hier mit Ihnen zusammen verbracht zu haben. Können Sie das bestätigen?«, fragten sie die Hausherrin ohne Umschweife.

»Freitagabend? Wann denn?«

»Etwa ab 21 Uhr.«

Stefanie Bellhausen runzelte ihre Stirn und schien sich zu konzentrieren. »Um diese Zeit ist er eigentlich nie zuhause. So direkt kann ich mich nicht daran erinnern, dass das am letzten Freitag anders war.«

»Was heißt das jetzt konkret? Eher ja oder eher nein?«

Jäger bestand auf einer eindeutigen Antwort.

»Ich bin mir im Moment nicht sicher. Aber wenn mein Mann das sagt, dann wird es schon stimmen. Also ja!«

Jäger zog einen Flunsch und schaute ihren Partner unzufrieden an. Der zuckte ratlos mit den Schultern.

»Das ist noch keine Woche her und es fällt Ihnen schon nicht mehr ein?«, fragte sie mürrisch.

»Ich habe halt kein besonders gutes Gedächtnis. Aber er wird schon hiergewesen sein. Wahrscheinlich in seinem Büro oben, weshalb es für mich nicht wichtig war.«

Diese vage Erklärung befriedigte Jana Jäger ebenfalls nicht. Ein überzeugendes Alibi sah anders aus.

»Na gut, Frau Bellhausen. Fürs Erste nehmen wir diese Aussage mal so hin. Sollten Sie sich doch noch genauer erinnern können und Ihre Meinung ändern, dann melden Sie sich bitte umgehend bei mir.«

Sie reichte ihr eine Visitenkarte. Dann wechselte sie abrupt das Thema.

»Bei unserem letzten Gespräch haben Sie berichtet, Lutz Hansel habe sich Geld leihen wollen, nur von wem, wüssten Sie leider nicht. Bleiben Sie bei dieser Behauptung?«

»Ja klar, wieso sollte ich jetzt etwas anderes erzählen?«

Stefanie Bellhausen sah die Kommissarin empört an.

»Weil es Ihr Herr Gemahl war, von dem sich Hansel viel Geld geliehen hatte. Fünfzigtausend Euro. Ihr Geliebter leiht sich also ausgerechnet von Ihrem eigenen Mann ein kleines Vermögen, und Sie wollen davon nichts mitbekommen haben?«

Stefanie Bellhausen scharrte verunsichert mit dem rechten Fuß über den Boden und zuckte wie ahnungslos die Schultern.

»Wenn Sie uns nicht helfen wollen, dann werden wir Ihnen wohl auch nicht länger helfen können.« Jana Jäger lächelte süßsauer.

»Was soll das denn heißen?« Die junge Frau hatte keine Ahnung, was ihr diese Polizistin gerade mitteilen wollte.

»Sie haben uns gebeten, Ihrem Mann gegenüber nichts von Ihrer Affäre mit Hansel zu erwähnen. Das wird sich so auf Dauer nicht machen lassen. Normalerweise wäscht eine Hand die andere. Vielleicht denken Sie noch einmal darüber nach. Schönen Abend.«

Jana Jäger drehte sich auf der Stelle um und verließ mit Frank Streffer das Haus.

36 | Finanzfragen

Beim ersten gemeinsamen Frühstück seit einer Ewigkeit kam Jana am Freitagmorgen auf ihren Fall zu sprechen. Ihr Gefühl sagte ihr, dass sich die Ermittlungen womöglich zu stark auf das Liebesleben des Emordeten konzentrierten. Nachdem sie am Vortag erfahren hatte, dass Hansel allein bei dem Bauunternehmer Bellhausen mit fünfzigtausend Euro in der Kreide stand, hielt sie auch ein banales materielles Motiv für denkbar.

»Was hältst du davon?«, fragte sie ihren Lebensgefährten, der sich wortkarg an seinem Leberwurstbrötchen zu schaffen machte. »Könnte doch sein, dass Lutz Hansel jemanden betrogen hat, dem dann die Sicherungen durchgebrannt sind. Oder dass er einen Gläubiger immer wieder hingehalten hat, der sich das einfach nicht mehr gefallen lassen wollte.«

Alexander kaute konzentriert und nickte dann nachdenklich. »Klar, theoretisch wäre das möglich«, antwortete er langsam, »aber nicht sehr wahrscheinlich. Wer schlachtet schon die Kuh, von der er noch viel Milch bekommen will. Fünfzigtausend Euro sind verdammt viel Geld, auch für einen stinkreichen Bauunternehmer.«

»Der aber etwas ganz anderes behauptet. Peanuts nennt er diesen Betrag.«

»Das ist doch nur großkotziges Machogequatsche«, sagte Alexander. »Das glaube ich einfach nicht. Eher vorstellbar ist für mich ein politisches Motiv. Was ich dir ja schon erklärt habe. Hansel hat systematisch Bedürftige abgezockt. Das könnte doch gut und gern einen Rächer aus der radikalen autonomen Szene auf den Plan gerufen haben.«

»Hmm, ist zwar nicht auszuschließen, halte ich aber für ziemlich fragwürdig. Diesen Ansatz verfolgt ihr ja schon intensiv. Wenn du und Otto dabei wider Erwarten auf handfeste Indizien stoßt, steigen wir natürlich mit ein.«

Jana fiel wieder ihr letztes Telefonat mit Alexander ein, während sie einen kräftigen Schluck aus der Kaffeetasse nahm. »Wie laufen denn eigentlich eure Recherchen? Seid ihr damit ausgelastet?«

»Geht so. Ich hatte in meinem Berufsleben schon des Öfteren mehr zu tun.«

»Ich hatte dich ja bereits gebeten, uns bei den Ermittlungen im Finanzmilieu zu unterstützen. Darum kümmern sich zwar schon die Kollegen Neumann und Bauer, aber die können bestimmt Hilfe gebrauchen. Hättet ihr Zeit dafür?«

»Das schon, Jana, aber wie stellst du dir das vor? Was sollen wir denn konkret machen?«

»Um die Banken kümmern wir uns. Die würden euch sowieso keine Auskunft geben. Ihr könntet die Geldverleiher und eventuell auch die Spielcasinos in der Umgebung abklappern. Ich würde meinen von Oma geerbten Schmuck darauf verwetten, dass Hansel dort kein Unbekannter ist.«

Ein paar kurze Telefonate hatten Alexander Hopp schnell auf einen Mann aufmerksam gemacht, der als der Marktführer in der regionalen Kredithaiszene galt. Schon von außen wirkte sein Geschäft in der Bonner Altstadt wenig vertrauenerweckend. »Uhren und Schmuck – An- und Verkauf« stand auf einem verwitterten, ehemals wohl blauen Schild über dem Eingang. Das kleine Schaufenster rechts neben der Tür war wahrscheinlich noch nie geputzt worden. Durch die fast blinde Glasscheibe war die spärliche Auslage kaum zu erkennen. Am hölzeren Fensterrahmen blätterte überall der weiße Lack ab.

Hopp und Springer stellten sich kurz vor und erkundigten sich ohne jedes Vorgeplänkel nach Lutz Hansel.

»Was soll das denn jetzt noch?«, fragte der Geldverleiher unfreundlich. »Gestern Nachmittag war schon ein Kollege von euch da.«

»Ein Kollege?« Hopp war verdutzt. »Von einer Zeitung? Oder ein Beamter der Kripo?«

»Nee, kein Bulle. So ein Pressefuzzi wie ihr. Von der *Blitz*, glaube ich. Arbeitet ihr nicht auch für die? Aber egal: Was wollt ihr?«

»Kennen Sie Lutz Hansel nun oder nicht?«, fragte Hopp. Da er nun wusste, dass die *Blitz* die gleiche Spur verfolgte, wollte er sich erst recht nicht abwimmeln lassen.

»Klar. Wer kennt den nicht? Der ist doch im ganzen Rheinland berüchtigt«, sagte der Mann abfällig.

»Berüchtigt – wieso oder wofür?«, Otto Springer wollte es genau wissen.

»Weil er es von den Lebendigen wie von den Toten nimmt und selten jemand wiedersieht, was er ihm gegeben hat.«

Der Geldverleiher spie ihnen seine Worte fast ins Gesicht.

»Haben Sie denn noch was von ihm zu kriegen?« Hopp war auf die Antwort gespannt. Er sah ihm direkt in die Augen.

»Ich?« Der Geldverleiher lachte gekünstelt. »Sehe ich etwa so aus? Never ever! Mir bleibt keiner was schuldig!«

Zurück auf der Straße waren Hopp und Springer einigermaßen ratlos. Einerseits kam ihnen dieser unsympathische Mensch ziemlich verdächtig vor. Andererseits war die Vorstellung, er könnte der Mörder sein, widersinnig.

»Glaubst du, dass dieser Kerl hinter dem Mord steckt?«, fragte Otto seinen Freund.

»Das kann ich mir echt nicht vorstellen. Welcher Gläubiger bringt schon seinen Schuldner um die Ecke? Die wollen doch vor allem ihre Kohle wiederhaben. Und Tote bezahlen bekanntlich keine Schulden.«

»Sehe ich eigentlich auch so«, antwortete Otto. »Schließlich hat er sogar noch gesagt, niemand würde ihm jemals etwas schuldig bleiben.«

Nachdenklich sah Alexander seinen Freund an.

»Aber wer weiß, wie er das gemeint hat«, sprach Otto weiter. »Das muss ja nicht wörtlich gemeint sein, sondern vielleicht eher im übertragenen Sinne. Nämlich dass er die Schnauze voll von dem säumigen Schuldner hatte und ihn deshalb auf andere Art und Weise hat blechen lassen – mit seinem Leben zum Beispiel. Das wäre zwar ziemlich ungewöhnlich, aber möglich.«

37 | Chefsachen

Kurzentschlossen hatte Jana Jäger den Dezernatsleiter Carol Schönemann von den Kommissaren Neumann und Bauer zur Vernehmung auf das Polizeipräsidium holen lassen. Für sie rangierte dieser Mann seit der unbefriedigenden Befragung vom Vortag ganz oben auf ihrer persönlichen Verdächtigkeitsskala. Wegen der politischen Brisanz dieser Vernehmung, immerhin war Schönemann ein ranghoher und angesehener Beamter der Stadt Bonn, kam der Leiter der Mordkommission persönlich hinzu. Peter Paul Pinsel übernahm auch die Eröffnung der Vernehmung.

»Herr Schönemann, meine Kollegen Jäger und Streffer haben Sie ja gestern bereits im Stadthaus besucht und, soviel ich weiß, zu drei verschiedenen Aspekten unseres komplexen Falles befragt – zum Brandanschlag auf Ihren Dienstwagen, zur Person sowie Dienstausübung des Ermordeten, und nicht zuletzt zu dessen angeblicher Beziehung zu Ihrer Ehefrau. Ihre Aussagen erschienen uns nicht erschöpfend. Deshalb wollen wir die Themen jetzt mit Ihnen möglichst vertiefen. Die Gesprächsführung bei dieser Zeugenbefragung wird Hauptkommissarin Jana Jäger haben, die auch die Ermittlungen im Fall Hansel leitet.«

Schönemann nickte langsam. Es kostete ihn Mühe, ruhig und gelassen zu bleiben. Anders als am Tag zuvor wirkte er unausgeschlafen. Sein weißes Hemd war bereits zerknittert, seine Augen flackerten nervös und auf der Nase glänzten dicke Schweißtropfen. »Wenn Sie meinen«, sagte er kurz angebunden mit dünner Stimme.

Frank Streffer erklärte ihm kurz seine Rechte und machte ihn darauf aufmerksam, dass das Gespräch aufgenommen werden würde, dann diktierte er den Ort, die Zeit und die Namen aller Teilnehmer in das Gerät.

»Fangen wir doch, so wie gestern, wieder mit Ihrem Auto an. Haben Sie immer noch keine Idee, wer es angezündet haben könnte? Und warum?«, fragte Jana Jäger mit sanfter Stimme. Sie hielt nichts davon, Schönemanns Aufregung zu steigern. Er war ohnehin kurz davor, die Fassung zu verlieren. Seit seiner Ankunft hatte er noch keine Sekunde still gesessen, immer wieder fuhr er sich durch die Haare.

»Ich habe fast die ganze Nacht wach gelegen und viel darüber nachgedacht, aber mir fällt partout kein Grund für diese Brandstiftung ein. Ich habe nie etwas Unrechtes oder Böses getan. Das müssen Sie mir glauben. Ich schwöre es Ihnen sogar.«

»Ich muss gar nichts glauben«, antwortete Jäger nun eine Spur entschiedener. »Allerdings läuft da draußen jemand herum, der das wohl komplett anders sieht. Vielleicht sind es sogar mehrere. Dieser Anschlag in der Stadthausgarage war ganz sicher kein sogenannter Dummejungenstreich.«

»Dann ist der oder sind die Brandstifter falsch informiert. Ich habe nichts verbrochen. Wirklich noch nie. Ich leite doch das Sozialamt gerade deswegen, weil ich mich nachweislich mein ganzes Beamtenleben lang erfolgreich für Bedürftige eingesetzt habe. Warum sollte ich solchen Menschen schaden wollen?«

»Keine Ahnung. Erkären Sie es mir. Andere in Ihrer Abteilung hatten ja wohl ein überzeugendes Motiv dafür.«

»Wie meinen Sie das, Frau Kommissarin?«

»Sie wissen doch besser als ich, dass Ihr Mitarbeiter Lutz Hansel für die Ausstellung von Wohnberechtigungsscheinen bei sozial bedürftigen Menschen systematisch abkassiert hat. Und zwar aus einem ebenso profanen wie populären Motiv, wenn Sie mich fragen: Geldgier.«

»Nein, das habe ich bis vor Kurzem wirklich nicht gewusst. Herr Hansel war ein sehr erfahrener und im ganzen Haus angesehener Kollege. Er hat das so geschickt angestellt, dass ich nichts bemerken konnte und keinen Grund zur Beanstandung seiner Arbeit hatte. Außerdem kann ich doch nicht jeden Einzelfall kontrollieren. Wie sollte das auch gehen? Wir haben irre viel zu tun und sowieso zu wenig Personal.«

»Wer's glaubt, wird selig. Der Brandstifter nimmt Ihnen das allem Anschein nach jedenfalls nicht ab«, erklärte Jana Jäger bestimmt. »Wir sind uns nämlich ziemlich sicher, dass das der Grund für das Abfackeln Ihres Autos ist. Dumpfen Vandalismus, der rein zufällig Sie geschädigt hat, halten wir für ausgeschlossen. In Ihrer Abteilung fanden diese widerlichen Schiebereien statt und Sie tragen dafür die oberste Verantwortung. Wie sagt man so schön: Der Fisch stinkt vom Kopf her.«

»Ich hatte damit wirklich nichts zu tun.« Schönemanns Stimme klang weinerlich, er wirkte mittlerweile ehrlich verzweifelt. »Als ich über diese Vorgänge mit den Wohnberechtigungsscheinen informiert wurde, habe ich sie sofort unterbunden und Herrn Hansel abgemahnt. Danach hätte er sich nicht die klitzekleinste Unregelmäßigkeit mehr erlauben dürfen, ohne dafür rauszufliegen. Ich selbst war zu keinem Zeitpunkt in diese Vorgänge verwickelt. Ehrlich!«

»Glaube ich zwar nicht«, erwiderte Jana Jäger trocken, »aber lassen wir das einstweilen so stehen, und beschäftigen wir uns mit dem Verhältnis von Lutz Hansel zu seinen Kolleginnen, beziehungsweise mit den diversen Verhältnissen. Haben Sie das etwa auch nicht bemerken können?«

Carol Schönemann räusperte sich.

»Wie jetzt? Ja oder nein?«

»Ja, schon. Irgendwie war das ja kaum noch zu übersehen. Aber was soll ich denn machen? Das sind alles erwachsene Leute. Deren private Beziehungen gehen mich doch nichts an, so lange sie den Betriebsfrieden nicht stören.«

»Was aber in Ihrem Amt ganz eindeutig der Fall war. Alle Leute aus Ihrer Abteilung, die wir bisher sprechen konnten, berichteten exakt dasselbe. Lutz Hansel hat mit seinen hemmungslosen Affären kontinuierlich die Atmosphäre verpestet und den Zusammenhalt des Teams zerstört. Wie konnten Sie das tatenlos geschehen lassen? In gut geführten Betrieben wird ein solches Verhalten meines Wissens nach nicht toleriert.«

Niedergeschlagen ließ Carol Schönemann seinen Kopf hängen. Er brachte keinen Ton heraus.

»Vielleicht hatte Ihre Passivität damit zu tun, dass Lutz Hansel auch mit Ihrer eigenen Frau ins Bett ging. Hatten Sie Angst, dass Ihre Frau Sie verlässt, wenn Sie energisch gegen ihren Liebhaber vorgehen würde? War das so? Oder hat Hansel Sie direkt unter Druck gesetzt? Oder sogar erpresst?«

Schönemann schnappte panisch nach Luft.

Peter Paul Pinsel befürchtete, der Mann könne kollabieren, deshalb signalisierte er der Hauptkommissarin mit zwei flach aufgestellten Händen, sich etwas zu bremsen. Was sie jedoch nicht bemerkte. Stattdessen nahm Jana Jäger den betrogenen Ehemann noch härter in die Mangel.

»Rein statistisch sind die meisten Morde Beziehungstaten. Und auch Männersache. Dabei ist Eifersucht eines der stärksten und gängigsten Motive. Haben Sie, Herr Schönemann, Ihren Mitarbeiter Lutz Hansel umgebracht, weil er dabei war, Ihnen Ihre Frau auszuspannen, und weil er zusätzlich den Ruf Ihrer Abteilung und damit auch Ihre professionelle Reputation zu ruinieren drohte? Das sind zwei glasklare Mordmotive.«

Carol Schönemann war sprachlos, wirkte wie versteinert. Dann schüttelte er energisch den Kopf.

Jana Jäger sah ihn durchdringend an und wartete geduldig auf eine Antwort.

Vergeblich.

»Wo waren Sie denn wirklich am Freitagabend zwischen 21 und 24 Uhr?«, fragte Frank Streffer spontan. Ihm dauerte diese Gesprächspause entschieden zu lange.

Plötzlich sprang Schönemann wütend auf, rannte flink um den Tisch herum, packte Streffer energisch am Revers und würgte ihn. Nur mit vereinten Kräften konnten Pinsel und Jäger ihren Kollegen aus dieser bedrohlichen Lage befreien.

Umgehend legten sie dem Leiter des Bonner Amtes für Soziales und Wohnen Handschellen an.

»Herr Schönemann, wir werden Sie erst einmal hier behalten«, sagte Jana Jäger energisch, als sich der Tumult gelegt hatte.

»Was soll das denn heißen?«, fragte Carol Schönemann verständnislos.

»Dass Sie hiermit vorläufig festgenommen sind, Herr Schönemann«, erklärte der Erste Hauptkommissar Peter Paul Pinsel, »wegen des tätlichen Angriffs auf einen Polizeibeamten. Und vor allem wegen des dringenden Verdachts, Ihren Mitarbeiter Lutz Hansel ermordet zu haben. Ob die Indizien auch für eine Verhaftung ausreichen, muss morgen der Richter entscheiden.«

38 | Scheinheiligkeit

Hatte sich Alexander Hopp schon am Morgen über den dubiosen Kredithai aufregen müssen, so ärgerte er sich während seines anschließenden Termins bei der Curara GmbH noch mehr. Dem Geschäftsführer dieser großen ökumenischen Hilfsorgansiation war er zusammen mit Otto Springer unangemeldet auf die Pelle gerückt. Von seinem rabiaten Vorzimmerdrachen hatten sie sich nicht aufhalten lassen. Ihnen war klar, dass sie hier nie und nimmer einen persönlichen Termin bekämen, wenn sie sich vorab ordentlich anmelden und dabei ihren Beruf und das Gesprächsthema nennen würden.

»Was soll das? Wer sind Sie?«, rief der Mann, während er erregt hinter seinem Schreibtisch aufsprang. »Raus hier!«

Hopp und Springer reagierten darauf nicht. Stattdessen schloss Springer sachte die Bürotür hinter sich und Hopp ging langsam auf den Schreibtisch des Geschäftsführers zu.

Zögerlich kam ihnen dieser Herr Himmelmeier entgegen.

»Was wollen Sie von mir?«, rief der Geschäftsführer verunsichert.

»Wir müssen mit Ihnen über die Wohngemeinschaft des Vereins *Inklusiv leben* reden«, antwortete Alexander Hopp unmissverständlich.

»Da gibt es nichts zu besprechen!«

»Das sehen wir anders«, sagte Hopp nun bestimmt. »Wieso haben Sie diese bedürftigen und teilweise gehandicapten Menschen vor die Tür gesetzt?«

»Wir haben niemanden vor die Tür gesetzt. Wir haben fristgerecht gekündigt. Das ist unser gutes Recht als Vermieter.« Himmelmeier schien sich etwas zu beruhigen.

Er begriff, dass ihm keine echte Gefahr drohte. Diese Eindringlinge waren ihm zwar unangenehm, machten aber keinen gewaltbereiten Eindruck.

»Mag sein. Aber legal und legitim ist oft nicht dasselbe!«

»Was Sie nicht sagen. Sie kennen sich ja offensichtlich in juristischen Dingen gut aus, Herr …«

»Hopp, Alexander Hopp. Und der kräftige Herr an der Tür ist mein Kollege und Freund Otto Springer.«

»Kollege? Bei was denn?«, fragte Himmelmeier nervös.

»Wir sind Reporter und werden die Geschichte dieser wunderbaren WG publizieren. Wie prominent und in welcher Rolle Sie darin vorkommen, liegt ganz bei Ihnen.«

»Wir haben uns nichts zu schulden kommen lassen – ganz im Gegensatz zu einzelnen Mitgliedern dieser Wohngemeinschaft. Wer seine Miete nicht regelmäßig zahlt und mehrfach gegen die Hausordnung verstößt, den können wir nicht weiter unter unserem Dach dulden.«

Obwohl Hopp diesem widerärtigen Typen jetzt am liebsten an den Kragen gegangen wäre, beherrschte er sich. »Außer sofortiger Kündigung haben Sie also keine andere Lösung gesehen?«

»Nein!« Himmelmeier starrte ihn erbost an. »Wie gesagt, die Kündigung war legal und aus unserer Sicht auch alternativlos.«

»Alternativlos. Hört, hört. Wollen Sie etwa behaupten, dass jeder der acht Bewohner entweder die Miete nicht gezahlt oder irgendeinen anderen Fehler begangen hat? Sie haben schließlich allen gleichzeitig gekündigt.«

Himmelmann bentwortete die Frage nicht.

Hopp ging einen weiteren Schritt auf den nun wieder verunsicherten Geschäftsführer zu. »Kann es sein, dass Sie eigentlich ganz andere Motive für diesen Rauswurf hatten? Ein lukrativeres Geschäftsmodell zum Beispiel, wofür sie die Räume dringend brauchten?«

»Nein! Wie kommen Sie dazu, mir so etwas zu unterstellen? Unverschämtheit«, empörte sich der Geschäftsführer.

»Weil wir Hinweise in dieser Richtung gefunden haben und mir mein gesunder Menschenverstand sagt, dass Ihre Argumente nur vorgeschoben sind. Wegen solcher Lappalien lässt man doch nicht ein etabliertes soziales Projekt fallen. Zumindest nicht, wenn man sich christlich nennt.«

»Jetzt reicht's! Raus hier! Aber dalli dalli!«

Als die beiden Reporter die Tür des Chefbüros von außen hinter sich geschlossen hatten und zurück zum Ausgang liefen, ließ Springer Dampf ab. »Was für ein Drecksack! Der übernimmt keine Verantwortung für das Geschehene, hat keinerlei Schuldbewusstsein und vor allem nicht einmal Mitleid.«

»Das kannst du laut sagen, Otto.« Hopp schüttelte fassunglos den Kopf. »Dieser Typ könnte genausogut ein Puff leiten. Dem ist es doch total egal, womit er Geld verdient. Hauptsache, die Kasse stimmt und er profitiert ordentlich.«

39 | Haifischbecken

Da Alexander Hopp später noch eine Verabredung mit Jana und einem ihrer Kripokollegen hatte, überlegten die Freunde, ob Otto Springer vorerst alleine weiter in der grauen Finanzszene recherchieren sollte.

»Das kann ich gern machen, Alex. Allerdings würde ich erst einmal versuchen, mehr über unseren Kredithai zu erfahren. Der erscheint mir alles andere als koscher.«

»Ja, mach das, Otto, damit wir uns nicht verzetteln. Das hat ja keinen Sinn. Vielleicht durchforstest du zuerst das Netz. Ich könnte mir vorstellen, dass da einiges über den Mann zu finden ist. Mach aber bitte keine Hausbesuche ohne mich. Sicher ist sicher.«

»Keine Sorge. Ich passe schon auf mich auf.« Otto schüttelte belustigt den Kopf.

Zuerst googelte er den Namen des dubiosen Geldverleihers. 78 Treffer. Er pfiff leise durch die Zähne. Mit diesem Ergebnis hatte er nicht gerechnet. Wie sich schnell herausstellte, basierten die meisten Einträge auf Werbeaktionen, bei denen der Händler Uhren und Schmuck anbot. Interessanter waren drei Artikel verschiedener Internetmedien, in denen der Mann als Sponsor von Thaiboxkämpfen erwähnt wurde. Das passte. In diesem Milieu tummelten sich seiner Erfahrung nach mehr Halbseidene und Kriminelle als Kampfsportler.

Richtig spannend war allerdings ein zwei Jahre alter Bericht der Online-Ausgabe der *Blitz* über einen Gerichtsprozess, bei dem der Kredithai der schweren Erpressung angeklagt worden, jedoch aus Mangel an Beweisen ungestraft davongekommen war.

Kein Rauch ohne Feuer, dachte Springer und überlegte, wie er seine Recherche wohl am effektivsten gestalten könnte. Er entschied sich für die traditionelle Methode: persönliche Gespräche.

Also rief er einen früheren Kollegen an, der seit Jahren freiberuflich Blaulichtberichte für verschiedene Zeitungen lieferte. Doch dieses Telefonat verlief enttäuschend. Der Kollege war kurz angebunden und hatte wenig über den Kredithai zu berichten. Gehört hatte er zwar so einiges, was nicht unbedingt sauber klang, aber handfeste Fakten wusste er angeblich nicht. Oder er gab vor, sie nicht zu wissen, damit er sie nicht mit seinem Kollegen teilen musste.

Nach kurzem Nachdenken wählte Otto die dienstliche Nummer von Jana Jäger. Sie ging nicht an den Apparat, Frank Streffer nahm das Gespräch für sie an.

»Hallo, Herr Streffer, hier ist Otto Springer. Ist Jana nicht zu sprechen?«

»Leider nein. Sie ist unterwegs zu irgendeinem Termin. Keine Ahnung, wann sie wiederkommt. Kann ich Ihnen helfen?«

»Ich hoffe.« Otto entschied sich spontan, offen und ehrlich sein Anliegen vorzutragen. »Jana hat Alexander und mich gebeten, zu Ihrer Unterstützung im Fall Hansel in der zweifelhaften regionalen Finanzszene zu recherchieren.«

»Ja, das weiß ich. Und weiter?«

»Dabei sind wir auf einen Mann gestoßen, der offiziell als Händler für gebrauchte Uhren und Schmuckstücke auftritt, inoffiziell aber als das Alphamännchen der Bonner Kredithaie gilt. Über den Ermordeten hat er sich anfangs richtig heftig geäußert, bei unseren Nachfragen aber schnell dicht gemacht. Uns erscheint der Kerl ziemlich verdächtig. Können Sie mir sagen, ob er schon eine Akte bei der Kripo hat?«

»Im Prinzip könnte ich das, aber momentan habe ich dafür echt keine Zeit. Ich werde das kurz mit den Kollegen Neumann und Bauer besprechen. Die beschäftigen sich ja ohnehin mit den finanziellen Aspekten dieses Falles. Sicher ruft einer der beiden Sie gleich zurück.«

Wenige Minuten später meldete sich Kriminaloberkommissar Harald Neumann. »Hallo, Herr Springer, da haben Sie uns aber auf eine interessante Kriminellenkarriere aufmerksam gemacht.«

»Gern geschehen. Dann klären Sie mich doch bitte im Gegenzug auf.« Otto war extrem gespannt, was dieser Mensch auf dem Kerbholz hatte.

»Körperverletzung, Erpressung, Nötigung, Hehlerei, Betrug – zum Teil mehrfach. Echt beeindruckend, was unser System so alles über den Typen ausspuckt.«

»Wurde er für diese Delikte immer nur angeklagt oder auch mal verurteilt?«

»Sowohl als auch. Insgesamt hat er fast zehn Jahre gesessen. Mit dem sollte man sich besser nicht anlegen.«

»Würden sie ihm denn seinem Lebenslauf nach auch einen Mord zutrauen?«

»Diesem Kerl ist meiner Meinung nach alles zuzutrauen. Schließlich ist schwere Körperverletzung nicht weit von einer Tötung entfernt. Ich werde Jana Jäger umgehend Bescheid sagen, dass wir ihn in den engeren Kreis unserer Verdächtigen aufnehmen sollten.«

Otto Springer nickte zufrieden. »Prima, Herr Neumann! Und vielen Dank für Ihren Rückruf.«

40 | Dreieckskiste

Jana Jäger und ihr Kollege Michael Löhnenberg aus dem Kommissariat für Einbruch-Diebstahl saßen am Mittag bereits gemütlich an einem Ecktisch in der *Kupferklause*, als Alexander Hopp leicht verspätet eintraf. Vor wenigen Monaten hatten die Drei eine Art kriminalistische Menage à trois begonnen, bei der sie sich nicht nur entgegen üblichen Polizeiusancen gegenseitig offen über den Stand ihrer Ermittlungen informierten, sondern sogar tatkräftig unterstützten. Diese unkonventionelle Kooperation hatte die Ermittlungen in mehreren Fällen von Kunst- und Instrumentendiebstahl schlagartig vorangebracht. Momentan hatte Löhnenberg keinen spektakulären Fall in Arbeit, nur viel Kleinkram im Büro zu erledigen. Ihm war langweilig. Deshalb hatte er Jana angeboten, ihr wieder zu helfen – inoffiziell natürlich. Sein cholerischer Chef Detlef Schreiber würde ihn glatt suspendieren, wenn er von der klammheimlichen Zusammenarbeit mit der verhassten Hauptkommissarin der Mordkommission und ihrem Journalistenfreund Hopp erfahren würde.

»Hallo, zusammen.« Alexander küsste Jana auf beide Wangen und drückte Michael herzlich die Hand. »Entschuldigt, dass ich euch habe warten gelassen. Ich musste eben noch einmal kurz mit Otto Springer telefonieren, damit ich uns alle auf den letzten Stand bringen kann.«

»Gibt es etwa Neuigkeiten?«, fragte Jana.

Alexander winkte dem Wirt Klaus Kupfer hinter der Theke zur Begrüßung kurz zu und streckte einen Finger in die Luft, um ein Kölsch zu bestellen. Eins durfte er sich um die Uhrzeit erlauben, es war schließlich schon nach Zwölf.

»Allerdings«, antwortete er dann, »wir haben bei unseren Recherchen heute einen dubiosen Geldverleiher in der Bonner Altstadt besucht. Der wusste nicht nur viel Schlechtes über den ermordeten Hansel zu erzählen, sondern hat auch ziemlich zweideutig behauptet, ihm bleibe niemand etwas schuldig. Otto hat gerade eben erfahren, dass dieser Mann wegen einer langen Latte von schweren Vorstrafen insgesamt zehn Jahre im Knast sitzen musste.«

»Na, dann erweitert sich unser Kreis der potentiellen Mörder hiermit um einen weiteren Top-Kandidaten«, sagte Jana mit gespielter Heiterkeit und nahm einen kräftigen Schluck ihres alkoholfreien Virgin-Sunrise-Cocktails. »An Tatverdächtigen mangelt es uns bei diesem Fall wahrlich nicht.«

»Verschafft mir doch bitte mal einen kurzen Überblick, damit ich euch überhaupt helfen kann.« Michael Löhnenberg schaute Jana und Alexander fragend an.

»Insgesamt haben wir bisher vier mögliche Mordmotive: nämlich Eifersucht nach Ehebruch, jede Menge unbeglichener Schulden, politisch begründete Bestrafung wegen jahrelanger Korruption im Amt und schließlich noch Vergeltung für massive professionelle Rufschädigung – und dazu haben wir mindestens ebenso viele Verdächtige. Manche haben gleich zwei dieser Motive.«

»Puh«, Löhnenberg blies überrascht die Backen auf, »das sieht ja reichlich unübersichtlich aus. Beziehungsweise nach viel Arbeit.«

Jana Jäger nickte heftig und machte einen Schmollmund.

»Der Chef des Toten zum Beispiel: Carol Schönemann, Leiter des Amtes für Soziales und Wohnen der Stadt Bonn. Hansel unterhielt nicht nur ein Verhältnis mit dessen Ehefrau, sondern hat auch Schönemanns ganzen Stolz ruiniert, seine hohe Reputation als Spitzenbeamter und die Integrität seiner Abteilung«, erklärte sie betont langsam, damit Löhnenberg dem Wirrwar der Fakten folgen konnte. »Schönemann ist derzeit mein absoluter Favorit. Dicht gefolgt von dem Wachtberger Bauunternehmer Theo Bellhausen, zugleich auch Vorsitzender des Sportvereins BC Berkum, in dessen Handballmannschaft der ermordete Lutz Hansel gespielt hat. Er schuldete diesem Bellhausen mindestens fünfzigtausend Euro, soweit wir bisher wissen. Und auch mit dessen junger, ziemlich attraktiver Frau hatte Hansel eine Affäre. Beide betrogenen Ehemänner haben nicht nur zwei Motive, sondern auch kein überzeugendes Alibi für die Tatzeit am Freitagabend. Diesen Herrn Schönemann haben wir heute sogar spontan festgenommen, nachdem er bei der Vernehmung meinem Partner Frank Streffer richtig heftig an den Kragen gegangen ist.«

Alexander Hopp nickte. »Zu allem Überfluss gibt es da noch mehrere eifersüchtige Ex-Geliebte, die der Emordete schnöde abserviert hat, einen neidischen Handballkumpel, der ebenfalls in Frau Bellhausen verknallt ist, einen als radikal einzuschätzenden Studenten aus der autonomen Szene, der möglicherweise die asozialen korrupten Geschäfte von diesem Hansel stoppen wollte und den eben schon erwähnten kriminellen, gewalttätigen Geldverleiher, dem alles zuzutrauen ist.«

»Bei dieser diffusen Lage kannst Du wahrlich jede Verstärkung gebrauchen, Jana. Was soll ich denn konkret tun?«, fragte Michael Löhnenberg.

»Otto und ich werden uns weiter um Hansels Geldquellen und um die radikale Studentenszene kümmern. Das macht aus meiner Sicht am meisten Sinn«, sagte Hopp.

»In der aus den Fugen geratenen heilen Welt der Bonner Beamtenschaft stecken wir bereits tief drin«, ergänzte Jana, »da bleiben wir am Ball. Darüberhinaus rücken wir jetzt Stück für Stück den aktiven und den ausgedienten Geliebten von Lutz Hansel auf die Pelle. Dabei wird sich sicher schnell herausstellen, ob eine dieser Damen ernsthaft ein Mordmotiv hatte. Was ich mir allerdings nicht vorstellen kann.«

»Irgendwie kommt es mir so vor, als ob das Geldthema noch ergiebiger wäre. Wir haben in einigen Gesprächen gehört, dass Lutz Hansel gespielt haben soll.« Hopp sah Löhnenberg nun direkt an. »Weißt du denn vielleicht jemanden, der sich mit Online-Casinos und digitalen Wettbüros auskennt, Michael?«

Löhnenberg grinste breit. »Ja. Mich.«

41 | Spieltrieb

Gegen Ende des konspirativen Treffens mit Jana und ihrem Kripokollegen Michael Löhnenberg hatte Alexander Hopp sich bereit erklärt, die Casinos in der Umgebung abzuklappern. In der Spielbank Bad Neuenahr, die quasi vor der Haustür der Wachtberger lag, war seine Recherche schneller zu Ende, als er gedacht hatte. Der stellvertretende Geschäftsführer, der ihn sofort bereitwillig in seinem Büro empfangen hatte, rollte vielsagend mit den Augen, als der Name Lutz Hansel fiel.

»Diesen Typen habe ich hier schon ewig nicht mehr gesehen. Den haben wir vor Jahren rausgeschmissen. Seither hatte er bei uns Hausverbot.«

»Warum das denn?«

»Weil der sich immer wie Graf Koks aufgeführt hat, um sich vor seiner jeweiligen Begleiterin wichtig zu tun. Ständig hat er andere Gäste brüskiert und unsere Angestellten wie den letzten Dreck behandelt. Echt widerlich. Sowas dulden wir hier nicht. Wie sind ein niveauvolles Haus.«

Damit er nicht für eine womöglich ähnlich dürftige Ausbeute extra nach Aachen fahren musste, rief Alexander Hopp erst einmal in der Spielbank an. Ein früherer Klassenkamerad war dort Personalchef für das Team von gut und gern zweihundert Leuten. Vor rund zehn Jahren, als das älteste Casino Nordrhein-Westfalens in das Tivoli-Gelände umgezogen war, hatte er diesen verantwortungsvollen Job angenommen.

»Mensch, Alex«, freute sich der Kumpel, als Hopp sich meldete, »von dir habe ich ja lange nix mehr gehört. Wie geht's dir denn? Was treibst du so?«

Hopp erzählte ihm von seiner Arbeit und dem Dauerstress mit der zickigen Chefredakteurin, den heiklen Aspekten seiner Beziehung zu einer ehrgeizigen Kriminalkommissarin, der besonderen Freundschaft zum Fotografen Otto Springer, mit dem er oft zusammenarbeitete und nun sogar in einem Mordfall recherchierte. Dann fragte er konkret nach Lutz Hansel.

Dieser Name sagte seinem alten Schulfreund nichts. »Mit unseren Gästen habe ich normalerweise wenig zu tun. Mein Job spielt sich meist nur im Hintergrund des täglichen Betriebs ab. Aber ich kann dich gleich mit wärmster Empfehlung an unseren Chefcroupier weiterverbinden. Der wird diesen Menschen bestimmt kennen, wenn er in unserem Haus tatsächlich Stammkunde war.«

Nach kurzer Gesprächspause meldete sich ein anderer Mann in der Leitung. »Martin Bollendorf mein Name«, sagte eine freundliche Stimme, »sind Sie noch am Apparat, Herr Hopp?«

»Ja, bin ich. Erst einmal herzlichen Dank, dass Sie so spontan bereit sind, mit mir zu sprechen.«

»Da nicht für, wenn es einer guten Sache dient. Wie mir mein Kollege eben erklärt hat, versuchen Sie einen brutalen Mord aufzuklären.«

»Ich versuche der Polizei zumindest dabei zu helfen. Es handelt sich um einen Beamten der Stadt Bonn, namens Lutz Hansel. Wir vermuten, dass er öfter bei Ihnen in Aachen gespielt hat.«

»Hansel, sagen Sie? Lutz Hansel? Das wundert mich jetzt gar nicht. Das konnte ja kein gutes Ende nehmen mit diesem Mann.«

Hopp war sprachlos. Diese Reaktion hatte er nicht erwartet.

»Hansel war ein manischer Spieler«, berichtete Bollendorf weiter. »Er war maßlos, immer auf der Suche nach dem nächsten Kick und zudem regelrecht geldgeil. Vor etwa einem Jahr haben wir ihm den Zutritt verwehrt. Dazu sind wir verpflichtet, wenn wir jemanden als spielsüchtig einschätzen.«

Alexander Hopp bedankte sich noch einmal bei dem Chefcroupier und beendete das Gespräch. Hansel war also spielsüchtig gewesen, war in den Casinos im Rheinland so lange ein- und ausgegangen, bis er dort Hausverbot erhalten hatte. Diese Informationen rundeten sein Bild des Mordopfers ab, aber der Lösung des Falles brachten sie ihn keinen Millimeter näher.

42 | Auswärtssieg

Nach einigen Wochen voller beruflicher Termine, die unglücklich mit den Spielen des 1. FC Köln kollidierten, hatte Alexander Hopp endlich wieder Gelegenheit, in der *Kupferklause* die Übertragung einer Bundesligapartie seines Lieblingsclubs anzuschauen. Darauf freute er sich besonders, nicht nur weil er regelrecht Entzugserscheinungen hatte, sondern auch weil sein Effzeeh auswärts in Stuttgart antreten musste. Bei den Schwaben gewannen die Kölner eigentlich immer.

Wie üblich war die Wirtschaft rappelvoll, als Alexander kurz vor dem Anpfiff um 18 Uhr dort eintraf – bereits zum zweiten Mal am selben Tag, was selten vorkam. Otto war gottseidank schon früh genug dagewesen, um zwei gute Plätze für sie ergattern zu können. Ungewöhnlich war nur, dass an ihrem Tisch zwei in Stuttgart-Trikots gekleidete Männner saßen. Gegnerische Fans verirrten sich selten in diese weithin als FC-Hochburg bekannte Kneipe.

»Hallo, Otto, besten Dank für das Platzfreihalten«, begrüßte Alexander seinen Freund. »Wer hat denn diese beiden Verlierer hier reingelassen?«

»Keine Ahnung«, sagte Otto fröhlich. »Ich hoffe nur, dass sie sich sportlich verhalten und die anstehende Niederlage demütig und friedlich über sich ergehen lassen.«

»Wird schon schief gehen. Sollen wir es wieder wie bei den letzten Spielen machen – jetzt schon Essen für die Halbzeitpause bestellen?«

»Na klar, Bratkartoffel mit Sülze und reichlich Remouladensauce. Was denn sonst?«

Alexander winkte der rothaarigen Kellnerin, die meist an solchen Fußballabenden bediente und die er nicht nur wegen ihrer Schlagfertigkeit besonders mochte.

»Hallo, Jungs. So wie immer? Zwei Kölsch und Sülze mit besonders viel Remoulade?«, fragte die junge Frau, strahlte sie an und drehte schon wieder ab, ohne die Bestellung abzuwarten. Die Antwort kannte sie bereits.

»So eine Stammkneipe hat doch auch ihre praktischen Seiten.« Alexander grinste seinen Freund an. Alles war bestens gerichtet, das Spiel konnte beginnen.

Nachdem der 1. FC Köln erwartungsgemäß mit 3:1 in Stuttgart gewonnen hatte, saßen Alexander Hopp und Otto Springer einträchtig bei Klaus Kupfer an der Theke und unterhielten sich zufrieden über die Partie.

»Spielerisch wie kämpferisch mal wieder eine wirklich überzeugende Vorstellung unseres Effzeeh«, sagte Otto, »das Ergebnis hätte sogar noch deutlich höher ausfallen können, wenn nicht sogar müssen.«

»Stimmt. So geht es aber für mich in Ordnung. Schließlich waren die Stuttgarter mindestens eine Halbzeit lang ebenbürtig und hatten auch ein paar vielversprechende Torchancen«, wandte Alexander ein.

Wirt Klaus Kupfer zapfte gut gelaut eine neue Runde Kölsch und fragte: »Wer gibt den Gegnern meist den Rest?«

»Modeste, Modeste«, echoten die Freunde.

»Was gibt es denn Neues im Mordfall von Villiprott?«, fragte Kupfer schließlich, als das Fußballspiel seiner Ansicht nach erschöpfend besprochen worden war. Er war eher aus beruflichen Gründen FC-Fan, damit er seinen Gästen gegenüber nicht fremdelte. Die volle Leidenschaft von Alexander und Otto ging ihm allerdings ab.

»Eine ganze Menge.« Alexander runzelte nachdenklich die Stirn. »Verdächtige über Verdächtige und Motive über Motive. Täglich kommen neue hinzu. Ziemlich komplizierte Ermittlungen für Jana. Gerade hat sie allerdings den ersten ihrer Topkandidaten festgenommen: Carol Schönemann, Chef des Bonner Sozialamtes. Der hat gleich zwei Motive, aber kein glaubwürdiges Alibi. Er will zur Tatzeit mit seiner Frau zusammen Fernsehen geguckt haben, kann sich aber nicht mal an das Programm erinnern. Obwohl es gerade mal eine Woche her ist.«

»Verstehe, das wirkt wenig überzeugend. Aber wieso hat Jana denn ausgerechnet ihn eingebuchtet?« Otto war überrascht. »Von diesem Kaliber gibt es doch mehrere Tatverdächtige.«

»Stimmt. Aber Schönemann ist bei der Vernehmung gewalttätig geworden und auf Frank Streffer losgegangen. Da blieb ihr erst einmal nichts anderes übrig als ihn wegzusperren. Vielleicht kommt er in der Zelle zur Besinnung, und ihm fällt wieder etwas Entlastendes ein. Oder umgekehrt, ihn übermannt die Reue, und er gesteht am Ende sogar.«

»Das glaube ich nicht.« Otto schüttelte den Kopf. »Mein Favorit ist dieser Wachtberger Bauunternehmer.«

»Etwa Theo Bellhausen, der Präsident des BC Berkum?«, fragte Klaus Kupfer neugierig. »Da könntest du richtig liegen, Otto. Mehrere Stammgäste hier sind schon heftig mit diesem Mistkerl aneinandergeraten, was ihnen nicht gut bekommen ist. Sie berichten übereinstimmend, dass mit ihm nicht gut Kirschenessen sei. Er soll zum Beispiel immer wieder mal schwere Jungs für spezielle Jobs engagieren.«

»Spezielle Jobs? Was meinst du denn damit?« Alexander starrte den Wirt verdutzt an.

»Na, was wohl?« Kupfer zog eine vielsagende Miene. »Probleme, die aus seiner Sicht ebenso handfest wie nachhaltig gelöst werden müssen.«

43 | Trainingserfolg

Als Jana Jäger spätabends erschöpft nach Hause kam, informierte Alexander Hopp sie direkt über sein Gespräch mit Gastwirt Kupfer. »Dieser Theo Bellhausen beschäftigt angeblich schwere Jungs für seine Drecksarbeit. Den solltest du dir bald mal energisch vorknöpfen.«

Sie kniff die Augen zusammen und dachte angestrengt nach.

Niedlich, dieser Faltenwurf der Stirn, wie ein Hundewelpe. Alexander bemühte sich, sich von diesem hübschen Anblick nicht auf andere Ideen bringen zu lassen.

»Zuzutrauen wäre es diesem Typen«, sagte sie schließlich. »Der war mir auf Anhieb suspekt. Und als erfolgreicher Unternehmer und Präsident des örtlichen Sportvereins macht man sich natürlich nicht gern selbst die Hände schmutzig.«

»Mag sein«, antwortete Alexander, »aber mit diesem Verdacht kannst du nicht viel anfangen, so begründet er auch sein mag. Du musst es beweisen.«

»Das ist mir auch klar, du Schlauberger.«

»Und wie willst du das machen?«

»Am besten mit möglichst lückenloser Überwachung – physisch, telefonisch und elektronisch. Was allerdings extrem personalaufwändig ist und vor allem vom Staatsanwalt genehmigt werden muss. Ich werde morgen direkt den Chef darauf ansprechen, damit er alles Nötige in die Wege leitet.« Jana umarmte Alexander innig und küsste ihn. »Danke für deine Hilfe. Die bringt uns wirklich weiter. Aber für heute habe ich erst einmal genug von diesem vertrackten Fall. Ich brauche endlich eine ordentliche Mütze Schlaf.«

Sie verschwand im Badezimmer, und Alexander nahm auf dem weichen Gabbehteppich im Wohnzimmer Platz, um vor dem Zubettgehen noch sein autogenes Training zu absolvieren. Seit gut zwei Monaten machte er das fast jeden zweiten Tag. Mit überraschendem Erfolg: Schon nach wenigen Versuchen hatte er es geschafft, sich in diesen erstaunlichen tranceähnlichen Zustand zu versetzen, in dem er deutlich enstpannen und den Stress des Tages abbauen konnte, um danach tief und fest zu schlafen. Alles, was er dafür gebraucht hatte, war Konzentrationsvermögen und etwas Fantasie. Beides kostete ihn keine große Mühe. Eine ältere Nachbarin, die er wegen ihrer Begeisterung für esoterische Ideen mit Vergnügen aufzog, hatte ihn gegen seine Überzeugung motivieren können, sich mit dieser besonderen Form der Selbsthypnose zu beschäftigen. Er hatte damals kaum noch schlafen können und war körperlich völlig fertig gewesen. In seiner Not hätte er fast alles ausprobiert, was irgendwie Linderung versprach.

Jahrelang hatte er unter heftigen Albträumen gelitten, die ihn immer wieder in den absurdesten Variationen quälten. Zuerst einmal oder zweimal im Monat, dann wöchentlich und zuletzt fast jede Nacht. Im Grunde war die geträumte Handlung immer die gleiche: Er hatte einen wichtigen Termin, eine Verabredung oder eine Reise anzutreten, er war spät dran und beeilte sich deshalb, so gut er konnte. Doch trotzdem kam er nicht voran. Im Gegenteil. Nach und nach ging irgendetwas schief, und die Zeit lief ihm davon. Kostbare Zeit, die er eigentlich überhaupt nicht mehr hatte. Viel zu spät rannte er dann kopflos aus dem Haus. Viel zu spät bemerkte er unterwegs, dass er wichtige Arbeitsunterlagen vergessen hatte oder sogar unvollständig angezogen war. Und viel zu spät erreichte er sein Ziel – verpasste den Termin, den Zug, das Flugzeug. Dann wachte er erschrocken auf, fühlte sich wie gerädert und konnte kaum wieder einschlafen. Am Morgen kroch er meist ebenso erschlagen wie entnervt aus dem Bett und brauchte eine heiße Dauerdusche und viel schwarzen Kaffee, um wenigstens einigermaßen in Gang zu kommen.

Mit dem autogenen Training hatte er endlich die Kehrtwende geschafft. Die Albträume waren wie weggeblasen, er schlief fast jede Nacht ruhig durch, fühlte sich am Morgen ausgeruht und voller Energie. Er konnte sich nicht erinnern, wann er vor Beginn dieses wohltuenden Trainings zuletzt so fit gewesen war.

44 | Begräbnisstimmung

Das Wetter an diesem Samstagmorgen war dem bedrückenden Anlass angemessen: Schwere düstere Wolken zogen am bleigrauen Himmel vorüber, und unangenehm kalter Wind blies leichten Nieselregen über den Wachtberger Rheinhöhen-Friedhof, auf dem sich eine kleine Trauergesellschaft zur Beisetzung von Lutz Hansel versammelt hatte. Das Siebengebirgspanorama auf der anderen Rheinseite, das von diesem Hügel zwischen den Ortsteilen Ließem und Oberbachem normalerweise besonders spektakulär aussah, war kaum noch zu erkennen.

Jana Jäger, Frank Streffer und Alexander Hopp hatten sich etwas abseits in einem Seitengang des Geländes postiert und beobachteten die rund 30 Personen. Zwei ältere, mindestens siebzigjährige Paare standen eng zusammen, die beiden Männer mit versteinerten Gesichtern, die Frauen mit verheulten Augen. Das werden bestimmt Verwandte sein, dachte Jana Jäger, wahrscheinlich die Eltern von Hansel und vielleicht Patenonkel oder Patentante mit Partner.

Die anderen Anwesenden waren zum größten Teil weiblich und offensichtlich einzeln gekommen. Fast alle waren jung und zudem ziemlich attraktiv. Keine von ihnen war älter als Mitte dreißig. Sie standen jeweils einen bis zwei Meter voneinander entfernt und redeten nicht miteinander. Wahrscheinlich kannten sie sich gar nicht, hatten höchstens einmal voneinander gehört.

Nur Ursula Dennerlein, Friederike Linden und Sophie Kaiser, Mitarbeiterinnen im Wohnungsamt, bildeten zusammen mit ihrem Kollegen Heinz Winterscheidt eine kleine Untergruppe. Wenig überraschend, waren auch die beiden Geliebten Stefanie Bellhausen und Gerda Schönemann anwesend. Im Gegensatz zu den meisten anderen Umstehenden, waren beide Damen von Kopf bis Fuß in Schwarz gekleidet. Vom Handballverein BC Berkum schien niemand gekommen zu sein, um dem ermordeten Mannschaftskameraden die letzte Ehre zu erweisen. Echt tolle Kumpels, dachte Jana Jäger sarkastisch, wer solche Freunde hat, braucht keine Feinde mehr. Auch der Amtsleiter Carol Schönemann fehlte, allerdings aus gutem Grund. Er saß noch immer in einer Zelle des Polizeipräsidiums.

Die Zeremonie der Beisetzung war ebenso kurz wie unpersönlich und passte irgendwie zur unwirtlichen Szenerie.

Niemand hielt eine würdigende Rede über den Verstorbenen.

Der Pfarrer sprach die obligatorischen Gebete.

Schon nach wenigen Minuten wurde der schmucklose Sarg ins Grab hinuntergelassen.

Fast alle Frauen weinten.

Jäger, Streffer und Hopp hatten gehofft, bei diesem Begräbnis der Identifizierung des Mörders näherkommen zu können. Ihre Hauptverdächtigen waren aber sowieso nicht da. Und keiner der Anwesenden wirkte auffällig unsympathisch oder sogar verdächtig. Reine Zeitverschwendung, dachte Jana Jäger. Beim Anblick dieser traurigen Gruppe war ihr schnell klar geworden war, dass hier und heute bei diesem ungemütlichen Wetter auf der Rheinhöhe nichts für sie zu holen war – außer kalten Füßen, einer roten Nase und, wenn sie Pech hatten, einer Grippe.

»Abmarsch, Jungs«, sagte sie leise, machte kehrt und trat sofort den Rückweg zu den Autos an. Alexander war mit seinem eigenen Wagen gekommen, damit er im Anschluss an das Begräbnis Otto abholen und mit ihm zu einem Aktivistentreffpunkt in der Bonner Altstadt fahren konnte.

»Wie kann es eigentlich sein, dass ein relativ unbedeutender Beamter mit maximal mittelmäßigem Aussehen, schlechtem Benehmen und ohne außergewöhnliche Talente derartigen Erfolg bei den Damen hat?«, wunderte sich Frank Streffer. »Kann mir das mal jemand erklären?«

»Nur kein Neid, Frank, irgendein besonderes Talent wird er schon gehabt haben«, antwortete Jana Jäger und gab sich amüsiert.

»Und welches zum Beispiel?«

Sie sah ihn verwundert an. »Jetzt stell dich doch nicht so blöd, das kannst du dir doch wirklich denken.«

»Und wenn die Wirkung dieses Talents nachzulassen drohte, dann half er wohl mit großzügigen Einladungen und teuren Geschenken nach«, ergänzte Alexander. »Das soll bei vielen Frauen auch recht gut ankommen. Habe ich mir zumindest sagen lassen.«

45 | Werkstattbericht

Zurück im Büro, unterhielten sich Jäger und Streffer weiter über die deprimierenden Eindrücke, die sie bei diesem eigenartigen Begräbnis in Wachtberg gesammelt hatten. Fast alles war ihnen im Moment wilkommener, als den Haufen von Papieren auf ihren Schreibtischen zu Leibe zu rücken. Seit Tagen waren sie nicht dazu gekommen, die dramatisch angewachsene Menge von Notizen, Protokollen und Akten zu bearbeiten.

»Vielleicht wird ja umgekehrt ein Schuh draus«, sagte Jana Jäger plötzlich ohne jeden erkennbaren Zusammenhang zu ihrem bisherigen Gespräch.

»Umgekehrter Schuh? Was soll das denn jetzt heißen?« Streffer konnte sich keinen Reim auf diesen rätselhaften Spruch machen.

»Na ja, von den Teilnehmern auf dem Rheinhöhen-Friedhof wird niemand der Täter beziehungsweise die Täterin gewesen sein. Das waren ja alles Frauen, wenn man von den beiden alten Herren und von Hansels Kollegen Heinz Winterscheidt absieht. Aber Frauen erschlagen ihre Opfer nicht brutal in irgendeinem Wald.«

»Das beantwortet aber meine Frage nicht, Jana. Diese Erkenntnis hatten wir doch schon vor Tagen.«

»Ich meinte damit, dass es vielleicht nicht auf die Anwesenden ankommt, sondern auf das Gegenteil: die Abwesenden. Auf die, die gerade nicht gekommen sind, obwohl …«

Da klopfte es an der Bürotür und Harald Neumann trat ein. Er trug einen Schnellhefter in der linken Hand. »Entschuldigt bitte, wenn ich störe«, sagte der Kriminaloberkommissar, »aber ich denke, es ist sehr wichtig.«

»Alles gut, Harald«, antwortete Jana Jäger freundlich, »was hast du denn da?«

»Den Bericht der Kriminaltechnik über die Untersuchung der Maschine dieses verunglückten Heiner Esser. Ich komme gerade aus der Werkstatt und habe mir die Sache selbst angeschaut. Die

Kollegen haben dort das Motorrad komplett auseinandergenommen und zweifelsfrei festgestellt, dass die Bremsschläuche manipuliert worden sind.«

»Bremsschläuche?«, fragte Streffer verwundert. »Haben Motorräder denn keine Drahtzüge mehr?«

»Schon lange nicht mehr, Frank«, sagte Neumann, »das sind heute genau solche High-tech-Kisten wie Autos, haben zum Teil sogar deutlich stärkere Motoren als Klein- und Mittelklassewagen. Entsprechend brauchen sie auch hochwirksame Bremsanlagen.«

Jäger und Streffer hörten aufmerksam zu und nickten einträchtig. So weit hatten sie ihren Kollegen verstanden.

»Dieser Esser«, erklärte Neumann nun weiter, »wollte sogar besonders sicher gehen und hat sein Motorrad für viel Geld mit speziellen Hochdruckschläuchen aus Kevlar ausstatten lassen, die bestimmt super funktionieren, solange sie nicht mutwillig beschädigt werden.« Hier unterbrach er seinen Bericht und schaute Jäger und Streffer aufmerksam an.

»Und weiter, Harald? Spann uns bitte nicht so auf die Folter.« Frank Streffer kreiste ungeduldig mehrmals mit der rechten Hand in der Luft, um seiner Forderung Nachdruck zu verleihen.

Harald Neumann musste grinsen, denn normalerweise war gerade Streffer derjenige, der dramaturgische Kunstpausen in seine mündlichen Berichten einlegte.

Dann erklärte er weiter: »Diese Bremsschläuche sind so geschickt präpariert worden, dass sie nach einigen Bremsvorgängen platzen mussten. Sie wurden, wahrscheinlich mit einem Teppichmesser, an mehreren Stellen längs angeritzt. Von außen kaum zu erkennen und gerade so tief, dass sie bei Fahrtbeginn noch funktionierten, aber nach einigen Bremsvorgängen platzen würden. Was sie dann ja auf der Landstraße zwischen Ließem und Lannesdorf auch prompt getan haben.«

Jana Jäger blies erstaunt beide Backen auf und ließ deutlich vernehmbar Luft ab. »Wer könnte denn hinter dieser Aktion stecken? Abgesehen von einem starken Motiv braucht man dafür ja auch bestimmt Fachkenntnisse. Ich hätte nicht gewusst, wie man Motorradbremsen manipuliert.«

»Würde mich nicht wundern, wenn es dazu auch ein Erklärvideo auf YouTube gäbe«, antwortete Neumann, »da gibt es ja Nachhilfe für alles und jedes«.

»Diesen Heiner Esser können wir leider nicht fragen«, sagte Streffer nachdenklich, »der liegt weiter im Koma. Sein Zustand ist nach wie vor äußerst kritisch. Momentan ist kaum abzusehen, ob wir überhaupt noch einmal mit ihm reden können.«

»Ich würde mich an eurer Stelle mal nach anderen Motorradfahrern in seinem Umfeld umsehen«, sagte Harald Neumann. »Über das Melderegister der Zulassungsbehörde ist ja leicht herauszukriegen, wer von all den Leuten, die bisher in den Ermittlungen aufgetaucht sind, ein Zweirad besitzt.«

»Gute Idee, Harald, das machen wir sofort«, antwortete Jana Jäger, »aber wenn ich jetzt direkt einen Tipp abgeben müsste, dann würde ich auf die Handballer setzten. Mein Gefühl sagt mir, dass Motorradfahren irgendwie gut zu diesen starken Kerlen passt. Die Mitarbeiter des Sozialamts stehen bestimmt nicht auf solche Boliden und die Typen aus der Geldverleiherszene eher auf protzige, getunte Machokarren.«

46 | Ermittlungswirrwarr

In einer merkwürdigen Mischung aus Anspannung und Gelassenheit saßen die Mitglieder der Mordkommission um den großen Tisch im Konferenzraum. Allen war klar, was sie bei dieser Sitzung wieder zu erwarten hatten – einen unzufriedenen und schlecht gelaunten Chef, der mit der Ermittlungslage haderte und seine Leute anblaffte, endlich konkrete Ergebnisse zu liefern. Doch erst einmal hielt sich der Erste Hauptkommissar Peter Paul Pinsel übrraschend zurück und forderte Jana Jäger per Handzeichen auf, die Besprechung zu eröffnen.

»Okay, Leute«, begann Jana Jäger mit fester Stimme, »was haben wir, und wo stehen wir im Mordfall Hansel? Und gehört der Motorradunfall von Heiner Esser, der auf eine gezielte Attacke zurückzuführen ist, nun dazu ist oder handelt es sich um einen separaten Fall? Frank, fass doch bitte kurz unsere bisherigen Ermittlungsergebnisse zusammen.«

Kriminaloberkommissar Streffer nickte bestätigend, stand auf und ging zum Kopfende des Konferenzraums, wo ein Whiteboard an der Wand hing.

»Lutz Hansel, wohnhaft in Wachtberg-Villip, 44 Jahre alt und ledig, Beamter der Stadt Bonn und dort für die Erteilung von Wohnberechtigungsscheinen zuständig, wurde im Kottenforst mit einer japanischen Selbstverteidigunswaffe getötet. Die Tat ereignete sich laut Obduktionsbericht am Freitagabend zwischen 21 und 24 Uhr.« Er machte eine kurze Pause und blickte prüfend in die Runde, ob alle Kollegen bei der Sache waren.

»Weiter, Streffer!«, kommandierte Pinsel barsch.

»Für diesen Mord haben wir bisher vier verschiedene mögliche Motive herausgefunden: Eifersucht, Geldprobleme, Selbstjustiz und Rache«, erklärte Frank Streffer nun weiter. »Eifersucht eines betrogenen Ehemanns oder eines ausgestochenen Nebenbuhlers, was schon allein deshalb sehr wahrscheinlich ist, weil Hansel sich zuletzt gleich drei Geliebte gleichzeitig hielt. Finanzprobleme, weil Hansel mit seinen diversen Affären auf viel zu großem Fuß lebte, spielsüchtig war und bei verschiedenen Bekannten und Geldverleihern tief in der Kreide stand. Selbstjustiz, weil Hansel korrupt war und für die Ausstellung von Wohnberechtigungsscheinen kräftig Schmiergeld kassierte, natürlich immer nur von sozial Schwachen. Wofür ihn die radikalautonome linke Szene bestraft haben könnte. Und Rache dafür, dass Hansel sowohl den Ruf des Amtes für Soziales und Wohnen der Stadt Bonn als auch die persönliche Reputation des Behördenleiters extrem beschädigt hat.«

»Danke, Frank«, sagte Jana Jäger, die nun die weitere Fallanalyse selbst vortragen wollte. »Für das zuletzt genannte vierte Motiv kommt natürlich nur ein Täter in Frage: Carol Schönemann, der Amtsleiter höchstpersönlich. Er hat allerdings auch noch ein zweites, aller Erfahrung nach ebenso starkes wie populäres Motiv, nämlich Eifersucht. Sein korrupter Mitarbeiter Lutz Hansel betrog ihn mit seiner eigenen Frau. Wir hatten Schönemann kurzfristig in Gewahrsam genommen, weil er für die Tatzeit nicht einmal ein akzeptables Alibi hat und zudem Frank Streffer bei der Vernehmung heftig an die Wäsche wollte. Leider mussten wir den Verdächtigen wieder laufen lassen, nachdem sein Anwalt hier aufgetaucht ist. Mehr als eine Anzeige wegen des tätlichen Angriffs auf einen Polizeibeamten ist vorerst nicht drin.«

»Was nicht ist, kann aber doch noch werden«, warf Kriminaloberkommissar Neumann ein. »Wir sollten auf jeden Fall an dem Mann dranbleiben. Er erscheint mir höchst verdächtig.«

»Klar, Harald, das werden wir natürlich tun«, antwortete Jäger. »Aber ähnlich verdächtig ist ein zweiter Mann mit doppeltem Motiv: Theo Bellhausen, Bauunternehmer aus Wachtberg und zugleich Präsident des örtlichen Sportvereins BC Berkum. Hansel schuldet ihm fünfzigtausend Euro und geht mit seiner schönen, jungen Ehefrau ins Bett. Aus sicherer Quelle wissen wir außerdem, dass Bellhausen nicht zimperlich ist und kriminelle Jungs für die Lösung seiner dringendsten Probleme engagiert.«

»Aber wenn er noch Fünfzigtausend von diesem Mann zu bekommen hatte, wird er ihn kaum um die Ecke gebracht haben«, wandte Kommissar Bauer ein. »Dann wäre er ja schön blöd.«

»Es sei denn, der Kerl ist wirklich so stinkreich, dass fünfzigtausend Euro für ihn nur Peanuts sind – wie er großmäulig behauptet hat«, sagte Jana Jäger.

»Dann hätte er aber nur noch ein Motiv: Eifersucht«, erklärte Pinsel. »Trotzdem nehmen wir den Bauunternehmer jetzt richtig in Mangel. Der Staatsanwalt hat eben seine Überwachung genehmigt. Ab sofort wird der Mann observiert, abgehört und sein Mailverkehr gecheckt. Wird Zeit, dass uns endlich einer ins Netz geht.«

»Am besten natürlich der Richtige«, ergänzte Jana Jäger ironisch, »wir haben nämlich noch mehr vielversprechende Kandidaten. Wie zum Beispiel einen dubiosen Kredithai mit beeindruckender Kriminellenbiografie aus der Bonner Altstadt. Der hat sich extrem giftig über Hansel geäußert und am Ende großmäulig behauptet, ihm bleibe niemand etwas schuldig. Ich würde sehr gern wissen, wie der Typ das genau gemeint hat. Wir sollten ihn schnellstmöglich zur Vernehmung hierherholen.«

Alle Beamten am Tisch nickten. »Das übernehme ich«, meldete sich Erwin Bauer freiwillig.

»Den Unfall von Heiner Esser, dessen Motorrad nachweislich manipuliert worden ist, dürfen wir auch nicht außer Acht lassen. Wieso wird wenige Tage nach dem Mord ausgerechnet auf einen Handballkumpel des Opfers ein Anschlag verübt? Das kann doch kein Zufall sein«, behauptete Frank Streffer. »Die Fälle hängen garantiert zusammen. Aber wie? War dieser Esser vielleicht sogar der Mörder von Hansel, und wurde seine Maschine als Racheakt präpariert? Oder haben Hansel und Esser bei einer anderen Schweinerei, von der wir nur noch nichts wissen, gemeinsame Sache gemacht? Und jetzt hat auch der Zweite von irgendwem die Quittung dafür bekommen?«

»Beides ist denkbar, aber bisher gibt es keinerlei Indiz für eine dieser alternativen Theorien.« Jana Jäger zuckte die Schultern.

»Trotzdem gebe ich dir recht: Das ist sicher kein Zufall. Falls doch, schmeiße ich hier eine Lokalrunde.«

Die Kollegen klopften begeistert auf den Tisch. Nur Peter Paul Pinsel nicht. Für den Leiter der Mordkommission, der sich bislang ungewöhnlich zurückgehalten hatte, war Zufall das Stichwort, das nun seine obligatorische Tirade auslöste.

»Leute, was denkt ihr euch eigentlich? Seit einer Woche ermitteln wir hier mit voller Kapelle und ihr redet noch immer von *Zufall* und *denkbar*? Gut, wir haben zwei Hauptverdächtige und jede Menge Indizien. Da brauche ich nicht noch mehr Verdächtige und weitere neue Ansätze. Ich brauche konkrete Ergebnisse. Ich brauche Beweise. Ich brauche den Täter – am besten mit Geständnis. Die Presse …«

»… sitzt Ihnen mal wieder im Nacken«, spottete Jana Jäger. »Na und? Schütteln Sie sie ab, halten Sie sie hin, erzählen Sie ihr unverfängliches Zeugs. Geben Sie den Affen Zucker. Sie sind doch lange genug im Geschäft.«

Pinsel sprang wütend auf, raffte hektisch seine Unterlagen zusammen und verließ mit rotem Kopf den Konferenzraum.

47 | Studentenverbindung

Etwas unschlüssig standen Alexander Hopp und Otto Springer seit gut zehn Minuten vor der Einfahrt zum Hinterhof eines aufwändig renovierten Gründerzeithauses in der Bonner Heerstraße. Otto hatte in Erfahrung gebracht, dass sich dort in einem ehemaligen Druckereigebäude regelmäßig die Aktivistengruppe traf, in der sich angeblich der verdächtige Student aus der Altstadt-WG engagierte.

»Und jetzt«, fragte Alexander ziemlich ratlos, »was sollen wir machen, wie wollen wir vorgehen? Wir können doch schlecht mit der Tür ins Haus fallen.«

»Da hast du recht. Das wäre nicht sonderlich geschickt«, stimmte ihm Otto zu. »Vielleicht sollten wir hier einfach warten, bis er herauskommt, und ihn dann zur Rede stellen.«

»Nicht, dass wir uns dabei umsonst die Beine in den Bauch stehen. Bist du denn sicher, dass er überhaupt hier ist?«

»Nein. Wie sollte ich? Aber jetzt läuft gerade wieder ein Treffen, und nach meinen Informationen ist er so gut wie immer da. Er soll sehr zuverlässig sein.«

»Und wenn nicht? Was dann?«

»Immerhin wissen wir mittlerweile, dass er Jason heißt. Dann erkundigen wir uns halt bei einem anderen Gruppenmitglied nach ihm. Wir können doch ehrlich sagen, dass wir an einer großen Geschichte über Bonner Wohngemeinschaften arbeiten und deshalb mit ihm reden möchten. Er sei uns als Gesprächspartner empfohlen worden. Das klingt doch unverdächtig.«

Alexander Hopp war wenig überzeugt. Allerdings hatte er auch keine bessere Idee.

Nach einigen Minuten kamen gleich fünf junge Leute gemeinsam aus dem Hinterhof, zwei Frauen und drei Männer. Dieser Jason war nicht dabei. Also warteten Hopp und Springer weiter. Wenig später erschien noch ein einzelner junger Mann, szenetypisch mit schwarzem Hoodie und Basecap gekleidet. Er verlangsamte seinen Schritt und sah Hopp und Springer misstrauisch an. Auch er war nicht dieser Jason. Da Alexander Hopp nicht wusste, ob ihm noch irgendjemand aus der Gruppe folgen würde, sprach er ihn spontan an.

»Kannst du mir sagen, ob Jason gleich noch kommt?«

»Wer will das wissen?«, antwortete der Aktivist kühl.

»Wir sind Journalisten, die an einer großen Geschichte über Wohngemeinschaften in Bonn recherchieren. Auch über Jasons WG wollen wir berichten. Eigentlich waren wir hier mit ihm verabredet.«

»Davon weiß ich nichts«, gab er sich weiter zugeknöpft.

»Wieso solltest du auch? So was muss Jason doch sicher nicht mit eurer Gruppe abstimmen. Oder?«

»Nein, natürlich nicht. Aber ich habe ihn seit Tagen nicht mehr gesehen. Seit Mitte der Woche hat er sich hier nicht mehr blicken lassen. Falls Sie ihn treffen sollten, können Sie ihm ausrichten, dass wir hier alle stinksauer auf ihn sind. Er weiß dann schon, warum.« Er nickte zum Gruß, drehte sich um und ging.

Leicht frustriert gingen Hopp und Springer um zwei Ecken in die Adolfstraße. Vielleicht würden sie diesen Jason ja dort in seiner Wohngemeinschaft antreffen. Ein junges Mädchen mit weißblondem Haar, einem Gewimmel von Sommersprossen um die Nase und unverkennbar holländischem Akzent öffnete ihnen die Tür.

Jason? Nein, der sei nicht da. Eigentlich habe sie ihn seit Tagen nicht mehr gesehen, berichtete das Meisje freundlich. Genau genommen seit vorvorgestern nicht, als er mit kleinem Gepäck hastig die WG verlassen habe.

Hopp und Springer richteten Grüße aus für den Fall, dass Jason bald wiederkommen würde, und baten dringend darum, dass er sie anrufen möge. Immerhin gehe es um eine wichtige Story über Bonner Wohngemeinschaften. Dann überreichte Hopp der jungen Holländerin seine Visitenkarte und beide verabschiedeten sich.

Auf dem Bürgersteig schauten Hopp und Springer einander einmal mehr fragend an.

»Kann es wirklich sein, dass der Mord an Hansel einen politischen Hintergrund hat?«, sagte Alexander schließlich. »Dass es dabei tatsächlich um Vergeltung für die korrupte Ausbeutung hilfsbedürftiger Menschen ging? Und dass sich der mögliche Täter vor ein paar Tagen aus dem Staub gemacht hat?«

»Warum nicht? Erinnerst du dich, was der Aktivist eben in der Heerstraße gesagt hat? Dass alle auf ihn sauer seien und dass Jason schon wisse warum?« Nachdenklich biss sich Otto auf die Unterlippe. »Vielleicht hat Jason ja mit dem Mord an Hansel und dem Brandanschlag im Stadthaus für seine Gruppe den Bogen überspannt.«

Alexander nickte. »Dann rufe ich jetzt Jana an und berichte ihr, dass sich der verdächtige Student wahrscheinlich abgesetzt hat. Damit sie ihn umgehend zur Fahndung ausschreiben lässt.«

48 | Vernehmungsversuch

Seit zwei Stunden saß der dubiose Geldverleiher aus der Bonner Altstadt auf dem Polizeipräsidium. Streffer hatte ihn in einen Vernehmungsraum der Mordkommission gebracht und ihm seine Rechte erklärt. Daraufhin hatte er sofort einen Rechtsanwalt verlangt, der jedoch noch immer nicht aufgekreuzt war. Jana Jäger kam diese Wartezeit gelegen, sie würde den Mann vielleicht nervöser machen und so seine Gesprächsbereitschaft erhöhen. Doch sie hatte sich getäuscht. Als der Anwalt neben ihm am Besprechungstisch vor dem Aufnahmegerät saß, versteifte sich der Geldverleiher und sagte keinen Ton mehr. Stattdessen übernahm der Anwalt seinen Part. Arrogant lächelnd und lässig im Stuhl nach hinten gelehnt, wollte er wissen, weshalb sein Mandant festgenommen worden sei und nun vernommen werden solle.

»Es besteht der dringende Veracht, dass dieser Mann in einen Mordfall vom Wochenende verwickelt ist«, erklärte Jana Jäger vage.

»Welchen Mordfall, bitte? Und wie darin verwickelt? Wessen wird er denn konkret verdächtigt?«

»Es geht um den Fall des ermordeten städtischen Beamten Lutz Hansel, der hochverschuldet war und sich unseren Ermittlungsergebnissen nach bei Ihrem Mandanten Geld geliehen hatte.«

Der Anwalt grinste nun breit und verschränkte überheblich beide Arme vor seiner Brust. »Geht's auch ein bisschen konkreter? Oder ist das etwa alles, was Sie haben? Wieviel soll sich dieser, wie hieß er noch?«

»Hansel. Lutz Hansel.«

»Okay, Hansel – klingt lustig. Also: Wieviel Geld soll sich dieser Hansel denn von meinem Mandanten geliehen haben? Auch wann, wäre nicht irrelevant. Und vor allem, jetzt wird's richtig wichtig, Frau Kommissarin, ob er irgendeinen Betrag schuldig blieb oder längst alles zurückgezahlt hatte. Denn warum hätte dieser Mann hier jemandem etwas antun sollen, wenn er noch Geld von ihm zu kriegen hatte? Und weshalb erst recht, wenn sogar alle Schulden längst beglichen waren?«

»Das würden wir gern von Ihrem Mandanten hören«, antwortete Jana Jäger gelassen.

»Von wegen. Das würde Ihnen so passen«, konterte der Jurist barsch. »Es ist schließlich Ihr Job, die Fakten zu ermitteln, auf die Sie Ihren Verdacht stützen.«

»Das machen wir auch. Worauf Sie sich verlassen können. Trotzdem interessiert es uns brennend, wie der Herr Geldverleiher den Sachverhalt aus seiner Sicht schildert.«

»Kommt gar nicht in Frage. Wenn Sie nicht mehr zu bieten haben, dann werden wir jetzt gehen.« Der Anwalt war bereits im Begriff aufzustehen.

Jana Jäger legte ihren Kopf schief und bat höflich um fünf Minuten Aufschub. Dann drückte sie die Pausentaste des Aufnahmegeräts und verließ mit Frank Streffer, der bisher still im Rücken des Verdächtigen gestanden hatte, den Raum.

Im Flur besprach sie sich kurz mit Streffer und ihren Kollegen Neumann und Bauer, die diesen missglückten Vernehmungsversuch hinter einer verspiegelten Glasscheibe verfolgt hatten.

»So wird das nichts, Leute«, sagte Harald Neumann, »dieser Finanzhai erlebt so eine Situation doch nicht zum ersten Mal. Der wird hier und jetzt rein gar nichts gestehen, und sein Rechtsverdreher ist auch verdammt abgebrüht.«

»Wir müssen intelligenter taktieren und vor allem geschickt auf Zeit spielen«, empfahl Frank Streffer.

»Intelligenter? Du bist gut, Frank. Gerade haben wir uns doch regelrecht blöd angestellt«, sagte Jana Jäger. »Da hätte ich dem Anwalt ja gleich wortwörtlich mitteilen können, dass wir keine Ahnung haben, was sein Mandant angestellt hat und ob er irgendetwas mit dem Mordfall zu tun hat.«

»Was schlägst du denn vor?«

»Wir müssen gleich überzeugend vorgeben, wir hätten ein scherwiegendes Indiz, das aus ermittlungstaktischen Gründen aber noch nicht preisgegeben werden kann, das wir aber in den nächsten Stunden garantiert beweisen werden.«

»Und ihr glaubt, damit können wir diesen Juristen beeindrucken? Damit er akzeptiert, dass wir seinen Mandanten weiter festsetzen wollen und er ohne ihn das Präsidium verlassen soll?« Kommissar Bauer war mehr als skeptisch.

»Warum nicht? 24 Stunden dürfen wir ihn mit dieser Begründung hierbehalten, wenn es unsere Ermittlungslage erfordert. Ob es dem Anwalt gefällt oder nicht, ist doch egal. Was soll er denn machen? Hier herumtoben und mit einer Beschwerde drohen? Den Kerl gegen unseren Willen aus dem Präsdidium herauszerren? Oder was?« Jäger gab sich kämpferisch.

»Und was bringt uns das, wenn wir nichts aus dem Kredithai herauskriegen und sich unser Verdacht keinen Deut erhärtet?«, wandte Frank Streffer ein. »Dann müssen wir ihn morgen sowieso wieder laufen lassen. Ohne jegliche Beweise können wir ihn schließlich nicht länger als 24 Stunden festhalten.«

»Vielleicht macht ihn die Nacht in unserer Zelle ja etwas nachdenklicher und am Morgen deshalb gesprächiger«, überlegte Kommissar Neumann. »Und auch sonst kann uns diese Aktion etwas bringen, zumindest indirekt. Wenn wir nämlich diese 24 Stunden durchhalten, wird sich die Nachricht seiner Festnahme in Windeseile in der Szene verbreiten und für reichlich Unruhe sorgen. Vielleicht treibt das ja irgendwen zu einer unbedachten, verräterischen Reaktion.«

»Alles klar, Männer, so machen wir das«, sagte Jana Jäger, »wir haben nichts dabei zu verlieren«. Entschlossen drehte sich die Hauptkommissarin um und ging in den Vernehmungsraum zurück.

Einen Moment später verließ der Rechtsanwalt mit hochrotem Kopf den Vernehmungsraum und hetzte wütend zum Hauptausgang des Polizeipräsidiums.

49 | Platzverweis

Nach der völlig misslungenen Vernehmung des verdächtigen Kredithais hatte Jana Jäger die Verantwortung vorübergehend ihrem Partner Frank Streffer und Kriminaloberkommissar Harald Neumann übertragen. Beiden vertraute sie blind. Sie selbst brauchte eine kurze Auszeit. Die harte Woche mit pausenlosen Ermittlungen und wenig Schlaf hatte sie arg geschlaucht. Sie musste sich etwas Gutes tun: Sie wollte sich für die Einladung zum morgigen Hauskonzert beim Musikerehepaar Barbara und Martin Buchbinder, das in Pech im Haus schräg gegenüber wohnte, verschönern lassen. Dafür hatte Jana eben einen Sondertermin bei Friseurmeisterin Clara Christina Balken ergattert – außerhalb der üblichen Öffnungszeiten, an einem Samstagnachmittag.

»Du siehst müde aus, Schätzelein«, begrüßte sie die Friseurin ihres Vertrauens gewohnt herzlich.

»Ich bin auch müde, Frau Balken. Unser aktueller Fall bringt mich gerade an meine Belastungsgrenze.«

»Was echt was heißen soll. Ich kenne keine andere Kundin, die nur annähernd so taff ist wie du.«

»Danke für die Blumen, die kann ich gerade gut gebrauchen«, antwortete Jana, leicht errötend. »Was erzählen Ihre Kundinnen denn so über den Toten?« Sie siezte Frau Balken noch immer, obwohl diese sie seit Jahren mit du anredete. Jana konnte sich einfach nicht durchringen, die ältere Dame ebenfalls zu duzen.

»Die meisten sind aufgeregt wie aufgescheuchte Hühner, behaupten, sie hätten nun Angst, im Kottenforst spazieren zu gehen. Als ob da ein wildgewordener Killer durch den Wald streifen würde, der es wahllos auf harmlose Wachtberger abgesehen hätte. So ein Blödsinn.«

Frau Balken nahm den ersten Haarbüschel zwischen Zeige- und Mittelfinger der Linken und setzte den ersten Schnitt. »Gut so, Schätzchen. Oder noch kürzer?«

»Ist prima so! Und über diesen Herrn Hansel wissen die Damen nichts zu berichten?«

»Kann mich nicht erinnern, dass bisher eine da war, die den Mann persönlich kannte. Was ich von mir übrigens leider nicht behaupten kann.«

»Sie kannten ihn?«, fragte Jana Jäger erstaunt.

»Und ob. Der war ein paar Mal zum Haareschneiden bei mir und hat dann hier den großen Zampano gemacht, als ob ich seine Dienerin gewesen wäre. Da hat's mir gereicht und ich habe ihm Platzverweis erteilt. Für Herrenmenschen arbeite ich nicht,« sagte Clara Christina Balken streng.

»Da bin ich ja beruhigt!«

»Ehrlich gesagt, überrascht es mich kein bisschen, dass dieser Typ keines natürlichen Todes gestorben ist.«

»Wieso? Können Sie sich denn sogar vorstellen, wer diesen Hansel ins Jenseits befördert hat?«, hakte Jana Jäger gespannt nach.

»Nee, so viel weiß ich über den nun auch wieder nicht«, antwortete die Friseurmeisterin. »Ich habe ja noch nicht mal eine Idee, wer mich diesem Fiesling empfohlen hat. Dem oder der würde ich nämlich noch auf der Stelle die Freundschaft kündigen.«

50 | Sportfreunde

Jana Jägers kriminalistisches Gespür hatte sich wieder bewährt. Unter den Sportlern des BC Berkum gab es mehrere Motorradfahrer. Sie bildeten quasi einen Zweirradclub innerhalb des Handballvereins. Und natürlich gehörte auch der verunglückte Heiner Esser dazu.

Wie zu Beginn der Woche saßen die Kommissare Harald Neumann und Erwin Bauer nun wieder lustlos in der Sporthalle der Hans-Dietrich-Genscher-Schule und warteten darauf, dass das langweilige Training bald endete. Von den fünf namentlich bekannten Motorradfahrern waren drei anwesend: Hering, Kohlhoff und Petersen. Danach hatten Neumann und Bauer sicherheitshalber bei ihrer Ankunft den Trainer an der Seitenlinie gefragt. Weshalb hätten sie auch in der Halle herumhocken und ihre Zeit vertrödeln sollen, wenn sowieso kein potentieller Gesprächspartner dort gewesen wäre. Denn der Installateur Jörg Baumeister, der sich bei ihrer ersten Vernehmung im BC Berkum sehr auskunftsfreudig gezeigt hatte, war offensichtlich nicht zum Training erschienen.

Wie üblich stellten sich die Kommissare vor, zeigten ihre Dienstausweise und baten um ein kurzes Gespräch.

»Es geht um Ihren Sportkameraden Heiner Esser, der auf der Landstraße zwischen Ließem und Lannesdorf mit seinem Motorrad verunglückt ist. Sie fahren auch alle eine Maschine und bilden quasi ein Zweiradclübchen, ist das richtig?«, fragte Neumann zum Einstieg.

Alle drei Männer nickten betreten.

»Unseren Informationen nach gehört der Sportkamerad Baumeister auch noch dazu.«

»Das stimmt«, berichtete der Mann, den der Trainer zuvor Petersen genannt hatte, »aber Jörg konnte heute nicht kommen. Er hat wohl eine heftige Grippe.«

»Was können Sie uns denn so über Herrn Esser erzählen? Er ist leider nicht vernehmungsfähig ist, liegt noch immer im Koma«, fragte Kommissar Bauer, um direkt zum Thema zu kommen.

Wieder antwortete Petersen als Erster. Er schien der Wortführer der kleinen Gruppe zu sein. »Eine elende Scheiße ist das. Heiner ist so ein super Typ, immer fröhlich, zuverlässig und hilfsbereit. Der beste Kumpel, den man sich vorstellen kann. Und einer unserer stärksten Spieler. Dass es ausgerechnet ihn erwischt hat!«

Die beiden Mannschaftskameraden nickten wieder nur.

»Und das sehen alle im Verein so wie Sie?«, fragte Kommissar Neumann.

»Ganz bestimmt«, erwiderte der größte der drei Männer, der den Angaben des Trainers zufolge Kohlhoff sein musste, »ich habe hier jedenfalls noch niemanden schlecht über Heiner reden hören.«

»Also können Sie sich auch nicht vorstellen, dass irgendwer irgendwas gegen Herrn Esser haben könnte?«, hakte Neumann skeptisch nach.

»Nein, wieso auch?« Petersen kniff beide Augen zusammen und stutzte. »Weshalb fragen Sie das überhaupt? Was hat das denn mit Heiners Motorradunfall zu tun?«

»Wahrscheinlich eine ganze Menge, weil es allem Anschein nach kein normaler Unfall war, sondern ein Attentat.«

»Ein Attentat?«, echoten die drei Männer unisonso.

»Das kann nicht sein. Sie müssen sich irren«, behauptete Kohlhoff erregt.

Erwin Bauer schüttelte energisch den Kopf. »Unsere Kriminaltechniker irren sich so gut wie nie. Die Maschine wurde nachweislich manipuliert. Irgendjemand muss also doch schlecht auf Heiner Esser zu sprechen gewesen sein.«

»Aber ganz sicher niemand von uns«, meldete sich jetzt der bisher schweigsame Herr Hering aufgebracht zu Wort.

»Was wir auch nicht behauptet haben«, erwiderte Neumann. »Wer könnte denn im erweiterten Umfeld Ihrer Gruppe ein Motiv haben? Aus dem BC Berkum oder aus der Gemeinde?

Waren vielleicht manchmal auch andere Leute bei Ihren Gruppentreffen?«

»Ja, das schon«, antwortete nun Petersen, »einige Mädels fuhren hin und wieder gern mit.«

»Wer denn zum Beispiel? Oder wer besonders oft?« Harald Neumann schaute die drei Männer der Reihe nach kritisch an.

»Schwer zu sagen«, wich Petersen seiner Frage auffällig aus.

»Das glaube ich Ihnen nicht«, konterte der Kommissar scharf. »Sie werden mir sicher alle Namen dieser Frauen nennen können. Besonders interessieren mich die, die etwas mehr mit Heiner Esser oder auch Lutz Hansel zu tun hatten und uns deshalb womöglich Sachdienliches berichten können.«

Betreten schauten die drei Handballer zu Boden. Hering scharrte zudem nervös mit dem rechten Fuß über den Boden, dann sagte er kleinlaut: »Vielleicht sollten Sie mal mit Steffi Bellhausen reden. Die hat mittlerweile sogar selbst eine Maschine.«

51 | Eingeständnisse

Wieder schien Stefanie Bellhausen allein zu Hause zu sein, als die Kriminalbeamten zum dritten Mal in dieser Woche zu einem Überraschungsbesuch vor ihrer Villa erschienen. Denn wieder öffnete sie die Tür.

»Hallo, Frau Bellhausen«, begrüßte sie Jana Jäger freundlich, »wir haben ein paar neue Fragen. Dürfen wir hereinkommen?«

»Wenn es denn sein muss«, antwortete die Unternehmergattin schnippisch, machte aber den Weg frei. »Das müssen ja gewichtige Fragen sein, wenn Sie dafür gleich zu dritt hier aufkreuzen.« Abschätzig sah sie zuerst Streffer an, dann Neumann.

»Besondere Situationen erfordern eben besondere Maßnahmen«, konterte die Hauptkommissarin gelassen. »Ich nehme an, dass Ihr Ehemann mal wieder nicht hier ist.«

»Wieso fragen Sie? Ist das jetzt wichtig?«

»Eigentlich nicht. Allerdings wären wir damit direkt beim ersten Thema. Bisher war er nie da, wenn wir bei Ihnen unangekündigt erschienen sind. Wieso sollte er dann ausgerechnet letzten Freitagabend daheim gewesen sein?«

»Warum nicht? Ausnahmen bestätigen bekanntlich die Regel.« Stefanie Bellhausen freute sich über ihre schlagfertige Antwort.

»Das müsste dann aber eine extreme Ausnahme gewesen sein. Im Rahmen unserer Ermittlungen haben wir nämlich von mehreren Menschen erfahren, dass er so gut wie nie zuhause ist. Können Sie das bestätigen?«

Die junge Frau zog einen fetten Flunsch.

»Und Freitagabend?«

Stefanie Bellhausen zuckte unschlüssig die Schultern.

»Das reicht uns nicht als Antwort. War er am Freitag nun hier oder nicht?« Jana Jägers Ton war deutlich aggressiver geworden.

»Kann sein, kann auch nicht sein. Ich weiß es wirklich nicht. Bis ich schlafen gegangen bin, habe ich ihn jedenfalls nicht gesehen.«

»Wann war das genau?«, fragte Frank Streffer, der die wichtigsten Angaben in seinem Block notierte.

»So gegen halb zwölf.«

Jana Jäger zwinkerte zufrieden. Damit war Theo Bellhausens Alibi für die Tatzeit des Mordes an Lutz Hansel geplatzt und der Bauunternehmer festigte damit seine gute Platzierung in ihrer persönlichen Verdächtigentabelle.

»Da Sie jetzt gerade so schön beim Ehrlichsein sind, frage ich Sie noch einmal nach den fünfzigtausend Euro, die Ihr Mann Herrn Hansel geliehen hat. Fällt Ihnen jetzt vielleicht ein, dass Sie doch davon gewusst haben?«

Stefanie Bellhausen verkreuzte trotzig die Arme vor der Brust, presste die Lippen zusammen und schwieg.

»Auch das ist keine befriedigende Antwort. Heißt das ja oder ja?« Jana Jäger grinste die Hausherrin provozierend an, die aber noch immer nicht antwortete.

»Jetzt lassen Sie sich doch nicht jedes Wort aus der Nase ziehen«, bedrängte sie Frank Streffer sanft, »das bringt doch nichts. Wir kriegen ja sowieso alles heraus.«

»Ja, ja, ja. Verdammt nochmal. Natürlich habe ich das gewusst«, platzte es aus der Frau heraus. »Jedenfalls hat Lutz es mir sofort erzählt. Er war so erleichtert. Damit konnte er endlich andere Gläubiger bezahlen, die ihn massiv bedroht hatten.«

»Wissen Sie, wer diese Gläubiger waren?«, fragte Streffer.

»Nein. Leider nicht. Ganz ehrlich. Lutz wollte nicht, dass ich irgendwie tiefer in seine Angelegenheiten hineingezogen werden könnte.«

»Wieso haben Sie uns gegenüber denn nicht von Anfang an beides zugegeben, also dass Ihr Mann Freitagabend nicht hier war und dass Sie sehr wohl von den Fünfzigtausend wussten? Wollten Sie damit Ihren Mann schützen?«

Jana Jäger sah Stefanie Bellhausen direkt in die Augen.

Sie zuckte nur ratlos mit den Schultern und senkte betreten den Kopf.

»Na gut. Kommen wir also zum dritten und letzten Thema des heutigen Abends«, moderierte Jäger aufgekratzt eine Frage an, deren Antwort sie schon zu kennen glaubte. »Was haben Sie mit Heiner Esser zu tun?«

»Heiner? Was soll das denn jetzt?«

Jana Jäger bemerkte sofort, wie die junge Frau schlagartig nervös wurde. Sie versteifte sich regelrecht. Feine Schweißperlen traten ihr auf Stirn und Nase.

»Beantworten Sie bitte meine Frage.«

»Ich kenne ihn halt. Wir sind …«, sie stockte und dachte kurz nach. »Er ist halt im BC Berkum, ein Mannschaftkamerad von Lutz.«

»Mehr nicht?«

»Wie jetzt? Was meinen Sie damit?«

»Zum Beispiel, dass Sie ihn deutlich persönlicher kannten, als Sie jetzt zugeben wollen. Und dass Sie oft und gern mit ihm und seiner Motorradgang Touren unternommen haben – zuerst als Sozia und später sogar mit ihrem eigenen Motorrad. Sowas in der Art meine ich.«

»Und wenn schon?«

»Ja, wenn da doch deutlich mehr war zwischen Ihnen beiden, dann ist das sehr wichtig. Denn Heiner Esser ist mit seiner Maschine schwer verunglückt, nachdem sie eindeutig manipuliert worden war.«

Entsetzt schlug Stefanie Bellhausen die Hände vor den Mund und schüttelte dann heftig den Kopf.

Jana Jäger ließ sich von dieser theatralischen Einlage nicht beeindrucken. Unerbittlich fasste sie nach. »Wir haben Hinweise, dass Sie genug Know-how und technisches Geschick besitzen, um die Maschine von Esser manipuliert haben zu können. Wieso haben Sie das gemacht?«

Stefanie Bellhausen tigerte aufgebracht vor den Kommissaren auf und ab und atmete immer wieder tief durch, um sich zu beruhigen. Schließlich antwortete Sie leise: »Das war so nicht geplant.

Ich wollte ihm nichts antun. Er sollte beim Losfahren nur eine kleine Panne haben. Damit wollte ich ihm einen Denkzettel verpassen. Mehr nicht.«

»Denkzettel? Wieso und wofür? Das verstehe ich nicht.«

»Weil Heiner mir echt den letzten Nerv geraubt hat. Er war immer total neidisch auf Lutz, hat mir permanent nachgestellt, und zwei Tage nach dessen Tod hat er mir schon wieder schmierige Avancen gemacht. Und ...«, wieder nahm sie sich eine kurze Pause. »Er hat Lutz doch umgebracht. Oder?«

»Momentan liegt Heiner Esser im Koma, sein Zustand ist kritisch und wir wissen nicht, ob wir ihn je befragen können«, antwortete Jana Jäger. »Beten Sie zu Gott, dass er wenigstens nicht stirbt.«

Frank Streffer und Harald Neumann legten der jungen Frau Handschellen an, dann nahmen die Beamten sie mit auf die andere Rheinseite zum Polizeipräsidium.

52 | Mondlandschaft

Am Sonntagmorgen saß Jana Jäger längst wieder an ihrem Schreibtisch im Präsidium, als Alexander Hopp kurz nach acht Uhr wach wurde. Nachdem sie gestern Abend nach Hause gekommen war, hatten beide noch lange miteinander gesprochen. Wieder war sie deshalb sehr spät ins Bett gekommen. Wie schaffte sie es bloß, mit so wenig Schlaf auszukommen? Und ohne Freizeit am Wochenende. Beides für ihn unvorstellbar. Er brauchte normaler Weise acht Stunden, um sich gut zu erholen. Wenn seine Nacht deutlich kürzer ausfiel, war er am Morgen zu nichts zu gebrauchen. Und ohne regelmäßige freie Tage, zur Abwechslung vom Dienst, verlor er die Lust am Arbeiten.

Am Vorabend war er bei seiner langjährigen Freundin Josephine Franzen zum Essen zu Gast gewesen. Außer ihm hatte Josy drei Vorstandsmitglieder des Vereins Forum Freunde in Europa, deren engagierte Vorsitzende sie seit Jahren war, eingeladen. Auch drei bekannte Unternehmer aus der Gemeinde, die gelegentlich die internationalen Programme mit den Partnerstädten in Frankreich und Italien finanziell unterstützten, waren anwesend.

Es war ein launiger Abend gewesen, mit reichlich Pasta allo Scoglio und gut temperiertem Vermentino. Beim abschließenden Kaffee war Josephine dann auf ihr eigentliches Anliegen zu sprechen gekommen, das sie den ganzen Abend offenbar vor sich her geschoben hatte, um den idealen Moment abzuwarten. Sie wollte die Schlagkraft des Partnerschaftsvereins erhöhen, finanziell wie organisatorisch. Dafür hatte sie sich eine Doppelstrategie überlegt. Die drei Unternehmer sollten offizielle Sponsoren der Freunde in Europa werden, jeder von ihnen für einen anderen Programmschwerpunkt. Und um dieses Engagement für sie attraktiver zu gestalten, sollte eine Position für Öffentlichkeitsarbeit unterhalb der Vorstandsebene eingerichtet werden, die jederzeit das segensreiche Wirken der Förderer in das rechte Licht stellen würde –

wenn sie mit einem Vollprofi besetzt wäre: mit Alexander Hopp. Josy hatte ihn vor allen Anwesenden offiziell gebeten, sich als eine Art Pressesprecher des Partnerschaftsvereins zu betätigen. Natürlich ehrenamtlich. Sie hatte ihm lange tief in die Augen geschaut und schließlich gefragt, ob er sich das vorstellen könne. Davon war er völlig überrascht gewesen. Trotz ihrer vorigen Andeutungen am Telefon hatte er damit nicht gerechnet und deshalb auch nicht spontan zugesagt.

Stattdessen hatte er um Bedenkzeit gebeten.

Er musste jetzt gründlich nachdenken. Da Elvis ohnehin auf seinen überfälligen Gassigang wartete, nahm er den schokoladenbraunen Labradorrüden an die Leine, lud ihn in seinen alten Audi A4 Avant und startete zu einer ausgedehnten Runde in Richtung Oedingen. Am Rande dieses Ortsteils der Wachtberger Nachbarstadt Remagen lag eine besonders spektakuläre Landschaft, in der er gern seine Seele baumeln ließ. Außer dem wunderschönen Panorama des Siebengebirges gab es in der ganzen Gegend nichts, das ihn so faszinierte und auf andere Gedanken bringen konnte, wie die seltsame Kaolingrube Oedingen. In diesem Tagebaugelände, das sich trotz seines Namens auf dem Gebiet der Gemeinde Wachtberg befand und mittlerweile als Naturschutzgebiet ausgewiesen war, kam sich Hopp fast vor wie auf dem Mond, nur dass hier alles weiß aussah.

Elvis sprang schwanzwedelnd aus dem Wagen. Hier war er seit längerer Zeit nicht mehr gewesen. Für ihn gab es viel Neues zu erschnüffeln.

Unbekanntes Terrain würde es auch für Hopp zu erkunden geben, wenn er denn der Anfrage von Josephine nachgäbe und für ihren Verein die Öffentlichkeitsarbeit übernähme. So etwas hatte er schließlich noch nie gemacht. Und eigentlich hatte es ihn auch nie gereizt, PR für irgendwen oder irgendwas zu machen. Das käme auch künftig nicht für ihn in Frage. Wenn er diesen Job annehmen würde, dann würde er sachlich und nüchtern über die internationalen Treffen berichten, die diese Sponsoren förderten, und deren unbestreitbar positiven Effekte. Aber keinesfalls würde er über die Firmen, ihre Produkte oder die Herren Unternehmer selbst schreiben. Das wäre für ihn die absolut unverhandelbare Grundvoraussetzung. Alles andere käme für ihn nicht in Frage.

Und trotzdem zweifelte Hopp, ob sich dieses ehrenamtliche Engagement mit seiner journalistischen Arbeit vertrug. Immerhin war es nicht ausgeschlossen, dass es ihn in Interessenkonflikte bringen könnte. Was, wenn er es bei einer professionellen Recherche mit einem der Sponsoren zu tun bekäme? Wie mit ihm umgehen – mit Samthandschuhen oder ohne jede Rücksichtnahme? Oder selbst wenn er nur gerade mal überhaupt keine Zeit für die Vereins-PR hätte, aber dringend etwas publiziert werden müsste? Würden die Vorstandsmitglieder des Partnerschaftsvereins in solchen Fällen Verständnis dafür haben, dass ihr Anliegen das Nachsehen hätte? Sein Beruf müsste jedoch immer Vorrang haben. Auch das war für ihn eine unverzichtbare Bedingung.

Das müsste er alles noch einmal gründlich mit Josephine besprechen. Wenn sie seine Prämissen akzeptierte, dann könnte er ja einen Versuch wagen.

Sollte er in Zukunft tatsächlich regelmäßig für den Verein arbeiten, hätte er wahrscheinlich auch intensiveren Kontakt zu einzelnen Aktiven in den Partnerstädten. Vielleicht sogar zu Giulia Peroni, die er im Jahr zuvor kennengelernt hatte, als sie im Rahmen des Partnerstädtetreffens mit ihrer kleinen Tochter Maria bei ihm und Jana zu Gast gewesen war. Obwohl Maria damals entführt worden war und erst nach dramatischen Ereignissen wiedergefunden werden konnte, hatte er sich mit Giulia gut verstanden. Ein paar Monate später hatte er sie zuhause in der Lombardei besucht. Dabei waren sie einander noch näher gekommen. Seither herrschte jedoch Funkstille zwischen ihnen.

Wollte er das wirklich ändern?

Und sprach das eher für oder gegen ein Engagement beim Forum Freunde in Europa? Er war sich nicht sicher.

53 | Kotzbrocken

»So, du Mistkerl, jetzt rücken wir dir richtig auf die Pelle. Dann werden wir schon sehen, was dein Saubermann-Image danach noch wert ist«, sprach Jana Jäger halblaut mit dem nur im Geiste anwesenden Bauunternehmer Theo Bellhausen und rieb sich voller Vorfreude die Hände. Dieser Mann war ihr zutiefst zuwider. Sie konnte sich nicht erinnern, wann sie je zuvor einen Menschen auf den ersten Blick derart zum Kotzen gefunden hatte.

»Was hast du da gesagt?« Frank Streffer schaute seine Partnerin irritiert an. »Hast du etwa mit mir geredet oder nur mit dir selber?«

»Weder noch, Frank!« Jana lachte am anderen Ende ihrer zusammengeschobenen Schreibtische. »Ich habe diesen Bellhausen angezählt, was er auch sehr bald erfahren wird.«

Nach den Hinweisen, die Kneipenwirt Klaus Kupfer ihrem Lebensgefährten Alexander Hopp über den Präsidenten des BC Berkum gegeben hatte, waren mehrere Kriminalbeamte ausgeschwärmt, um das Umfeld dieses Typen minutiös zu durchleuchten. Sie musste dringend wissen, wie seine private Vermögenslage aussah, wie es wirtschaftlich um sein Unternehmen bestellt war, mit wem er welche Geschäfte machte, ob dabei immer alles mit rechten Dingen zuging, und ob er tatsächlich schwere Jungs in seiner Belegschaft hatte oder zumindest für einzelne Einsätze beschäftigte.

»Dass er sich über deine Aufmerksamkeit freuen wird, bezweifle ich allerdings.« Jetzt lachte auch Frank Streffer.

Die Fleißarbeit der vergangenen Tage hatte sich gelohnt.

Die Geldflüsse über die diversen Konten der Baufirma von Bellhausen waren nur schwer nachzuvollziehen. Das sah verdächtig nach Scheingeschäften aus, so als ob fingierte Aufträge mit vorhandenem Geld aus anderen Quellen bezahlt worden wären. Wurde dort etwa in großem Stil Geld gewaschen? Die Kollegen der Kriminalinspektion 2 hatten Bellhausen in den vergangenen

Jahren bereits mehrfach wegen des Verdachts auf betrügerische Geschäftsführung und Schwarzarbeit im Visier gehabt, ihn bisher jedoch nie hieb- und stichfest überführen können.

»Ich bezweifle auch stark, dass ihn unser Interesse begeistert, Frank. Dass dieser Mann ein Kotzbrocken ist und seine Umgebung verarscht, ist leider nicht strafbar«, antwortete Jana Jäger nüchtern, »Wirtschaftskriminalität dagegen schon. Zumindest deshalb werden wir ihn hoffentlich drankriegen.«

»Das glaube ich auch. Aber mit etwas Glück kommt ja noch ein gravierendes Gewaltdelikt dazu.«

»Gut möglich bei jemandem, der seit einem halben Jahr einen Ex-Häftling beschäftigt, der wegen schwerer Körperverletzung mit Todesfolge gesessen hat.« Jana Jäger dachte kurz nach. »Das kann doch nur zwei Gründe haben: Entweder ist dieser Arbeitgeber ein sozialer Mensch, der auch Gefallenen eine zweite Chance gibt, oder er ist das genaue Gegenteil und braucht einfach Handlager für richtig fiese Drecksarbeit. Und exakt das wird Bellhausen ja nachgesagt.«

»Wir werden sehen.«

»Stimmt, Frank, wahrscheinlich schon sehr bald. Unser Erster Hauptkommissar hat vom Staatsanwalt gerade die Genehmigung bekommen, dass wir sowohl den werten Herrn Bauunternehmer als auch seinen Ex-Knacki observieren lassen – physisch wie digital mit allen Mitteln, und zwar rund um die Uhr.«

54 | Fehlspekulation

Bisher hatte sich Stefanie Bellhausen im Polizeipräsidium widerspenstig gegeben. Mittlerweile waren drei Anläufe im Vernehmungsraum völlig ergebnislos gewesen. Die junge Unternehmergattin hatte zu Beginn gerade noch ihre Personalien bestätigt, danach aber jede Kooperation verweigert.

»Sie haben das Recht …«, hatte Frank Streffer sie pflichtgemäß aufklären wollen, war aber nicht weitergekommen.

»Ich weiß, welche Rechte ich habe«, hatte sie barsch geantwortet, »schließlich muss ich mir diese Leier in jedem Fernsehkrimi anhören, und von diesem Schund sehe ich mehr als genug, wenn ich abends alleine zu Hause hocke.«

»Ja, wunderbar«, hatte Jana Jäger erwidert, »dann können Sie uns ja jetzt direkt den Namen und die Telefonnummer Ihres Anwalts nennen.«

»Ich habe keinen, und ich will auch keinen!«

»Sind Sie sicher? Das wäre nämlich in Ihrer Situation ziemlich unklug.«

»Ja, bin ich. Und was Sie für klug oder unklug halten, ist mir sowas von scheißegal.«

Das war das Letzte, was Stefanie Bellhausen gesagt hatte. Danach hatte sie alle Fragen und Anstöße der Kriminalbeamten wie eine bockige Göre mit verschränkten Armen und versteinertem Gesicht wortlos über sich ergehen lassen.

Jetzt wollten es die Kommissare noch einmal versuchen, vielleicht würde sie sich nun ein wenig einsichtiger zeigen. Um den Druck für sie zu reduzieren und die Atmosphäre stressfreier zu gestalten, hatten Jäger und Streffer sie diesmal in ihr Büro statt in den unfreundlichen Vernehmungsraum kommen lassen. Offenbar wirkte diese Maßnahme. Vielleicht hatte sie aber auch während der Nacht in der Zelle wenig geschlafen und stattdessen über ihre vertrackte Lage nachgedacht.

»Sollen wir denn jetzt einen Anwalt für Sie rufen?«, fragte Jana Jäger erneut. »Sie werden ihn wirklich dringend brauchen.«

»Später vielleicht. Jetzt, bei diesem Verhör will ich ...«

»Vernehmung, bitte«, korrigierte sie Frank Streffer, »Verhöre hatten wir früher in diesem Land. Jetzt gibt es hier nur noch Vernehmungen.«

Stefanie Bellhausen nickte und vollendete den unterbrochenen Satz: »Okay, dann eben Vernehmung. Jedenfalls will ich noch keinen Anwalt dabeihaben.«

»Wieso denn?«, fragte Jana Jäger.

»Weil der mir jetzt doch gar nicht helfen kann. Ich habe Mist gebaut, richtig großen Mist. Ich habe die Bremsschläuche von Heiner Essers Motorrad angeritzt, damit er eine Panne bekommen sollte. Dass er dadurch schwer verunglücken könnte, habe ich nicht bedacht und erst recht nicht gewollt. Trotzdem habe ich das verursacht. Also bin ich auch schuld.«

Jana Jäger und Frank Streffer nickten. Dieses Geständnis hatten sie erhofft.

»Woher wussten Sie denn, was Sie an seiner Maschine tun mussten, um eine Panne zu provozieren?«, fragte Frank Streffer. Das hätte er dieser grazilen jungen Frau absolut nicht zugetraut. »Ich wüsste das nicht auf Anhieb.«

»Sie fahren wahrscheinlich auch nicht Motorrad, oder?«

Streffer schüttelte den Kopf.

»Na also«, antwortete Stefanie Bellhausen. »Jeder Motorradfahrer weiß, wie Bremsen funktionieren. Und außerdem kann man sich auch schön im Internet schlau machen.«

»Und warum haben Sie das getan?«, fragte Streffer nach.

»Ich wollte Heiner bestrafen, weil er mich in viele echt unangenehme Situationen gebracht hat und weil ich felsenfest davon überzeugt war und auch noch bin, dass er Lutz getötet hat, um einen verhassten Rivalen loszuwerden und für sich den Weg zu mir freizumachen. Anders kann es gar nicht sein.«

Jana Jäger ließ einige Sekunden verstreichen.

Stefanie Bellhausen hatte nach dieser Aussage eine Pause verdient, ehe sie nun aller Illusionen beraubt werden würde.

»Aus Ihrer Sicht mag das schlüssig sein, und anscheinend passen für Sie auch alle Puzzleteile perfekt zusammen«, erklärte die Kommissarin ruhig, »aber nach unseren Erkenntnissen ist das reine Spekulation und wahrscheinlich falsch. Einerseits könnte Esser zwar theoretisch der Mörder von Lutz Hansel sein, denn wir haben noch niemanden überführen können. Aber andererseits spricht überhaupt nichts dafür. Wir kennen kein einziges Indiz, dass Ihre Annahme stützen könnte.«

Die Unternehmergattin sah Jäger entsetzt an. Ihre Attraktivität war wie weggeblasen. »Dann machen Sie Ihren Job und ermitteln endlich in die richtige Richtung. Esser war's, da bin ich mir total sicher.«

Die Kriminalhauptkommissarin verzog nur missmutig den Mund. Das konnte sie ungefähr so gut leiden wie Bauchschmerzen, wenn ihr ein Verdächtiger den Job erklärte. »Frau Bellhausen, wir verhaften Sie vorläufig wegen des versuchten Mordes an Heiner Esser. Sie werden umgehend dem Haftrichter vorgeführt, und ich habe keinen Zweifel, dass er diese Maßnahme bestätigt. Ob Sie am Ende tatsächlich wegen Mordversuchs, versuchtem Totschlags oder schwerer Körperverletzung angeklagt werden, das weiß ich nicht. Das werden die Juristen aushandeln. In diesem Stadium wird Ihnen wirklich nur ein Rechtsanwalt helfen können.«

Stefanie Bellhausen hob den kreidebleichen Kopf. »Dann schicken Sie mir nun bitte einen Anwalt in die Zelle.«

55 | Beweissuche

Knapp drei Stunden, nachdem die Kriminalpolizei ihr Überwachungsnetz ausgelegt hatte, verfing sich bereits fette Beute darin. Bei der systematischen Auswertung aller Mails und SMS des Bauunternehmers sowie seines verdächtigen Mitarbeiters wurden die Beamten fündig. Insgesamt drei Nachrichten waren derart ungeschickt verklausuliert formuliert, dass sie den Schluss zuließen, der Mann sei als Mörder gedungen worden.

In zwei Mails hatte Bellhausen seinen Mitarbeiter mit einer Großwildjagd im Kottenforst beauftragt; eine Antwort-SMS vermeldete dann am späten Freitagabend: Hirsch erlegt!

»Unglaublich, wie unvorsichtig sich dieser Kerl verhält. Der muss sich ja für unantastbar halten«, wunderte sich der Erste Hauptkommissar Peter Paul Pinsel. »Aber da irrt er gewaltig. Jetzt schnappen wir ihn und seinen Handlanger. Die Teams, die sie gerade beschatten, sollen beide umgehend festnehmen und sofort hierher bringen.«

Eine Dreiviertelstunde später saßen der Bauunternehmer und sein Mitarbeiter in zwei nebeneinander liegenden Räumen des Polizeipräsidiums. Bellhausen war in Begleitung seines Rechtsanwalts, den er schon während seiner Festnahme kurz per Handy alarmiert hatte, der verdächtige Mitarbeiter hingegen alleine. Alle drei Männer wirkten extrem aggressiv. Bereits beim Anblick des Rechtsanwalts bekam Jana Jäger schlagartig schlechte Laune. Dessen bärbeißiger Gesichtsausdruck in Verbindung mit der demonstrativ arroganten Körpersprache ließ sie ein Déjà-vu befürchten. Wiederholte sich nun das gleiche Theater wie zuvor bei den beiden Vernehmungen des Bonner Sozialamtsleiters und des dubiosen Geldverleihers – der Anwalt übernimmt die Regie, sein Mandant schweigt, nach wenigen Minuten ist die Befragung ergebnislos beendet, und die Herrschaften verlassen vergnügt das Präsidium?

Sie hatte sich nicht getäuscht. Auch Bellhausens Rechtsanwalt blockte alle Fragen ab, deklassierte alle Indizien als nicht stichhaltig, forderte eindeutige Beweise und eskortierte seinen Schützling nach kaum einer Viertelstunde thriumphierend zum Ausgang.

Der ehemalige Häftling im Nebenraum geriet jedoch von Minute zu Minute stärker unter Druck und redete sich von einer Verlegenheit in die nächste.

»Was haben Sie eigentlich mit Lutz Hansel zu tun?« Jana Jäger kam ohne Umschweife zur Sache.

»Hansel? Kenne ich nicht. Wer soll das sein?«, stellte der Mann sich doof.

»Das glaube ich Ihnen nicht!«

»Mir doch egal, was sie glauben oder nicht glauben. Ich kenne keinen Hansel.«

»Welches Großwild jagen Sie denn üblicherweise so?«

»Jagen? Was soll das denn jetzt wieder heißen?«

»Das frage ich Sie! Wenn Ihr Chef Sie schon damit beauftragt, sollten Sie das doch beantworten können.«

»Von Jagen weiß ich nichts.«

»Wir aber schon. Haben wir sogar schwarz auf weiß gelesen – in Ihren E-Mails.«

»Kann ich mich nicht dran erinnern.«

»Kaum zu glauben. An den Hirsch müssen Sie sich doch wenigstens erinnern können. Den haben Sie doch erst vor einer guten Woche erlegt. Was war denn das für einer? Ein prächtiger Zwölfender oder eher ein schmächtiger Zweibeiner?«

»Zweibeiner? Nee, nee. Ganz bestimmt nicht. Sowas jage ich doch nicht.«

»Doch, im Kottenforst, am Freitagabend. Sie haben Ihrem Chef doch persönlich Vollzug gemeldet.«

»Quatsch. Ich war schon ewig nicht mehr da oben am Schönwaldhaus. Das lasse ich mir nicht anhängen.«

»Schönwaldhaus? Wie kommen Sie denn plötzlich darauf? Ich habe nur vom Kottenforst gesprochen. Und meines Wissens ist auch in keinem einzigen Zeitungsbericht das Schönwaldhaus erwähnt worden.« Die Hauptkommissarin machte eine kurze Pause und sah den Verdächtigen triumphierend an. »Und was war denn eigentlich dort? Am Schönwaldhaus? Was wollen Sie sich nicht anhängen lassen?«

»Nichts. Überhaupt nichts. Gar nichts weiß ich, und ich sage jetzt auch gar nichts mehr.«

Der Mann senkte den Kopf und verkreuzte die Arme vor der Brust. Danach schwieg er. Zwar hatte er selbst kein plausibles Motiv für den Mord an Lutz Hansel. Und den Auftrag seines Chefs hatte er bis zuletzt dementiert. Aber er hatte eindeutig Täterwissen: das Schönwaldhaus. Lutz Hansel war in unmittelbarer Nähe erschlagen worden.

Also blieb der Verdächtige in Gewahrsam.

56 | Pattsituation

Direkt im Anschluss an die Vernehmungen von Bauunternehmer Bellhausen und seinem Mannn fürs Grobe trat die Mordkommission zusammen, um den Ermittlungsstand zu analysieren und ein vorläufiges Resümee zu ziehen.

»Wahrscheinlich ist es eine schräge Idee und hat sowieso überhaupt keine Beweiskraft«, moderierte Jana Jäger den ungewöhnlichen Vorschlag an, den sie nun machen wollte. »Wir sind gerade zehn Leute hier im Raum, und wir haben am Ende dieser Woche mit großem Aufwand insgesamt fünf Tatverdächtige ermittelt: den Bauunternehmer, seinen Handlanger, den Chef des Bonner Wohnungsamtes, den Kredithai und den radikalen Studenten.«

»Was ist mit Heiner Esser?«, fragte Frank Streffer. »Warum zählst du den nicht mit, Jana? Frau Bellhausen hat ihn derart vehement beschuldigt und sogar den Anschlag auf ihn damit begründet, dass sie ihm für den vermeintlichen Mord an Hansel einen Denkzettel verpassen wollte. Das können wir doch nicht einfach ingnorieren. Da könnte doch was dran sein, auch wenn wir diesen Zusammenhang bei unseren Ermitllungen nicht entdeckt haben.«

»Das kann ich mir überhaupt nicht vorstellen, Frank. Aber egal. Dann nehmen wir Esser eben dazu. Nachweisen können wir den Mord bisher sowieso keinem der Verdächtigen, da kommt es auf einen mehr oder weniger nicht an. Alle gleichzeitig mit derselben Intensität zu verfolgen, schaffen wir sowieso nicht. Deshalb müssen wir unsere Energie möglichst auf den oder die Favoriten konzentrieren. Nur, wer ist das? Kurzum, damit ich einen Überblick über euer Gespür bekomme, möchte ich hier und jetzt darüber abstimmen.«

»Abstimmen? Haben Sie noch alle Tassen im Schrank«, echauffierte sich der Erste Hauptkommissar Peter Paul Pinsel, »sowas habe ich ja noch nie gehört! Was hat das denn mit professioneller Polizeiarbeit zu tun?«

»Keine Ahnung. Wahrscheinlich nichts. Das haben wir jedenfalls noch nie gemacht. Trotzdem kann das Ergebnis unser Bild schärfen und so vielleicht die Ermittlungen schneller zum Ziel führen«, verteidigte Jana Jäger ihren Plan.

»Ich finde die Idee gar nicht so übel«, sprang ihr der erfahrene Kollege Neumann unterstützend zur Seite, »einmal ist immer das erste Mal. Lasst es uns versuchen, wir haben doch nichts zu verlieren. Wenn nichts dabei herauskommt, sind wir halt keinen Schritt weiter. Allerdings würde ich auch Streffer folgen und diesen Heiner Esser in die Abstimmung einbeziehen. Wie soll das denn konkret laufen, Jana?«

»Wie gesagt, wir sind zehn Beamte und haben jetzt meinetwegen sechs Tatverdächtige. Jeder von uns darf maximal für zwei von ihnen votieren, somit hat jeder von euch zwei Stimmen. Die kann er natürlich auch für einen einzigen Verdächtigen abgeben, wenn er einen eindeutigen Topkandidaten hat. Es müssen sich also insgesamt 20 Stimmen auf sechs Kandidaten verteilen.«

»Und wenn ich glaube, dass zwei Personen den Mord gemeinschaftlich begangen haben, ich zusätzlich aber auch noch jemand anderem die Tat zutraue – was dann?« Streffer schaute Jana Jäger fragend an.

»Dein Problem, Frank. Dann musst du dich halt entscheiden, ob du beide Stimmen dem vermuteten Gespann gibst oder ob du sie auf verschiedene Verdächtige verteilst. Du hast zwei Stimmen, mehr nicht. Sonst bekommen wir ja wieder kein klares Meinungsbild, wenn wir zuviele Bewertungen verteilen können«, erklärte Jäger. »Also: Ich notiere – wer ist eurer Ansicht nach der Täter?«

Die Kommissarin schritt zum Whiteboard, nahm einen Stift, rief der Reihe nach die einzelnen Verdächtigen auf und zählte die erhobenen Arme. Das Ergebnis war enttäuschend:

Bauunternehmer Bellhausen – 5 Stimmen; sein Mitarbeiter – 5 Stimmen; Amtschef Schönemann – 5 Stimmen; der Geldverleiher – 1 Stimme; der Student – 1 Stimme; Heiner Esser – 3 Stimmen.

»So, Leute«, resümierte Jana Jäger überrascht, »das hatte ich echt nicht erwartet. Demnach sind nur der Geldverleiher und der Student aus dem Rennen. Der Ex-Häftling und sein potenzieller Auftraggeber Bellhausen liegen gleich auf und zusammen mit Amtsleiter Schönemann an der Spitze, dann folgt der verunglückte Esser mit drei Stimmen. Ich hatte auf ein klareres Ergebnis gehofft.«

»Ist doch gar nicht so schlecht. Immerhin zwei Kandidaten, um die wir uns vorerst nicht kümmern müssen«, sagte Kommissar Neunmann optimistisch.

»Genau genommen, vier. Dieser Esser liegt doch im Koma, der läuft uns momentan sowieso nicht weg«, ergänzte Kommissar Harald Bauer.

»Und Bellhausens Mann fürs Grobe haben wir hier sitzen, den müssen wir nicht mehr verfolgen«, erklärte Frank Streffer. »Den werden wir zwischendurch immer mal wieder vernehmen, wenn wir Zeit dafür haben.«

Jana Jäger biss sich nachdenklich auf die Unterlippe. »Okay, dann konzentrieren wir unsere Ermittlungen nun auf Bellhausen und Schönemann, werden beide mit vereinten Kräften und allen Mitteln verfolgen, um einem von ihnen möglichst schnell die Tat nachzuweisen. Parallel nehmen wir Bellhausens Mitarbeiter so oft wie möglich energisch in die Mangel. Vielleicht gesteht er ja.«

»Und ich ermittle nebenher noch ein bisschen in Essers Handballer-Szene. Da könnte noch mehr zu holen sein«, sagte Harald Neumann. »Einverstanden?«

Acht Köpfe nickten. Nur Mordkommissionschef Peter Paul Pinsel schaute entgeistert in die Runde.

57 | Lagebesprechung

Innerhalb der letzten 24 Stunden hatte Otto Springer noch zweimal in der Bonner Altstadt versucht, den Studenten aus der radikal-autonomen Szene in seiner WG anzutreffen. Vergebens. Frustriert hatte er daraufhin Alexander Hopp angerufen, um ihn zu treffen und über das weitere Vorgehen zu beraten.

»Was sollen wir denn machen, wenn wir den Burschen nicht auftreiben können?«, fragte er Hopp.

Alexander runzelte nachdenklich die Stirn. »Nichts weiter. Selber nach ihm suchen können wir schließlich nicht. Außerdem hat ihn die Kripo bereits zur Fahndung ausgeschrieben. Viel mehr wird sie aber auch nicht unternehmen, da er als Mörder von Hansel kaum in Frage kommt. Momentan konzentriert die Polizei alle verfügbaren Kräfte darauf, den Täter endlich zu schnappen.«

»Verstehe. Aber immerhin ist der Student ja zumindest der Hauptverdächtige für den Brandschlag in der Stadthaus-Parkgarage. Da kann es doch nur um Vergeltung für die Sauerei mit den Wohnberechtigungsscheinen gegangen sein.«

»Klar. Jana und Kollegen werden ihn auch bestimmt noch schnappen«, antwortete Alexander zuversichtlich. »Nur im Moment hat es für sie ganz klar oberste Priorität, endlich den Mörder von Lutz Hansel zu überführen.«

»Wissen sie denn mittlerweile wenigstens, wer das ist?«

»Theoretisch schon, praktisch nein. Die Mordkommission hat eine klare Theorie und auch einige Indizien, die dafür sprechen, aber eben noch keinen Beweis.« Hopp zuckte ratlos die Schultern.

»Und? Wer war es nach der Theorie der Kripo? Lass mich raten: der gehörnte Bauunternehmer, der dem Opfer auch noch einen Batzen Geld geliehen hatte.«

»Indirekt. Er wird wohl den Auftrag für den Mord gegeben haben. Typen wie der machen sich bekanntlich nie selbst die Hände schmutzig. Sein Handlanger, der ja schon wegen diverser

Gewaltdelikte im Bau gesessen hat, wird den Aufrag seines Arbeitgebers im Kottenforst zuverlässig ausgeführt haben.«

Otto Springer nickte und dachte kurz nach. »Alles andere ergibt auch wenig Sinn. Dieser Amtsleiter Schönemann hat zwar ein krasses Motiv, genau genommen sogar zwei, und vielleicht sogar die Gelegenheit gehabt.«

»Sehr wahrscheinlich sogar. Soviel ich weiß, ist das Alibi, das seine Frau ihm gegeben hat, weicher als Wachs.«

»Aber ein Bonner Spitzenbeamter als Mörder«, Springer schüttelte zweifelnd den Kopf, »das kann ich mir irgendwie kaum vorstellen.«

»Ich eigentlich auch nicht«, stimmte ihm Hopp zu. »Er wirkt so brav und bieder. Aber manchmal schätzt man Leute komplett falsch ein und erlebt dann die größten Überraschungen. Er kann den Mörder ja auch engagiert haben. Wir werden sehen.«

»Was ist denn mit dem Geldverleiher? Hat die Kripo den noch im Visier?«, fragte Otto.

»Ich glaube nicht. Mehr als das generelle Misstrauen gegenüber einem solchen Halsabschneider haben sie einfach nicht. Es gibt wohl kein einziges belastbares Indiz, das für ihn als Täter spricht. Zumal Hansel seine Schulden bei ihm wohl mit Zins und Zinseszins begleichen konnte, nachdem ihn Bellhausen mit frischen fünfzigtausend Euro versorgt hatte.«

»Was allerdings auch gegen Bellhausen als Täter oder Auftraggeber spricht«, sagte Otto. »Der wird sein Geld doch nicht einfach so in den Wind schreiben. Fünfzigtausend sind schließlich kein Pappenstiel.«

»Was er aber quasi behauptet. Peanuts nennt er diese Summe.«

Otto schüttelte konsterniert den Kopf. »Nicht zu fassen. Wenn der hinter dem Mord steckt, wird er das nie und nimmer gestehen, sondern sich konsequent stur stellen. Und dann droht ein komplizierter Indizienprozess, und der Drecksack kommt unter Umständen sogar ungestraft davon. Bei der Vorstellung könnte ich kotzen.«

Alexander schaute seinen Freund amüsiert an. »Musst du bestimmt nicht. So weit wird es schon nicht kommen. Die Kripo wird Mittel und Wege finden, dem feinen Herrn Unternehmer den Auftragsmord zu beweisen, wenn er denn wirklich dahintersteckt. Und wenn es durch das Geständnis seines Mitarbeiters passiert. Der sitzt in Untersuchungshaft und wird fast pausenlos verhört. Irgendwann wird er einknicken und alles zugeben – falls sie es denn tatsächlich waren.«

»Hoffentlich«, seufzte Otto, »damit er zusammen mit seinem Boss einfahren kann.«

»Und auch mit dessen hübscher Gattin. Die sitzt ja schon, weil sie die Bremsen des Motorrads von diesem Heiner Esser, einem Handballkumpel von Hansel, manipuliert hat. Vielleicht kriegt das illustre Ehepaar Bellhausen bei guter Führung ja sogar eine Doppelzelle im Knast.«

Alexander lachte schallend über seinen Witz, und Otto wieherte mit.

»Was machen wir denn nun aus unserem WG-Thema?«, fragte Otto, nachdem sie sich wieder beruhigt hatten.

»Eine schöne Reportage. So, wie geplant. Was denn sonst?«

»Aber deine zickige Chefredakteurin will sie doch partout nicht in der Zeitung haben.«

»Die kriegt das gute Stück auch nicht. Das bringe ich problemlos bei der Hamburger Illustrierten unter. Die sind ganz scharf auf solche Robin-Hood-Geschichten.«

»Fände ich prima. Dann hätte sich die Arbeit ja doch noch gelohnt. Die Bilder sind jedenfalls super geworden. Für die Illustrierte genau richtig. Willst du sie mal sehen?«

»Klar, Otto, hast du sie dabei?«

»Alles auf meinem Laptop.« Er zog den Computer aus der Tasche.

»Das wird eine geile Story«, sagte Alexander zufrieden, nachdem sie gemeinsam alle Fotos angeschaut und die besten für die Veröffentlichung ausgesucht hatten.

»Nur schade, dass die WG unsere mediale Unterstützung eigentlich gar nicht mehr braucht«, bedauerte Otto.

»Das stimmt, ihre größte Sorge dürfte bald erledigt sein, wenn die acht Leute endlich in ihre neue Wohnung einziehen können.«

»Ich denke, dort sollten wir dann mal vorbeischauen. Die werden bestimmt alle happy sein.«

»Die Bewohner schon, aber der Vereinsvorsitzende Friedländer sicherlich nicht«, schränkte Alexander ein. »Ich habe gestern Abend noch einmal mit ihm telefoniert. Da hat er mir bestätigt, was der Anwalt Michler dieser Tage schon berichtet hat: Dass sein Verein neuen Stress hat – diesmal mit dem Finanzamt.«

»Mit dem Finanzamt? Wieso das denn? Was haben diese Erbsenzähler denn zu beanstanden?«, fragte Otto erstaunt.

»Hatte ich dir das gar nicht erzählt? Es geht wohl um die Gemeinnützigkeit«, erklärte Alexander. »Wohnen zählt angeblich nicht zu den Themen, für die dieses steuerliche Privileg gewährt werden kann. Und Inklusion wohl auch nicht. Deshalb legen sich die Sachbearbeiter nun quer.«

»Verstehe ich nicht. Was soll denn der Stuss?«

»Sie behaupten, die als gemeinnützig anerkennenswerten Aktivitäten seien in der Abgabenordnung aufgeführt, und da stünden die Begriffe Inklusion und Wohnen schlicht nicht drin. Außerdem sei die WG ja gar nicht für jedermann offen. Schließlich gebe es nur acht Plätze. Damit sei sie eher eine geschlossene Gesellschaft.«

»Das darf doch nicht wahr sein.« Ottos Gesicht lief rot an vor Ärger. »Gesellschaftlich gesehen ist das doch kompletter Irrsinn. Es muss gerade im Interesse der Behörden sein, dass es solche privaten Projekte gibt, die in Eigeninitiative ihre Aufgaben erledigen – und das auch noch für kleines Geld.«

»Da hast du sowas von Recht, Otto. Aber irgendwas stört deutsche Bürokraten doch immer. Das weißt du doch. So hartnäckig wie dieser Herr Friedländer ist, wird er das leidige Problem mit dem Finanzamt sicherlich auch noch lösen. Ich bin da sehr zuversichtlich. Der gibt nie auf!«

58 | Durchbruch

Frank Streffer bekam fast einen Herzinfarkt, als die Bürotür mit einem Knall aufflog und Kommissar Neumann rief: »Jetzt haben wir die Schweine endlich!«

»Welche Schweine denn, Harald? Und kannst du bitte bei nächster Gelegenheit etwas nervenschonender hier hereinplatzen?«

Neumann nickte entschuldigend, dann grinste er von einem Ohr zum anderen. »Bellhausen! Und seinen Handlanger! Gerade hat Theo Bellhausen seinen Anwalt getroffen und in diesem Termin alles zugegeben. Wir haben mitgehört und das Geständnis aufgenommen.«

»Wie das denn?«

Frank Streffer war perplex.

»Unsere Techniknerds haben Bellhausens Handy gehackt und quasi als Mikrofon benutzt.«

»Dürfen wir das?«

»Keine Ahnung, aber wahrscheinlich schon. Wir hatten doch die Genehmigung des Staatsanwalts für die lückenlose Überwachung.« Neumann kratzte sich nachdenklich am Hinterkopf. »Wie auch immer. Sein Anwalt hat Bellhausen eben im Nachgang unserer Vernehmung gezwungen, wenigstens ihm die Wahrheit zu sagen. Sonst werde er das Mandat sofort niederlegen. Er könne niemanden verteidigen, der ihn belüge. Daraufhin hat Bellhausen klein beigegeben und beschrieben, wie er den Mord Mitte letzter Woche mit dem Knacki besprochen und dann am Freitag per E-Mail das Startsignal gegeben habe.«

»Gute Arbeit, Harald!«, lobte Streffer. »Nun wäre es super, wenn der Mann im Vernehmungsraum auch endlich gestehen würde. Dann wäre der Fall komplett aufgeklärt.«

»Lass mich zur Abwechslung mal ran«, bat Neumann. »Ich habe da so eine Idee.«

Kriminaloberkommissar Harald Neumann holte drei Becher Kaffee und ging zusammen mit Frank Streffer quer über den Flur in den kahlen, ungemütlichen Raum, in dem der Ex-Häftling immer wieder vernommen wurde. Der Mann machte zwar einen erschöpften Eindruck, schien sich aber noch nicht ergeben zu wollen. Neumann setzte sich an den Tisch und schob einen Kaffee zu ihm hinüber. Streffer blieb mit seinem Becher neben der Tür stehen.

»Herzlichen Glückwunsch«, sagte der Kriminaloberkommissar zu dem Verdächtigen. »Jetzt haben Sie die lebenslange Rente vom Staat sicher.« Dann grinste er ihn boshaft an.

Der Mann schaute verdutzt. Er hatte die ironische Spitze nicht verstanden.

»Ich kann das auch eindeutiger formulieren«, erklärte Neumann. »Sie fahren wieder ein. Und zwar lebenslänglich. Somit brauchen Sie sich bis zum Ende ihrer Tage keine Sorgen mehr um einen trockenen Schlafplatz und um warme Mahlzeiten zu machen.«

»Was soll der Scheiß?«, fragte der Vernommene irritiert.

»Ganz einfach: Ihr Chef ist endlich zur Vernunft gekommen und hat ausgesagt, dass Sie Lutz Hansel getötet haben. Angeblich aus Eifersucht wegen irgendeiner seiner Geliebten. Er selbst, so sagt Herr Bellhausen, habe mit der ganzen Angelegenheit nichts zur tun, und er wolle sich auch nicht länger von Ihnen da hineinziehen lassen.«

Fassungslos sah der Mann den Kommissar an.

»Papperlapapp. So ein Bödsinn. Sie bluffen doch nur.« Er lachte heiser.

Neumann lehnte sich selbstbewusst im Stuhl zurück. »Da irren Sie sich gewaltig. Was sollte das bringen?«

»Mich verunsichern natürlich.«

»Das haben wir nicht nötig. Würden Sie bitte kurz nach nebenan gehen, Streffer, und die Aufnahme von Herrn Bellhausens Aussage holen?«

»Klar, mache ich natürlich sofort.« Streffer drehte sich um, öffnete die Tür, ging hinaus und kehrte nach einer Minute wieder zurück. »Jetzt müssen wir nur noch einen Augenblick Geduld haben«, sagte er. »Kollege kommt gleich.«

Der Verdächtige versteifte seinen ganzen Oberkörper. Rhythmisch öffnete und schloss er die Hände und schüttelte den Kopf. Plötzlich verlor er die Geduld, sprang erbost auf und schlug wütend mit der rechten Faust auf den Tisch. »Das ist gelogen. Er will nur alles mir in die Schuhe schieben. So ein Arschloch.«

»Also stimmt das nicht, was Bellhausen ausgesagt hat?«

Wieder schüttelte der Mann den Kopf.

»Was denn nun? Ja oder nein?«, insistierte Neumann.

»Bellhausen wollte doch unbedingt, dass dieser Hansel schnellstens von der Bildfläche verschwindet. Zehntausend Euro hat er mir dafür bezahlt, dass ich ihn beseitige.«

»Und? Haben Sie das tatsächlich gemacht? Geben Sie den Mord endlich zu?«

»Ja, verdammt. Ja, ich habe es getan!«

»Und dieses Geständnis werden Sie auch gleich unterschreiben?« Der Kommissar wartete gespannt auf die Antwort.

Mit leerem Blick sah Bellhausens Mitarbeiter Harald Neumann an. Dann nickte er langsam. »Ja, damit dieses Schwein nicht ungestraft davonkommt. Ich habe diesen Mann nur im Auftrag meines Chefs getötet. Ich persönlich hatte überhaupt keinen Grund dafür. Ich kannte ihn bis dahin nicht einmal.«

Zufrieden verließen Streffer und Neumann den Vernehmungsraum. Ihr Job war fast erledigt. Nun mussten sie nur noch umgehend den Haftbefehl für Theo Bellhausen besorgen, per Handyortung dessen Aufenthaltsort ermitteln und ihn dann als den Auftraggeber des Mordes an Lutz Hansel festnehmen. Wenn es so weit wäre, würden sie Jana Jäger anrufen und die frohe Botschaft verkünden. Die Hauptkommissarin hatte seit Wochen mal wieder ausnahmsweise pünktlich Feierabend gemacht, um ein Konzert besuchen zu können.

59 | Hausmusik

Erstaunt blieben Jana Jäger und Alexander Hopp im Hausflur der Buchbinders stehen. So viele Menschen wie an diesem Abend hatten sie in der Wohnung ihrer Nachbarn noch nie gesehen. Das geräumige Wohnzimmer war bereits proppenvoll, obwohl das Hauskonzert des Musikerehepaars erst in einer guten halben Stunde beginnen sollte. Barbara und Martin Buchbinder hatten Jana und Alexander vor einem halben Jahr näher kennengelernt, als ihnen zwei wertvolle Geigen und ein Kontrabass gestohlen worden waren. Beide hatten sich damals nach Kräften bemüht, bei der Aufklärung dieses spektakulären Einbruchdiebstahls zu helfen. Und die Täter waren auch schließlich gefasst worden, aber die Instrumente blieben verschollen.

Die älteste der drei Töchter der Buchbinders kam ihnen mit einem Tablett voller gefüllter Sektgläser entgegen. »Wollt ihr auch einen Schampus«, sagte sie fröhlich und musterte Jana Jäger gleichzeitig von Kopf bis Fuß. »Wow, siehst du super aus, Jana! So schick habe ich dich ja noch nie gesehen.«

»Ich schon«, gluckste Alexander vergnügt, »allerdings seit Langem nicht mehr.«

Begeistert sah er seine Lebensgefährtin an. Die frisch frisierte, kastanienbraune Ponyfrisur ließ ihre blauen Augen wie funkelnde Edelsteine erscheinen, das kurze, schwarze Etuikleid saß wie angegossen und betonte ihre makellose, sportliche Figur.

»Und ich habe schon ewig nicht mehr solche Komplimente bekommen. Herzlichen Dank!« Jana lachte. »Darauf muss ich erstmal einen trinken.« Sie nahm zwei Gläser vom Tablett, reichte eines Alexander und prostete ihm zu. »Hast du schon bekannte Gesichter gesehen?«

»Ein paar, aber nicht viele. Die Leute stehen so dicht gedrängt, dass man kaum jemanden erkennen kann. Die Wasners sind irgendwo in der Nähe der Wohnzimmertür. Die markante Silhouette von Eddy Fuchs glaube ich von hinten erkannt zu haben. Unsere Freundin Josy müsste eigentlich da sein, und der Bürgermeister garantiert auch. Aber entdeckt habe ich bisher keinen der beiden. Und dort hinten hat sich gerade Johanna Kieselheger durch die Menge gedrängelt.«

»Wer ist das denn?«

»Die Zweite Geigerin der Rheinischen Symphoniker, eine Freundin von Barbara. Sie hat ihr im Frühjahr nach dem Diebstahl ihre Zweitgeige geliehen.«

»Und woher kennst du sie?«, fragte Jana neugierig.

»Ich fand sie damals irgendwie verdächtig und habe sie im Rahmen meiner Recherchen befragt.«

»Verdächtig, aha«, antwortete Jana spitz, der die attraktive Blondine sofort aufgefallen war. »Verdächtig hübsch wahrscheinlich.«

In wenigen Minuten würde das Konzert losgehen. Deshalb wollte Alexander gerade noch schnell einen Drink für Jana und sich organisieren. Während der Aufführung würde das stören. Da brummte Janas Handy in ihrem kleinen Umhängetäschchen.

»Verdammter Mist«, fluchte sie leise, »ich dachte, ich hätte das Ding komplett lautlos gestellt. Hoffentlich ist es nichts Wichtiges.« Hektisch fummelte sie das Telefon aus dem knallroten Täschchen und ging um eine Ecke in Richtung Garderobe, um in Ruhe telefonieren zu können.

Kaum zwei Minuten später war sie zurück und glühte förmlich vor Aufregung.

»Das war Frank Streffer. Bellhausen hat seinem Anwalt gegenüber am Telefon den Mordauftrag zugegeben. Und sein Mitarbeiter hat die Tat in unserer Vernehmung gestanden und den Chef beschuldigt, ihn damit beauftragt zu haben«, flüsterte sie Alexander ins Ohr. »Damit haben wir nun den Beweis, den wir noch brauchten. Die Kollegen haben das Handy des Bauunternehmers geortet. Er ist in Bonn, irgendwo zwischen Musikerviertel in Endenich und der Nordstadt. Etliche Beamte sind dort bereits unterwegs, um den exakten Aufenthaltsort von Theo Bellhausen zu ermitteln.«

»Einfach irre!« Alexander schüttelte ungläubig den Kopf. »Dass dieser Typ so doof ist, weiter mit seinem Handy durch die Gegend zu fahren und das Ding nicht einmal in seiner jetzigen Situation auszuschalten. Der muss doch wissen, dass er ganz einfach lokalisiert werden kann.«

»Tja, das weiß er bestimmt. Aber anscheinend fühlt sich der Herr Bauunternehmer und Vereinspräsident noch immer ziemlich sicher«, mutmaßte Jana. »Was für uns nur gut ist! Ich muss jetzt jedenfalls schnell los. Die Verhaftung von Theo Bellhausen kann ich mir nicht entgehen lassen.«

Eilig drückte sie Alexander einen herzhaften Kuss auf die Wange und verließ das Hauskonzert, noch ehe es begonnen hatte.

60 | Endspiel

Holla, die Waldfee«, sagte Frank Streffer und pfiff anerkennend durch die Zähne, als Jana Jäger todschick im kleinen Schwarzen auf hochhackigen roten Pumps in ihr gemeinsames Büro gestürmt kam. »Das muss ja jetzt ein Fest für dich sein. So hast du dich jedenfalls noch nie für eine Verhaftung aufgebrezelt.«

»Erzähl keinen Schmus und lass uns sofort fahren. Ich habe mich doch nicht umsonst so beeilt. Wo geht es hin?«

»In Richtung Endenich«, antwortete Streffer knapp.

»Das weiß ich schon. Aber wohin denn genau?«

»Die Kollegen haben Theo Bellhausen in der Immenburgstraße aufgestöbert.«

»Immenburgstraße? Ist das nicht die, in der das Bonner Eros-Center liegt.«

»Genau, Jana. In Haus Nummer 17.«

»Wieso macht er das? Der hat das doch nicht nötig, mit dieser jungen Frau daheim«, fragte Jana irritiert.

»Das ist mir gerade total egal. Jedenfalls hält sich der Gesuchte im Moment dort auf. Und zwar im zweiten Stock.«

»Na, wunderbar«, sagte Jana kichernd. »Dafür bin ich leider nicht so richtig passend angezogen.«

Zehn Beamte waren schon vor Ort, als Jana Jäger und Frank Streffer in der Immenburgstraße vorfuhren. Sechs mit schussfesten Westen gekleidete Kollegen sicherten die Ausgänge des weitläufigen Gebäudes. Sie amüsierten sich, als sie Jana in ihrer festlichen Garderobe sahen. Rasch legten die Kriminalhauptkommissarin sowie Streffer, Neumann, Bauer und zwei weitere Beamte schwere Einsatzkleidung an, was bei Jana Jäger ein eigenwilliges Bild ergab. Dann machten sich mit vorgehaltenen Waffen auf den Weg in den zweiten Stock des Freudenhauses. Jäger ging an sicherer Position in der Mitte des Trupps. Unwillkürlich musste sie dabei an die erste

Vernehmung des Bauunternehmers denken, bei der er ihr sofort verdächtig vorgekommen war. Zwar hatte der Kerl alles abgestritten, sich aber trotzdem verplappert: »Mir nimmt keiner ungestraft was weg«, hatte er großmäulig posaunt, »weder mein Geld noch meine Frau. Und schon gar nicht beides.« Das hatte er offensichtlich ernst gemeint. Wortwörtlich.

Hinter der vorletzten Tür wurden die Kriminalbeamte fündig.

In einem plüschigen Spielzimmer vergnügte sich der Gesuchte gerade mit zwei hübschen, strohblonden Mädchen.

Offensichtlich Zwillinge.

Kaum zwanzig Jahre alt.

Drei Beamte sicherten sofort das Fenster und die Tür.

Zwei Polizisten rissen den protestierenden Mann unsanft aus seiner kuscheligen Lage.

Drehten ihn blitzschnell auf den Bauch.

Bogen ihm die Arme energisch auf den Rücken.

Legten ihm Handschellen an.

Und führten den spärlich Bekleideten ab.

Jana Jäger strahlte über das ganze Gesicht und rieb sich zufrieden die Hände: »Das nenne ich mal einen veritablen Interruptus.«

Danksagung

Auch bei diesem dritten Wachtberg-Krimi war ich wieder auf die engagierte Unterstützung einiger Menschen in meinem privaten wie beruflichen Umfeld angewiesen.

Ohne ihre Inspirationen, Beratung, Mitarbeit und tatkräftige Hilfe wäre dieses Buch sicher nicht zustande gekommen. Von Herzen bedanke ich mich deshalb bei:

Meiner Frau Sibylle, die mich weiterhin in Ruhe schreiben lässt und ermutigend bei dieser langwierigen Arbeit begleitet;

Bernadette Conraths und Sepp Spiegl, die nicht nur zu Paten für zwei unverzichtbare Figuren des Stammpersonals meiner Krimis geworden sind, sondern sich mittlerweile schon richtig mit ihren Doppelgängern identifizieren;

Christopher, Chris, Cornelius, Gini, Friederike, Leo, Marek, Markus, Sarah und Shimon, die mir unschätzbare Eindrücke ihrer ungewöhnlichen Lebensform gewährt haben;

den vielen Freunden, Bekannten, Kollegen und Wachtbergern, die mir unbewusst zu Vorbildern lebensechter Romanfiguren geworden sind;

Karsten Mühlhaus, der zum dritten Mal als mein persönlicher Lektor nicht mit Kritik und ergänzenden Ideen gegeizt hat;

Anja Steinig und Lina C. Schwerin für die außergewöhnlich ästhetische Gestaltung des Buchcovers;

Clemens Wojaczek für sein Korrektorat;

meinem Verleger Winrich C.-W. Clasen für die gewohnt entspannte und konstruktive Zusammenarbeit;

und nicht zuletzt den vielen Leuten, die meine ersten Wachtberg-Krimis *Pechmariechen* und *Künstlerpech* gelesen, anerkennend gewürdigt und in stattlicher Zahl meine Lesungen besucht haben.

Wachtberg-Pech, im April 2023